KB275085

라쇼몬: 아쿠타가와 류노스케 단편선

초판 1쇄 인쇄 2026년 1월 5일
초판 1쇄 발행 2026년 1월 12일

지은이   아쿠타가와 류노스케
옮긴이   장하나

펴낸이   이성림
펴낸곳   성림북스

책임편집   김화영
디자인   노영현

출판등록   2014년 9월 3일 제25100-2014-000054호
주소   제주특별자치도 제주시 한경면 고산서3길 135
대표전화   064-772-5762   팩스 064 773 5762
이메일   sunglimonebooks@naver.com

ISBN   979-11-24072-15-8 (03830)

라쇼몬

아쿠타가와 류노스케 단편선

장하나 옮김

성림원북스

라
쇼
몬

어느 날 해 질 무렵이었다. 한 하인이 라쇼몬* 아래에서 비가 그치기를 기다리고 있었다.

넓은 문 아래에는 이 사내 말고는 아무도 없었다. 군데군데 붉은 칠이 벗겨진 커다란 원기둥에 귀뚜라미 한 마리가 붙어 있을 뿐이었다. 라쇼몬이 주작대로에 있는 한, 삿갓을 쓴 아낙이나 두건을 쓴 사내 두셋쯤은 더 있을 법도 한데, 그날은 오직 이 사내밖에 없었다.

지난 이삼 년 동안 교토에 지진과 회오리바람, 화재와 기근 같은 재앙이 잇따라 일어났기 때문이다. 도성은 참담하기 이를 데 없을 만큼 황폐했다. 옛 기록에 의하면, 불상(佛像)이나 불구(佛具)를 부수어 붉은 칠이 된 나무나 금은박을 입힌 나무를 길가에 쌓아두고 땔감으로 팔았다고 한다. 도성이 그러한 형편이니, 라쇼몬을 수리하는 것은 말할 것도

* 헤이안 시대(794~1185)의 교토에 있던 큰 성문으로 도성의 상징 같은 존재였으나, 시간이 지나면서 방치되어 폐허가 되었다.

없이 아무도 신경 쓰지 않았다. 그러자 그 폐허가 된 틈을 타, 여우와 너구리가 살고, 도둑들이 들끓었다. 결국에는 거둘 이 없는 시신을 이 문에 가져다 버리는 풍습까지 생겨났다. 그래서 해가 지면 사람들은 두려워하여, 이 문에 가까이 다가서는 자가 없었다.

대신 어디선가 까마귀가 떼로 몰려들었다. 낮에 보면, 까마귀떼가 원을 그리며 성문의 용마루 주변을 울어대며 날아다녔다. 특히 성문 위 하늘이 저녁놀에 붉게 물들 때면, 참깨라도 흩뿌린 듯 또렷하게 보였다. 물론 문 위에 버려진 시체의 살점을 쪼아 먹으러 온 것이다. 그런데 오늘은 때가 늦어서인지 한 마리도 보이지 않았다. 무너져 내린 돌계단 틈새마다 잡초가 길게 자라 있고, 그 위에는 까마귀의 흰 똥이 점점이 들러붙어 있을 뿐이었다. 하인은 일곱 단짜리 돌계단 맨 위에 낡은 감색 도포 자락을 깔고 앉아, 오른뺨에 난 커다란 여드름을 만지작거리며 멍하니 빗줄기를 바라보고 있었다.

앞에서 작자는 '하인이 비가 그치기를 기다리고 있었다'고 썼다. 그러나 하인은 비가 그쳐도 딱히 갈 데가 없었다. 평소라면 당연히 주인댁으로 돌아갔을 터였다. 하지만 그 주인에게서도 닷새 전쯤 쫓겨나고 말았다. 이미 말했듯, 당시 교토의 도성은 크게 쇠락해 있었다. 하인이 오래도록 모시던 주인에게서 내쫓긴 것도, 실은 그러한 쇠락의 작은 여

파였다. 그러므로 '하인이 비가 그치기를 기다리고 있었다'
고 하기보다는, '비에 갇힌 하인이 오갈 데 없어 막막해하고
있었다'고 하는 편이 맞을지도 모르겠다. 거기다 오늘 날씨
또한 이 헤이안 시대 하인의 센티멘털리즘에 적잖은 영향을
주었다. 오후 4시 무렵부터 내리기 시작한 비는 아직도 그칠
기미가 보이지 않았다. 그래서 하인은 당장의 생계를 어떻
게든 꾸려보려 애썼다. 말하자면, 도무지 어찌할 수 없는 일
을 어떻게든 해내려는 듯, 두서없는 생각을 이어가면서, 주
작대로에 내리는 빗소리를 멍하니 듣고 있었다.

비는 라쇼몬을 휘감으며, 멀리서 '쏴' 하는 소리를 몰고
왔다. 저녁 어스름이 깔리며 하늘이 점점 낮아졌다. 올려다
보니 문 지붕의 비스듬히 뻗은 처마 끝이 무겁고 어둑한 구
름을 떠받치고 있었다.

어찌할 수 없는 일을 어떻게든 해내려면, 수단을 가릴 겨
를이 없다. 괜히 가리다가는 담 밑이나 길바닥 위에서 굶어
죽을 뿐이다. 그러고는 이 문 위로 실려 와 개처럼 버려질
것이다. 가리지 않는다면…… 하인의 생각은 같은 길을 빙
빙 돌다, 어떤 지점에 이르렀다. 하지만 그 '않는다면'은 결
국 '않는다면'일 뿐이었다. 하인은 수단을 가리지 않는다는
사실을 인정하면서도, 그 '않는다면'의 매듭을 짓기 위해 당
연히 뒤따라와야 할, '도둑이 되는 수밖에 없다'라는 결론을
적극적으로 긍정할 만한 용기가 나지 않았던 것이다.

하인은 크게 재채기를 한 뒤, 마지못해 몸을 일으켰다. 저녁이 되자 교토는 화로가 필요할 만큼 쌀쌀했다. 바람은 문기둥 사이를 어둠과 함께 몰아쳤고, 붉은 칠이 된 기둥에 붙어 있던 귀뚜라미도 어느새 사라지고 없었다.

하인은 목을 움츠린 채, 노란색 내의 위에 걸친 감색 도포의 어깨를 잔뜩 움켜 올리며 문 주위를 두리번거렸다. 비바람을 피할 수 있고, 남들 눈에 띄지 않으면서 밤새 편히 몸을 뉠 수 있는 곳이 있다면 그곳에서 하룻밤을 지새울 작정이었다. 그때 운 좋게 문 위 누각으로 오르는, 붉게 칠해진 넓은 계단이 눈에 들어왔다. 위층이라면, 설령 사람이 있다 해도 시체뿐일 터였다. 하인은 허리에 찬 칼집에서 칼이 빠지지 않게 조심하며, 짚신 신은 발을 계단 맨 아래 단에 올려놓았다.

몇 분쯤 지났을까. 라쇼몬 누각 위로 오르는 널찍한 계단 중간쯤에 한 사내가 고양이처럼 몸을 움츠린 채 숨을 죽이고 위쪽 낌새를 살피고 있다. 위에서 비치는 불빛이 희미하게 그의 오른뺨을 비추었다. 짧은 수염 사이로 붉게 곪은 여드름이 우둘투둘 돋은 뺨이었다. 하인은 애초에 그 위에는 시체들밖에 없으리라 단정했다. 두세 계단 더 오르자, 위에서 거둔 불빛이 이리저리 옮겨 다니는 기미가 보였다. 탁하고 누런빛이 거미줄 엉킨 천장의 구석구석을 흔들거리며 비추는 것을 보고 알아차렸다. 이런 비 내리는 밤에 라쇼몬 위에서 불을 밝히다니, 보통내기가 아니다.

하인은 도마뱀처럼 발소리를 죽이며, 간신히 맨 꼭대기 단까지 올라갔다. 그러고는 몸을 최대한 납작하게 붙이고, 목을 쭉 내밀어 조심스럽게 누각 안을 들여다보았다.

누각 안에는 소문대로 시체 몇 구가 아무렇게나 버려져 있었다. 그러나 불빛이 닿는 범위가 생각보다 좁아서 정확히 몇 구인지는 알 수 없었다. 벌거벗은 시체와 옷을 입은 시체가 뒤섞여 있다는 것만 어렴풋이 보였다. 물론 여자와 남자가 뒤섞여 있는 듯했다. 그리고 그 시체들은 모두, 한때 살아 있던 인간이라는 사실조차 의심스러울 만큼, 흙을 빚어 만든 인형처럼 입을 벌리거나 손을 뻗은 채로 바닥에 나뒹굴고 있었다. 게다가 어깨와 가슴 같은 불거진 곳은 흐린 불빛을 받아, 움푹 꺼진 자리에 한층 더 깊은 어둠을 드리우며, 말 못 하는 이처럼 영원히 침묵을 지켰다.

하인은 시체 썩는 냄새에 본능적으로 코를 막았다. 그러나 곧 그 손은 코를 막고 있다는 사실을 잊고 말았다. 어떤 강렬한 감정이 그의 후각을 송두리째 앗아갔기 때문이다.

하인의 눈은 그제야 시체 속에 웅크리고 있는 한 사람을 보았다. 적갈색 기모노를 입은, 키가 작고 깡마른, 백발의 원숭이 같은 노파였다. 그 노파는 오른손에 불을 붙인 솔가지를 들고, 한 시체의 얼굴을 가만히 들여다보고 있었다. 긴 머리카락으로 보아, 아마 여자 시체일 터였다.

하인은 육 할의 두려움과 사 할의 호기심에 사로잡혀, 숨 쉬는 것조차 잠시 잊고 있었다. 옛 기록자의 말을 빌리자면, 머리카락이 곤두서는 듯했다. 그때 노파가 솔가지를 마룻장 틈에 꽂더니, 방금까지 들여다보던 시체의 머리를 두 손으로 잡고는 마치 어미 원숭이가 새끼의 이를 잡아주듯 긴 머리카락을 한 올씩 뽑기 시작했다. 머리카락은 손길을 따라 쉽게 뽑히는 듯했다.

머리카락이 한 올 한 올 뽑혀 나올 때마다 하인의 마음속 두려움이 조금씩 사라져갔다. 그와 동시에, 그 노파에 대한 증오가 조금씩 솟아올랐다. 아니, 그 노파에 대한 증오라고 하면 어폐가 있을지도 모른다. 오히려 모든 악에 대한 반감이, 순간마다 점차 강해졌다고 해야 할 것이다. 그때 누군가가 하인에게, 조금 전 문 아래에서 그가 고민했던 '굶어 죽을 것인가, 도둑이 될 것인가' 하는 문제를 다시금 들이댔다면, 아마 하인은 조금의 미련도 없이 굶어 죽는 편을 택했을 것이다. 그만큼 악을 증오하는 사내의 마음은, 노파가 마룻장에 꽂아둔 솔가지처럼 기세 좋게 타올랐다.

하인은 물론, 노파가 왜 시체의 머리카락을 뽑는지 알지 못했다. 따라서 이 일을 이성적으로는 선악 중 어느 쪽으로 단정해야 할지 알 수 없었다. 그러나 하인에게는 이런 비 내리는 밤에 라쇼몬 위에서 시체의 머리카락을 뽑는다는 그 자체만으로도 이미 용납할 수 없는 악이었다. 물론 하인은 조금 전까지만 해도 자신이 도둑이 될 생각을 하고 있었다는 것쯤은 진작에 잊고 있었다.

그리하여 하인은 두 발에 힘을 주고는, 계단에서 누각 위로 번쩍 뛰어올랐다. 그리고 칼자루에 손을 댄 채, 노파 앞으로 성큼성큼 다가갔다. 노파가 놀란 것은 말할 것도 없다.

노파는 하인을 보는 순간, 쏘아진 활처럼 펄쩍 뛰어올랐다.

"어이, 어딜 내빼려고!"

하인은 시신에 걸려 비틀거리며 허겁지겁 달아나려는 노파의 앞을 가로막고 호통쳤다. 그러나 노파는 여전히 하인을 밀치고 지나가려 했다. 하인은 다시 막아내며 노파를 밀쳤다. 두 사람은 시체 사이에서 한동안 말없이 몸싸움을 벌였다. 그러나 승패는 처음부터 뻔했다. 하인은 결국 노파의 팔을 움켜쥐며 그 자리에 쓰러뜨렸다. 닭발처럼 뼈와 가죽뿐인 팔이었다.

"뭘 하고 있었느냐? 빨리 말해라. 말하지 않으면, 가만두지 않겠다!"

하인은 노파를 밀쳐내더니, 돌연 칼집에서 칼을 꺼내 들고 눈앞에 허연 칼날을 들이댔다. 그러나 노파는 아무 말이 없었다. 노파는 두 손을 덜덜 떨고, 어깨로 거친 숨을 몰아쉬며, 눈알이 튀어나올 듯 눈을 크게 치켜뜬 채, 말을 할 줄 모르는 사람처럼 완강히 침묵했다. 그 모습을 본 하인은 비

로소 이 노파의 목숨이 오롯이 자기 손에 달려 있음을 분명
히 자각했다. 그 자각은 조금 전까지 불타던 증오심을 단박
에 꺼뜨렸다. 남은 것은 오직 어떤 일을 완결지었을 때의 고
요한 성취감과 만족감뿐이었다. 그래서 하인은 노파를 내려
다보며, 조금 누그러뜨린 목소리로 이렇게 말했다.

"나는 검비위사*의 관리 따위가 아니다. 방금 이 문 아래
를 지나가던 나그네일 뿐이다. 그러니 너를 포박해 어찌하
겠다는 게 아니다. 다만 이런 시각에 이 문 위에서 무슨 짓
을 하고 있었는지만 내게 말해주면 된다."

그러자 노파는 크게 뜬 눈을 더욱 치켜뜨고, 가만히 하인
의 얼굴을 응시했다. 붉게 충혈된 눈꺼풀, 맹금류 같은 날카
로운 눈빛이었다. 이윽고 주름에 묻혀 코와 거의 한 덩어리
처럼 된 입술을, 무언가를 씹어 삼키듯 움직였다. 가느다란
목에서는 뾰족하게 솟은 목젖이 꿈틀거렸다. 그때 그 목구
멍에서, 까마귀 울음 같은 쉰 소리가 거친 숨결에 섞여 하인
의 귀에 전해졌다.

"이 머리카락을 뽑아, 이 머리카락을 뽑아서, 가발을 만들
려고 했네."

하인은 노파의 대답이 의외로 평범해서 실망했다. 그리고
실망과 동시에, 아까 식었던 증오심이 차가운 경멸과 함께

* 헤이안 시대의 경찰·사법 기관.

다시 가슴속으로 스며들었다. 그러자 그 기색이 상대에게도 전해진 모양이었다. 노파는 여전히 한 손에, 방금 시체의 머리에서 뽑은 긴 머리카락을 움켜쥔 채, 두꺼비가 우는 듯한 목소리로 중얼거리며 이렇게 말했다.

"그래, 죽은 자의 머리카락을 뽑는다는 게 나쁜 짓일지도 모르지. 하지만 여기 널린 시체들은 모두 그만 한 일은 당해도 싼 인간들이야. 내가 방금 머리카락을 뽑은 저 여자는, 뱀을 네 치씩 토막 내 말린 걸 말린 생선이라 속이고 무사들한테 팔러 다녔어. 역병에 걸려 죽지 않았다면, 지금도 그걸 팔고 다녔겠지. 그런데 하필 그 여자가 파는 생선 맛이 좋다고 소문이 나는 바람에 무사들이 찬거리로 꼭 사 갔다더군. 나는 그 짓이 나쁘다고 생각하진 않네. 굶어 죽지 않으려면 어쩔 수 없었을 거야. 그러니 그 어쩔 수 없는 걸 잘 아는 여자니 내 짓도 눈감아주겠지."

노파는 대충 이런 뜻의 이야기를 했다.

하인은 칼을 칼집에 넣고, 칼자루를 왼손으로 쥔 채, 냉정하게 이야기를 듣고 있었다. 물론 오른손은 여전히 뺨에 붉게 돋은 커다란 여드름을 만지작거리며 듣고 있었다. 그러나 이야기를 듣는 동안, 하인의 마음속에는 새로운 용기가 움트고 있었다. 그것은 조금 전 문 아래에서 이 남자에게 없던 용기였다. 또한 방금 이 문 위에 올라와 이 노파를 붙잡았을 때의 것과는 전혀 반대 방향으로 움직이는 용기였다.

하인은 굶어 죽을지 도둑이 될지를 두고 망설이지 않았다. 그 순간 그의 심정으로 말하자면, 굶어 죽는다는 생각 따위는 거의 의식의 밖으로 밀려나 버려, 아예 떠올릴 수조차 없었다.

"과연 그렇단 말이지?"

노파의 말이 끝나자, 하인은 비웃는 듯한 목소리로 다시 확인했다. 그리고 한 걸음 앞으로 나서더니, 불현듯 오른손을 여드름에서 떼고 노파의 옷깃을 움켜쥐며, 물어뜯을 듯이 이렇게 말했다.

"그렇다면 내가 네 옷을 벗겨가도 원망하지 마라. 나도 그렇게 하지 않으면 굶어 죽을 처지니까."

하인은 잽싸게 노파의 옷을 벗겨냈다. 그리고 다리를 붙잡고 늘어지려는 노파를 걷어차 시체 위로 넘어뜨렸다. 계단 입구까지는 고작 다섯 걸음 남짓이었다. 하인은 벗겨낸 적갈색 기모노를 옆구리에 끼고, 가파른 계단을 후다닥 내려와 밤의 어둠 속으로 사라졌다.

잠시 죽은 듯 쓰러져 있던 노파가, 시체 속에서 알몸을 일으킨 건 그로부터 오래 지나지 않아서였다. 노파는 중얼거리는 듯한, 신음하는 듯한 소리를 내며 아직 꺼지지 않은 불빛을 너늠어 계단 입구까지 기어갔다. 그러고는 그곳에서 짧은 백발을 거꾸로 늘어뜨린 채, 문 아래를 굽어보았다. 밖에는 그저 짙고 어두운 밤이 가라앉아 있을 뿐이었다.

하인의 행방은 아무도 모른다.

1915년 9월

거미
줄

1

어느 날의 일이었습니다. 석가모니께서 극락의 연못가를 홀로 천천히 거닐고 계셨습니다. 연못에 피어 있는 연꽃은 모두 옥처럼 새하얗고, 그 한가운데 금빛 꽃술에서는 뭐라 형언할 수 없는 향기로운 내음이 사방에 넘실거리고 있었습니다. 극락은 마침 아침 무렵이었습니다.

이윽고 석가모니께서는 그 연못가에 잠시 발걸음을 멈추시고, 수면을 덮은 연잎 사이로 문득 아래쪽의 풍경을 굽어보셨습니다. 이 극락의 연못 아래는 바로 지옥의 밑바닥이어서, 수정처럼 맑은 물을 통해 삼도천과 바늘산의 풍경이 마치 투명한 상자 안을 들여다보듯 또렷이 보였습니다.

그러자 그 지옥의 밑바닥에 간다타라는 사내가 다른 죄인들과 함께 꿈틀거리고 있는 모습이 석가모니의 눈에 들어왔습니다. 이 사내는 사람을 죽이거나 남의 집에 불을 지르는 등 온갖 악행을 일삼은 도둑이었으나, 그래도 딱 한 번 선한 일을 한 적이 있었습니다. 어느 날 사내는 깊은 숲속에서 작은 거미 한 마리가 길가를 기어가고 있는 것을 보았습니다. 그때 간다타는 얼른 발을 들어 밟아 죽이려다가 "아니, 아니지, 이것도 비록 작기는 하나 분명 생명이 있는 존재다. 그 목숨을 함부로 빼앗는 것은 아무래도 안 될 일이지" 하고는 문득 마음을 고쳐먹고, 그 거미를 죽이지 않고 살려주었던 것입니다.

석가모니께서는 지옥의 광경을 굽어보시며, 이 간다타가 한때 거미를 살려준 적이 있음을 떠올리셨습니다. 그리고 그만큼의 선행에 대한 보답으로라도, 가능하다면 이 사내를 지옥에서 구해주어야겠다고 생각하셨습니다. 마침 곁을 보니, 비췻빛을 띤 연잎 위에 극락의 거미 한 마리가 아름다운 은빛 실을 짓고 있었습니다. 석가모니께서는 그 거미줄을 살그머니 손에 잡으시어, 옥처럼 하얀 연꽃 사이로 저 멀리 지옥의 밑바닥으로 곧게 내려보내셨습니다.

2

이곳은 지옥의 밑바닥에 있는 피의 연못입니다. 간다타는 다른 죄인들과 함께 그 속에서 떠올랐다 가라앉기를 되풀이하고 있었습니다. 사방을 둘러봐도 온통 어둠뿐이었고, 그 어둠 속에서 간혹 희미한 빛이 비친다 싶으면, 그것은 두려운 바늘산의 바늘이 번뜩이는 빛이었습니다. 그 두려움이란 이루 말할 수 없었습니다. 게다가 주위는 마치 무덤 속처럼 고요해서 드문드문 들려오는 소리라고는 죄인들이 내뱉는 희미한 탄식뿐이었습니다. 아마도 이곳에 떨어질 정도의 인간이라면 이미 온갖 지옥의 형벌에 지쳐, 울부짖을 힘조차 남아 있지 않은 것이겠지요. 그래서 제아무리 대도인 간다타라 해도, 숨이 막혀 죽어가는 개구리처럼 그저 발버둥만 치고 있었습니다.

그러던 어느 날이었습니다. 무심코 간다타가 고개를 들어 피의 연못 위쪽 하늘을 바라보니, 그 고요한 어둠 속에서 멀리 천상에서 은빛 거미줄 한 가닥이, 사람의 눈을 피하듯 가늘게 빛을 내며, 스르르르 내려오는 게 아니겠습니까? 간다타는 그걸 보자 저도 모르게 두 손을 치며 기뻐했습니다. 이 줄을 붙잡아 끝없이 올라간다면 분명 지옥에서 빠져나올 수 있을 터였습니다. 아니, 운이 좋으면 극락에도 들어갈 수 있을지 모릅니다. 그렇게만 된다면, 더는 바늘산으로 내몰릴 일도 없고, 피의 연못에 잠겨 고통받는 일도 없을 것입니다.

이렇게 생각한 간다타는 얼른 그 거미줄을 두 손으로 단단히 움켜쥐고, 있는 힘을 다해 위로 줄을 더듬어 오르기 시작했습니다. 본디 대도로 살아온 자이니, 이런 일쯤은 식은

죽 먹기였습니다.

하지만 지옥과 극락 사이는 아득히 멀어서 아무리 서둘러 올라간다 해도 쉽게 위로 나아갈 수 없었습니다. 그렇게 한참을 오르던 끝에, 간다타는 결국 지친 나머지 더는 조금도 올라갈 수 없게 되었습니다. 어쩔 수 없이 잠시 숨을 고를 요량으로 줄에 매달린 채 저 멀리 아래를 내려다보았습니다.

죽을힘을 다해 올라온 덕분에 조금 전까지 자신이 있던 피의 연못은 어느새 어둠 저 아래로 사라지고, 불길하게 빛나던 바늘산도 이제는 발밑 아래로 멀어졌습니다. 이대로만 계속 올라간다면, 지옥에서 벗어나는 것도 그리 어려운 일은 아닐지 모릅니다. 간다타는 두 손으로 거미줄을 움켜쥔 채, 이곳에 떨어진 뒤로 한 번도 내지 못했던 목소리로 "됐다, 됐어" 하며 웃었습니다. 그러다 문득 정신이 들어 아래쪽을 내려다보니 거미줄 아래로 헤아릴 수 없을 만큼 수많은 죄인이 자기 뒤를 따라, 마치 개미 떼처럼 줄지어 위로, 위로 기어오르고 있는 게 아니겠습니까? 간다타는 이를 보고 놀라고 두려워 잠시 말문이 막힌 듯 입만 크게 벌린 채 눈만 움직이고 있었습니다. 본인 하나만 매달려 있어도 당장이라도 끊어질 듯한 거미줄이 저 많은 사람의 무게를 버틸 수 있을 리 없겠지요. 만약 그 줄이 끊어지기라도 한다면, 애써 여기까지 오른 자신도 다시 지옥으로 곤두박질칠게 뻔합니다. 그런 일이 생긴다면 큰일 아니겠습니까. 그런데도 죄인들은 백 명, 천 명이 넘게 깜깜한 피의 연못 밑바닥에서 우글우글 기어 나와, 가늘게 빛나는 거미줄을 줄지어 부지런히 오르고 있었습니다. 이대로 두면, 거미줄은 틀림없이 끊어져 모두 떨어질 게 분명했습니다.

그래서 간다타는 큰 소리로 외쳤습니다.

"이 죄인 놈들아! 이 거미줄은 내 거야. 네놈들은 대체 누구 허락을 받고 올라온 거야. 썩 내려가, 내려가!"

바로 그 순간이었습니다. 지금까지는 아무 이상 없던 거미줄이, 갑자기 간다타가 매달려 있던 자리에서 툭 하고 소리를 내며 끊어져버렸습니다. 그러니 간다타도 어찌할 도리가 없었습니다. 순식간에 바람을 가르며 팽이처럼 빙글빙글 돌더니, 눈 깜짝할 사이에 어둠의 밑바닥으로 곤두박질치고 말았습니다.

그 뒤에는 달도 별도 없는 허공 속에 극락의 거미줄만이 가늘게 반짝이며 짧게 드리워져 있을 뿐이었습니다.

3

석가모니께서는 극락의 연못가에 서서 이 모든 광경을 가만히 지켜보고 계셨습니다. 그러다 마침내 간다타가 피의 연못 밑바닥으로 돌처럼 가라앉아 버리자, 슬픈 얼굴로 다시 천천히 걸음을 옮기기 시작하셨습니다. 오직 자신만 지옥에서 벗어나려 했던 간다타의 무정한 마음이, 그 마음에 걸맞은 벌을 받아 끝내 원래의 지옥으로 떨어지고 만 것이, 석가모니의 눈에는 한없이 한심해 보이셨겠지요.

그러나 극락의 연꽃들은 그런 일에 조금도 마음을 두지 않았습니다. 옥처럼 흰 꽃들이 석가모니 발 주변에서 은은히 꽃받침을 흔들며, 그 한가운데 금빛 꽃술에서는 형언할 수 없는 향기가 끊임없이 퍼져 나오고 있었습니다. 극락의 하늘도 어느덧 한낮에 가까워지고 있었습니다.

1918년 4월

우지*의 다이나곤** 다카쿠니***가 말했습니다.

허허, 이런, 낮잠에서 깨고 나니 오늘은 유난히 덥구나. 저 소나무 가지에 걸린 등나무꽃을 흔들 바람 한 점 불지 않다니. 늘 시원하게 들리던 샘물 소리도 매미 소리에 묻혀 도리어 더 후덥지근한 것 같고. 시동들한테 다시 부채질 좀 시켜야겠군.

뭐라, 거리에 사람들이 모여들었다고? 그렇다면 그쪽으로 가자. 시동들도 그 큰 부채를 잊지 말고 챙겨서 뒤따라오너라.

지, 어러분, 난 다카쿠니외다. 웃통을 벗은 무례함은 부디 용서해주시게.

자, 오늘은 그대들에게 한 가지 부탁이 있어 일부러 이곳

---

* 교토 남쪽의 지역으로, 헤이안 시대 귀족들의 별장이 많던 곳.
** 일본 고대와 중세의 최고 행정 기관인 태정관의 차관.
*** 미나모토노 다카쿠니. 헤이안 시대의 귀족이자 문인.

우지의 정자에 발길을 했소. 요즘 문득 나도 남들처럼 이야기책이나 한번 써볼까 해서, 혼자 곰곰이 생각해보니 안타깝게도 나는 글로 쓸 만큼의 재밌는 이야기를 알지 못하는 게 아니겠소. 그렇다고 괜히 기교를 부려 꾸미는 것도, 나 같은 게으름뱅이한테는 귀찮기 짝이 없는 일이지. 그래서 오늘부터는 오가는 그대들에게 옛날이야기를 하나씩 들어, 그것을 그림책으로 엮어볼 생각이오.

그러면 궁궐 안팎만 어슬렁거리는 나로서는 미처 생각지도 못한 기이한 이야기들이, 배와 수레에 실을 만큼 사방에서 몰려들 테지. 자, 다들 번거롭겠지만 내 청을 좀 들어줄 수 없겠는가.

뭐라, 들어주겠다고? 그것참, 다행일세. 그렇다면 지금 당장 모두의 이야기를 차례차례 들어 보도록 하지.

여봐라, 시동들아, 바람이 잘 통하도록 큰 부채로 부쳐라. 그래야 조금은 시원해지지 않겠느냐. 주물공과 도자기공도 사양 말고 이 탁자 곁으로 오라. 초밥 파는 아낙도 해가 드니 통은 저 구석에 두는 게 좋겠구나. 스님은 금고*를 벗어두는 게 어떻겠소. 거기 무사와 산승도 돗자리는 잘 깔았겠지.

좋다, 준비가 다 되었거든, 우선 연장자인 도자기공 영감

* 절에서 의식 때 두드리는 쇠북.

부터 무엇이든 이야기해보게.

노인:

아이고, 참으로 정중한 말씀을 주시니 몸 둘 바를 모르겠습니다. 저희 같은 미천한 자들의 이야기를 책으로 써주신다고 하시니 그저 황송할 따름이옵니다. 하지만 사양한다면 도리어 뜻을 거스르는 일이 될 터이니, 소인이 시시한 옛이야기 하나 올리도록 하겠습니다. 부디 지루하시더라도 잠시만 들어주십시오.

소인이 젊었던 때, 나라에 '구로도도쿠고 에인'이라는 한 스님이 있었습니다. 그 스님은 코가 엄청나게 큰 사람이었는데, 코끝이 마치 벌에라도 쏘인 듯, 항상 새빨갰습지요. 그래서 나라 사람들은 그 스님을 코구라라 불렀습니다. 본래는 '코가 큰 구로도도쿠고'라 했으나 너무 길다고 해서, 이내 '코구로도'로 줄여 부르게 되었지요. 하지만 그것도 길다고 하여, 나중에는 코구라라 부르며 노랫소리처럼 떠들어 댔습니다. 사실 저도 두어 번쯤 그 무렵 나라의 고후쿠지 절 안에서 본 적이 있습니다만, 과연 코구라라 놀림받을 만한, 도깨비처럼 크고 빨간 코였습니다.

그 코구라, 즉 코가 큰 구로도도쿠고 에인 스님이 어느 날 밤, 제자도 데리지 않고 홀로 사루사와 연못가로 가, 우네메 버드나무* 앞 둑에 '3월 3일, 이 연못에서 용이 승천하리라'라고 큼지막이 쓴 팻말을 세워 두었습니다. 그러나 사실 에인은 사루사와 연못에 정말 용이 사는지 알지도 못했을뿐더러, 그 용이 3월 3일에 승천한다는 말은 입에서 나오는 대로 꾸며낸 허풍에 지나지 않았습지요. 아니, 차라리 용이 승천하지 않는다는 쪽이 더 확실하다고 해야겠지요. 그럼 왜 그런 쓸데없는 짓을 했느냐 하면, 에인 스님은 평소 나라의 승려들이나 속인들이 자신의 큰 코를 두고 비웃는 게 불만이었기 때문입니다. 그래서 이번만큼은 이 코구로도가 사람들을 보기 좋게 속여, 실컷 비웃어주리라 하는 심보로 이런 장난을 벌인 것이지요. 나리께서 이 이야기를 들으신다면 참으로 어처구니없다고 여기시겠지만, 어쨌든 옛날이야기이니, 그때는 이런 장난을 치는 자들이 어디에나 흔했습지요.

이튿날 아침, 제일 먼저 그 팻말을 발견한 사람은, 매일 아침 고후쿠지의 어래님께 절하러 가던 한 노파였습니다. 염주를 건 손으로 대나무 지팡이를 쿵쿵 짚으며 아직 안개가 자욱한 연못가에 이르니, 어제까지만 해도 없던 팻말이 우네메 버드나무 아래에 서 있는 게 아니겠습니까.

노파는 '법회 팻말이라기엔 이상한 데 서 있네' 하고 의

---

* 옛날 천황을 모시던 궁녀(일본어로 우네메라고 한다)가 사랑을 잃고 슬픔에 잠겨 사루사와 연못에 몸을 던졌다고 한다. 그녀는 죽기 전, 자신의 옷을 버드나무에 걸어 두었다고 전해진다.

아하게 생각했지만, 글을 몰라 그냥 지나치려 했습니다. 때마침 맞은편에서 편삼 차림의 스님 한 분이 지나가기에 읽어달라 부탁했더니, "3월 3일, 이 연못에서 용이 승천하리라"라고 했습니다. 누가 들어도 놀라지 않을 수 없는 말이었지요. 노파는 어리둥절하여 굽은 허리를 펴면서 "이 연못에 용이 있어요?" 하고 말하며 멍하니 스님을 올려다보았습니다. 그러자 스님은 태연하게 말했습니다. "옛날 당나라에 한 학자가 있었는데, 이마 위에 혹이 나서 몹시 가려웠다고 합니다. 그러던 어느 날 하늘이 갑자기 어두워지고 천둥번개가 요란하게 치며 억수 같은 비가 쏟아지더니, 그 순간 혹이 '툭' 하고 터지며 그 안에서 한 마리 검은 용이 구름을 휘감고 하늘로 솟아올랐다는 이야기가 있지요. 혹 안에도 용이 있는데, 하물며 이렇게 큰 연못 바닥에 용과 독사가 몇십 마리쯤 뒤엉켜 있어도 이상할 게 없지 않겠습니까" 하고 설법했다고 합니다. 평소 '출가한 이는 거짓말을 하지 않는다'고 굳게 믿던 노파였으니, 얼마나 깜짝 놀랐겠습니까.

"그리고 보니 저쪽 물빛이 좀 이상해 보이네요."

노파는 이렇게 말하며, 아직 3월 3일이 되지도 않았는데, 스님만 혼자 남겨둔 채, 헐레벌떡 염불을 외고는 대나무 지팡이를 짚어가며 허둥지둥 도망쳐버렸습니다. 스님은 혹여나 누가 볼지 모르니 웃지 못했지만, 남의 눈만 없었다면 배를 잡고 웃었을 것입니다.

그도 그럴 것이, 바로 그 스님이 모든 일의 장본인, 구로 도도쿠고 에인이었으니까요. 그는 어젯밤 자신이 세운 팻말에 새라도 걸려들었을까 싶어 연못가를 어슬렁거리며 살피고 있던 참이었습니다. 그런데 노파가 떠난 뒤에는, 아침 일찍 길을 나선 듯한 한 여인이 하인에게 짐을 맡긴 채, 삿갓 아래로 팻말을 읽고 있었습니다. 그러자 에인은 더욱 조심스레 터져 나오는 웃음을 필사적으로 참으며, 자기도 팻말 앞에 서서 읽는 체하고는, 그 커다란 붉은 코를 킁킁거리며 신기한 듯 연기하다가, 이윽고 느릿느릿 고후쿠지 쪽으로 돌아갔다 합니다.

그런데 고후쿠지 남대문 앞에서 같은 절에 살던 에몬이라는 스님과 우연히 마주쳤습니다. 그 스님은 에인과 마주치자 평소처럼 고집스럽게 생긴 눈썹을 살짝 찌푸리며 말했습니다.

"오늘은 웬일로 이렇게 일찍 일어나셨습니까, 스님. 해가 서쪽에서 뜨겠네요."

에인은 기다렸다는 듯 코를 씰룩거리며 히죽 웃고는 "그럴지도 모르지요. 사루사와 연못에서 3월 3일에 용이 하늘로 승천한다지 않습니까" 하고 의기양양하게 받아쳤습니다.

그 말을 들은 에몬은 의심스러운 눈길로 에인을 흘겨보다가, 곧 코웃음을 치며 "스님, 좋은 꿈이라도 꾸셨나 봅니다. 용이 승천하는 꿈은 길조라 들었습니다만" 하며 빈들거리는 머리를 빛내며 그냥 지나치려 했습니다. 하지만 에인은 혼잣말처럼 이렇게 말했습니다.

"어리석은 중생은 참으로 구제 불능이로다."

그 소리를 들었는지 에몬은 짚신 굽을 삐걱거리며 원망스레 뒤돌아보더니, 마치 법문으로 따지려는 기세로 몰아붙였습니다.

"그렇다면 용이 승천한다는 확실한 증거가 있단 말입니까?"

그러자 에인은 태연하게, 이제 막 아침 햇살이 비치기 시작한 연못 쪽을 가리키며 일부러 느긋한 태도로 짐짓 아무렇지 않은 척 대답했습니다.

"소승의 말이 의심스럽거든, 저 우네메 버드나무 앞에 세워둔 팻말을 직접 읽어보시는 것이 좋을 듯하오."

그 말에 고집스러운 에몬도 기세가 좀 꺾였는지, 눈부신 듯 한번 눈을 깜빡이며, "허, 그런 팻말이 세워졌단 말입니까" 하고 시큰둥하게 내뱉고는 다시 걸음을 옮겼습지요. 다만 이번에는 반들거리는 머리를 기울인 채, 무언가 생각에 잠긴 듯 보였습니다.

그 뒷모습을 지켜보던 코구로도가 얼마나 우스웠을지는 대강 짐작이 가시겠지요. 에인은 빨간 콧속이 간지러운 것 같아 남쪽 문 돌계단을 근엄한 얼굴로 오르다가 결국 웃음을 터뜨리고 말았습니다.

"그날 아침만 해도 '3월 3일, 이 연못에서 용이 승천하리라'는 팻말의 효력은 대단했습니다. 하루, 이틀이 지나자 나라 시내 어디를 가도 사루사와 연못의 용 이야기가 들리지 않는 곳이 없었다지요. 물론 '누가 장난으로 그런 팻말을 세워놨겠지' 하는 사람도 있었지만, 마침 교토에서는 신센엔에서 용이 승천했다는 소문이 퍼져 있던 참이라, 그들조차 속으로는 '정말 그런 일이 있을지도 몰라' 하고 생각했다고 합니다.

그러던 중에 또 뜻밖의 기이한 일이 벌어졌습니다. 가스가 신사에서 봉직하던 신관의 아홉 살 난 딸아이가, 그 후 열흘도 채 지나지 않은 어느 날 밤, 어머니 무릎을 베고 졸다가 꿈결에 한 마리 검은 용이 구름처럼 하늘에서 내려와 이렇게 말했다고 합니다.

"나는 3월 3일에 마침내 승천하게 되었지만, 너희 고을에 피해는 끼치지 않을 터이니 안심하라."

그래서 아이는 잠에서 깨어나자마자 그 꿈 이야기를 어머니에게 들려주었습니다. 그러자 '사루사와 연못의 용이 꿈에 나타난 것'이라며 곧장 시내가 떠들썩해졌지요. 소문은 꼬리에 꼬리를 물어 '어느 절의 동자승에게 용이 씌어 시를 읊었다느니, 어느 무녀에게 용이 나타나 신탁을 내렸다느니' 하는 식으로 퍼졌습니다. 마침내 사람들은 연못 위로 당장이라도 용이 솟구쳐 오를 것만 같은 기세로 떠들어댔습니다. 아니, 고개도 내밀지 않았는데, 그 정체를 직접 똑똑히 보았다는 이까지 나타났으니 말입니다. 그는 매일 아침 강에서 잡은 물고기를 장에 내다 파는 노인이었습니다. 그날도 아직 동이 트기 전 어스름한 새벽녘에 사루사와 연못에 이르렀더니, 우네메 버드나무 가지가 드리운 곳, 팻말이 서 있는 둑 아래의 물이 그 부분만 희미하게 빛나고 있더랍니다. 마침 용의 소문이 한창 떠들썩하던 때였으니, 노인은 '혹시 용신께서 나타나신 걸까' 하고 기쁘기도 하고 두렵기도 한 마음으로 몸을 부르르 떨었습니다. 그러고는 강물에서 잡은 고기를 그 자리에 내려놓고, 살금살금 다가가 우네메 버드나무 가지를 붙잡은 채 조심스레 연못 안을 들여다보았습니다. 그 희미하게 빛나던 물속에는, 마치 검은 쇠사슬이 똬리를 튼 듯한 정체 모를 괴물이 가만히 웅크리고 있었다고 합니다. 그런데 사람 소리에 놀랐는지 괴물이 갑자기 똬리를 풀었습니다. 그러자 물결이 일면서 괴물의 모습은 어느새 자취를 감추었다 합니다. 노인은 온몸이 땀으로 젖은 채 허겁지겁 짐을 두었던 곳으로 돌아갔지만, 잉어와 붕어를 합쳐 스무 마리나 되던 물고기들이 사라지고 없었다지요. 그래서 사람들은 "아마 오래 산 수달에게 홀린 게지" 하며 비웃었다고 합니다. 그런데 또 어떤 사람들은 "용왕이 수호하시는 그 연못에 수달이 살 리가 있겠느냐. 분명 용왕께서 가엾은 물고기들을 불쌍히 여기셔서, 직접 자신의 연못으로 데려가신 게 틀림없다"고들 했다지요.

코구라로 불리던 에인 스님은 '3월 3일 이 연못에서 용이 승천하리라'라는 팻말이 화제가 될수록 내심 코를 실룩이며 히죽히죽 웃었습니다. 그런데 그날이 코앞으로 다가오자, 뜻밖에도 셋쓰 지방 사쿠라이에 사는 숙모 되는 비구니가 그 용이 승천하는 걸 꼭 보고 싶다며 먼 길을 달려온 게 아니겠습니까.

이에 에인도 크게 당황하여 겁도 주고, 달래도 보고, 별의별 수를 다 써봤지만 숙모는 "이 나이에 용왕님을 한 번이라도 뵐 수 있다면, 이제 죽어도 여한이 없다" 하며 고집을 꺾지 않았습니다. 조카의 말은 들은 체도 하지 않았지요. 그렇다고 이제 와서 그 팻말이 자기 장난이었다고 실토할 수도 없는 노릇이어서 에인은 결국 뜻을 굽히고 3월 3일까지 숙모를 보살필 뿐 아니라, 당일에는 함께 용신이 승천하는 것을 보러 가겠노라 약속까지 하고 말았습니다. 이쯤 되니 말 다 했지요. 비구니 숙모조차 그 용 이야기를 들었다면, 야마토는 물론이고, 셋쓰와 이즈미, 가와치를 비롯해, 하리마, 야마시로, 오우미, 단바 지방에 이르기까지 이미 그 소문이 두루 퍼져 있었겠지요. 나라 사람들을 한바탕 속여보려던 장난이 뜻밖에 여러 고을의 몇만 명이나 되는 사람들을 속이는 꼴이 되고 말았습니다. 그렇게 되자 에인은 우습다기보다 오히려 두려워졌습니다. 아침저녁으로 비구니 숙모를 모시고 절들을 함께 둘러보는 동안에도, 마치 검비위사의 눈을 피해 숨어 사는 죄인이라도 된 듯, 어쩐지 불안하고 싱숭생숭했습니다. 하지만 가끔 오가는 사람들의 입에서, 요즘은 그 팻말 앞에 향이나 꽃을 바치는 이들이 있더라는 말을 들으면, 으스스한 기분이 드는 한편으로, 자신이 뭔가 공을 세운 것 같은 묘한 기쁨이 느껴지곤 했습니다.

그러는 동안 시간이 어느새 흘러, 마침내 용이 승천한다는 3월 3일이 되었습니다. 에인은 이미 약속을 해둔 터라 어쩔 수 없이, 비구니 숙모를 데리고 사루사와 연못이 한눈에 내려다보이는 고후쿠지 남쪽 문의 돌계단 위로 향했습니다. 마침 그날은 하늘이 유난히 맑고 청명하여, 남쪽 문의 풍경을 울릴 만한 바람 한 점조차 불지 않았습니다. 하지만 오늘만을 손꼽아 기다려온 구경꾼들은 나라 사람들뿐 아니라, 가와치와 이즈미, 셋쓰, 하리마, 야마시로, 오우미, 단바 지방에서까지 몰려들었습니다. 돌계단 위에 서서 내려다보니, 서쪽도 동쪽도 끝이 보이지 않을 만큼 인파가 바다처럼 넘실거렸습니다. 옅은 안개가 깔린 니조대로의 저 끝까지 갓을 쓴 머리들이 파도처럼 일렁였습니다. 그 사이사이로는 푸른빛과 붉은빛 비단으로 장식한 화려한 우마차들이 느릿하게 인파를 헤치며 지나갔고, 지붕은 따사로운 봄볕 아래 금은 장식이 눈부시게 빛나고 있었습니다. 그 밖에도 양산을 펼친 사람, 천을 평평하게 쳐 임시 그늘막을 만든 사람,

혹은 길가에 요란하게 관람 의자를 늘어놓은 이들까지 있어, 연못 주위는 때아닌 가모 축제*가 벌어지는 듯했습니다.

이 광경을 본 에인은 자신이 세운 팻말 때문에 이렇게 큰 소동이 벌어질 줄은 꿈에도 몰랐습니다. 어이없다는 듯 비구니 숙모를 돌아보며 말했습니다.

"이거 참, 엄청난 인파로군요."

그러곤 큰 코를 훌쩍거릴 기운조차 없어 남쪽 문기둥 밑에 쭈그려 앉아버렸습니다.

하지만 비구니 숙모는 에인의 속마음을 알 리 없었지요. 두건이 흘러내릴 만큼 목을 길게 빼고 사방을 두리번거리며, "용신께서 머무시는 곳은 경치부터가 남다르구나. 이렇게 인파가 모였으니, 오늘은 분명 용신께서도 모습을 드러내실 게야" 하며, 신이 난 얼굴로 에인에게 연신 말을 걸었습니다. 그렇다고 언제까지나 기둥 밑에 앉아 있을 수도 없어, 에인은 마지못해 허리를 펴고 주변을 둘러보았습니다. 그곳에도 두건 쓴 사람들로 인산인해를 이루고 있었지요. 그런데 그 무리 속에서 반들반들한 머리를 치켜세운 에몬 스님이, 눈 한번 깜짝이지 않고 연못 쪽을 바라보고 있는 게 아니겠습니까.

순간 에인은 조금 전까지의 맥 빠진 기분도 까맣게 잊어

---

* 5월 15일 교토의 가모 신사에서 열리는 화려한 축제.

버리고, 저 스님을 속여먹은 것만으로도 우스워 혼자 킥킥거리며 "스님" 하고 부르고선 "스님도 용의 승천을 보러 오셨습니까?" 하고 놀리듯 물었습니다. 에몬은 거만하게 고개를 돌리더니, 뜻밖에 진지한 얼굴로 대답했습니다.

"그렇습니다. 저도 스님처럼 몹시 기다려지는군요."

그 송충이 같은 눈썹 하나 까딱하지 않고 말이지요. 에인은 '너무 심했나' 싶은 생각이 들어, 들떠 있던 기분이 순식간에 식어버렸습니다. 그러고는 다시 풀 죽은 얼굴로, 사람들로 북적이는 연못 쪽을 멍하니 내려다보았습니다. 하지만 연못은 은은한 빛을 내뿜으며, 둑을 따라 선 벚꽃과 버드나무를 고요히 비추고 있을 뿐, 용이 하늘로 오를 기미는 전혀 보이지 않았습니다. 사방이 사람들로 빼곡히 둘러싸여서인지, 연못은 평소보다 유난히 좁아 보였습니다. 처음부터 이 연못에 용이 있다는 말 자체가, 어쩐지 터무니없는 거짓말처럼 느껴졌습니다. 그러나 사람들은 마치 시간이 멈춘 듯, 숨을 죽이고 용이 하늘로 오르는 순간만을 기다리고 있었습니다. 문 잎의 인파는 끝없이 불어나, 이윽고 수레마저 서로 바퀴 축이 맞부딪힐 만큼 빽빽해졌습니다. 에인이 느꼈을 당혹스러움은, 그가 지금껏 겪어온 사정을 떠올리면 대강 짐작이 가실 겁니다. 그런데 이상한 일이 일어났습지요. 어찌 된 일인지, 에인의 마음속에도 정말로 용이 하늘로 오를지도 모른다는, 아니 오르지 못할 것도 없을 것 같은 기분이 차츰 싹트기 시작했다는 것입니다. 애초에 그 어처구니없는 팻말을 세운 장본인이 그였으니, 그런 터무니없는 생각을 할 리 없었지만, 눈앞에서 두건을 쓴 사람들의 물결이 일렁이는 모습을 보고 있자니, 왠지 큰일이 일어날 것만 같은 기분을 떨칠 수가 없었습니다.

구경꾼들의 기대가 어느새 에인의 마음에도 옮겨붙은 탓일까요. 아니면 자신이 세운 그 팻말 때문에 이런 소동이 벌어졌다고 생각하니 괜스레 양심에 찔려, 자신도 모르게 정말로 용이 하늘로 승천하길 바라는 마음이 생긴 탓일까요. 어느 쪽인지는 알 수 없지만, 그 팻말의 글귀를 직접 쓴 이가 자신임을 뻔히 알면서도, 에인은 차츰 당혹스러운 마음을 잊고, 마침내 비구니 숙모처럼 연못의 수면을 물끄러미 바라보기 시작했습니다. 아무리 마지못한 일이라 해도, 정말로 그런 마음이 조금도 없었다면, 하늘로 오를 기미조차 없는 용을 기다리며 남쪽 문 아래에서 하루 종일 서 있을 리는 없겠지요.

하지만 사루사와 연못은 여느 때처럼 봄 햇살을 받아 잔잔히 빛날 뿐, 하늘은 구름 한 점 없이 맑았습니다. 그런데도 구경꾼들은 변함없이, 양산 아래나 천막 밑, 혹은 관람석 난간 뒤까지 빼곡히 들어서서, 아침에서 한낮으로, 다시 한낮에서 저녁으로 햇살이 기울어가는 것조차 잊은 채, 용왕이 모습을 드러내기만을 애타게 기다리고 있었습니다.

에인이 그곳에 도착한 지 반나절쯤 지났을 무렵, 향불의 연기처럼 가느다란 한 줄기 구름이 허공에 피어오르며 점점 부푸는가 싶더니, 조금 전까지 맑게 갠 하늘이 순식간에 어둑해졌습니다. 그와 함께 바람 한 점이 사루사와 연못 위를 스쳐 지나가며, 거울처럼 고요하던 수면 위에 잔물결을 그렸습니다. 미리 각오하고 있었다지만, 그 광경에 구경꾼들은 어찌할 바를 몰라 허둥댔습니다. 그러는 사이 눈 깜짝할 틈도 없이 하늘이 기운 듯 하얀 비가 세차게 퍼붓기 시작했습니다. 그뿐 아니라 천둥이 무섭게 울려 퍼지고, 번개가 하늘을 가르며 번쩍였습니다. 한 줄기 섬광이 구름 무리를 찢어놓자, 그 여세에 연못의 물이 마치 기둥처럼 솟구쳐 오른 듯했습니다. 바로 그 찰나, 에인의 눈에는 물보라와 구름 사이로 금빛 발톱을 번뜩이며 하늘로 곧게 치솟는, 삼십 미터에 달하는 검은 용이 아득히 비치는 듯했습니다. 하지만 그것은 찰나에 불과했습니다. 곧 폭풍우 속에서, 연못을 둘러싼 벚꽃잎들이 새까만 하늘로 흩날리는 모습만이 보였다고 합니다. 놀라 허둥낸 구경꾼들이 사방으로 달아나며 일으킨 인파의 물결이, 번개의 섬광 아래서 연못의 물결만큼이나 요동쳤다는 것은 굳이 덧붙일 필요도 없겠지요.

이윽고 장대비가 그치고 푸른 하늘이 드러나자, 에인은 커다란 코조차 잊은 듯한 얼굴로 두리번두리번 주위를 살폈습니다. 방금 본 그 용의 모습이 혹시 환영이 아니었을까 하는 생각이 들자, 그 팻말을 세운 장본인인 자신으로서는, 용이 하늘로 승천했다는 말이 아무래도 믿기 어려웠습니다.

그렇지만 분명히 본 건 본 것이었으니, 생각하면 할수록 더욱 알 수가 없었습니다. 에인은 기둥 밑에서 죽은 듯 앉아 있던 비구니 숙모를 일으켜 세우며, 어딘가 멋쩍은 기색을 감추지 못한 채 조심스레 물었습니다.

"용을 보셨습니까?"

그러자 숙모는 깊은숨을 내쉬고는 한동안 말을 잇지 못하다가, 겁에 질린 듯 여러 번 고개를 끄덕였습니다. 이윽고 떨리는 목소리로 대답했습니다.

"봤어, 봤다마다. 금빛 발톱만 번쩍이던 새까만 용신이었어."

그렇다면 용을 본 것은 에인 한 사람만의 착각은 아니란 말입니다. 나중에 전해진 이야기로는, 그날 그 자리에 있던 남녀노소 거의 모두가 구름 속에서 하늘로 솟아오르는 흑룡의 형체를 분명히 보았다고 합니다.

그 후 에인은 어떤 계기로, 그 팻말이 사실은 자신의 장난이었다고 털어놓았습니다. 하지만 에몬을 비롯한 동료 스님들 가운데 그 말을 믿은 이는 한 사람도 없었다고 합니다. 그렇다면 그 팻말의 장난은 에인의 의도를 알아맞힌 것이었을까요, 아니면 빗나간 것이었을까요. 코구로도, 그러니까 코가 큰 구로도도쿠고 에인 스님에게 물어본다 해도, 아마이 대답만큼은 쉽사리 들을 수 없을 것입니다……．

3

우지의 다이나곤 다카쿠니:

과연 기묘한 이야기로다. 옛날에는 사루사와 연못에도 용이 살았던 모양이네. 아니, 예전에도 있었는지는 알 수 없지. 아니, 옛날에도 있었는지는 모르지. 아니, 분명히 옛날엔 살고 있었을 거야. 그 시절 사람들은 모두 물속에 용이 산다고 믿었으니까. 그렇다면 용도 하늘과 땅을 오가며, 신처럼 신비한 자태를 드러냈을 테지. 자, 내 이야기는 이쯤 하기로 하고, 이제 그대들의 차례일세. 다음은 행각승이 말할 차례로군.

뭐라, 그대의 이야기는 이케노오의 젠치 내공이라는 코가 긴 스님에 대한 것이로군. 허허, 그거 참 흥미롭겠구나. 코 이야기이 뒤를 잇는 셈이니, 한층 더 재미있을 것 같네. 자, 어서 들려주게.

1919년 4월

코

젠치 내공*의 코라 하면, 이케노오에서 모르는 사람이 없었다. 한 뼘 정도 되는 길이에 윗입술 위에서 턱 밑까지 늘어져 있었다. 처음부터 끝까지 굵기가 일정했다. 꼭 길쭉한 소시지가 얼굴 한복판에 덜렁 매달려 있는 듯했다.

쉰 살이 넘은 내공은 사미** 시절부터 지금까지 속으로는 늘 이 코 때문에 괴로워했다. 물론 겉으로는 여전히 아무렇지 않은 얼굴로 지낸다. 내세의 극락을 염원해야 할 승려로서 코 따위를 걱정하는 게 옳지 않다고 생각했기 때문만은 아니다. 그보다는 오히려, 자신이 코를 신경 쓰고 있다는 걸 남에게 들키는 게 싫었다. 내공은 일상 대화에서 '코'라는 말이 나오는 걸 무척 두려워했다.

내공이 코를 성가셔한 까닭은 두 가지였다. 하나는 실제로 불편했기 때문이다. 무엇보다 밥을 먹을 때 혼자서는 도

---

* 나라의 이케노오 절에 살던 승려. 궁중의 불교 의식을 맡는 고승을 뜻한다.
** 출가한 뒤 수련 중인 젊은 스님.

저히 먹을 수 없었다. 혼자 먹으면 코끝이 그릇 속의 밥에 닿아버렸다. 그래서 내공은 제자 하나를 앞에 앉혀, 밥을 먹는 내내 길이 육십 센티미터, 폭 삼 센티미터 남짓한 나무판으로 코를 들어 올리게 했다. 하지만 이런 식으로 밥을 먹는다는 건, 코를 들어 올리는 제자에게도, 코가 들리는 내공에도 결코 호락호락한 일이 아니었다. 한번은 이 제자 대신 동자승이 맡았다가, 재채기를 하는 바람에 손이 흔들려 코를 죽 속에 빠뜨리고 말았다. 그 소문은 당시 교토까지 널리 퍼졌다. 하지만 이는 내공이 코 때문에 괴로워한 주된 이유가 아니었다. 내공이 진정 고통받은 것은, 바로 이 코 때문에 상처 입은 자존심이었다.

이케노오 사람들은 이런 코를 가진 젠치 내공이 속인이 아닌 것을 다행이라 여겼다. 저런 코를 지닌 사내에게 아내가 되려는 여자는 없으리라 생각했기 때문이다. 심지어 어떤 이들은, 바로 그 코 때문에 출가했을 것이라고 평하기도 했다. 그러나 내공은 자신이 승려이기에 조금이라도 이 코의 괴로움에서 벗어났다고는 생각하지 않았다. 내공의 자존심은, 아내를 두었느냐 하는 외형적인 사실에 흔들릴 만큼 단순하지 않았다. 그래서 내공은, 적극적으로든 소극적으로든, 상처 입은 자존심을 회복하려 애썼다.

우선 내공이 궁리한 것은, 이 긴 코를 실제보다 짧아 보이게 하는 방법이었다. 그는 사람이 없을 때마다 거울 앞에 서서, 얼굴을 여러 각도에서 비춰보며 궁리하고 또 궁리했다. 그러다 얼굴의 방향을 바꾸는 것만으로는 성이 차지 않아, 턱을 괴거나 손끝으로 턱 끝을 짚은 채, 묵묵히 거울 속을 들여다보았다. 하지만 자신도 만족할 만큼 코가 짧아 보인 적은 지금껏 단 한 번도 없었다. 애를 쓰면 쓸수록, 오히려 더 길어 보이는 듯했다. 내공은 그럴 때마다 거울을 상자에 집어넣으며, 새삼스레 한숨을 내쉬었다. 그러고는 마지못해 다시 책상 앞으로 돌아가 관음경을 읽기 시작했다.

그리고 또 내공은 끊임없이 남의 코를 의식했다. 이케노 오의 절에서는 승려들의 강설이 자주 열렸다. 절 안에는 승 방들이 빼곡히 늘어서 있고, 목욕탕에서는 스님들이 날마다 물을 데웠다. 그만큼 절을 오가는 사람도 많았다. 내공은 그 들의 얼굴을 끈질기게 살폈다. 자기처럼 긴 코를 가진 사람 을 한 사람이라도 찾아내 안심하고 싶었던 것이다. 그래서 그의 눈에는 감색 승복도, 흰 홑옷도 들어오지 않았다. 감귤 빛 모자나 밤색 법의 같은 것은, 너무 익숙해서 아예 눈에 들어오지도 않았다. 내공은 사람을 보지 않고, 오직 코만 보 았다. 그러나 매부리코는 있어도, 내공처럼 생긴 코는 단 하 나도 없었다. 그렇게 찾아도 없다는 사실이 반복되자, 내공 의 마음은 점점 더 불쾌해졌다. 그는 사람과 이야기하다가 무심코 늘어진 코끝을 집어 올리곤 했고, 그럴 때마다 나이 도 잊은 채 얼굴을 붉혔다. 모두 그 불쾌감이 불러온 행동이었다.

결국 내공은 경전 속에서라도 자신과 닮은 코를 가진 이를 찾아, 그걸로라도 마음을 달래보려 했다. 하지만 목련이나 사리불*의 코가 길었다는 구절은 어디에도 없었다. 용수**도, 마명***도, 모두 평범한 코를 가진 보살들이었다. 내공은 중국의 고사에서 촉한의 유현덕이 귀가 길었다는 이야기를 듣고, 그게 코였더라면 얼마나 마음이 편했을까 하고 생각했다.

이처럼 소극적으로 애쓰는 한편, 내공은 코를 짧게 만들 방법도 적극적으로 찾아보았다. 그는 할 수 있는 일은 거의 다 해보았다. 쥐참외를 달여 마시기도 했고, 쥐의 오줌을 코에 발라보기도 했다. 하지만 무엇을 해도, 코는 여전히 다섯 치나 되는 길이로 입술 위에 축 늘어져 있었다.

그런데 어느 해 가을, 내공의 심부름 겸하여 교토에 갔던 제자 중 한 명이, 아는 의사에게서 긴 코를 짧게 만드는 방법을 배워 왔다. 그 의사는 본래 중국에서 건너온 자로, 당시에는 조라쿠지의 사찰 운영을 돕는 승려였다.

내공은 평소처럼 코 따위에는 신경 쓰지 않는다는 태도로, 그 방법을 바로 해보겠다는 말은 일부러 삼켰다. 그러고는 식사 때마다 제자의 손을 빌리는 게 마음에 걸린다며, 태

---

* 석가모니의 제자로, 제일 지혜롭다고 꼽히는 인물.
** 인도에서 대승불교를 세운 고승으로, 깊은 지혜로 불교 사상을 정리한 인물.
*** 인도의 불교 시인이자 스님으로, 불교의 가르침을 사람들에게 널리 알린 인물.

연히 말을 흘렸다. 속으로는 제자가 자신을 설득해 그 방법을 권해주길 기다리고 있었던 것이다. 제자 또한 그런 속내를 모를 리 없었다. 하지만 그런 속내에 대한 반감보다도, 그렇게까지 마음을 쓰는 내공의 모습이 오히려 제자의 동정을 자극했을 것이다. 제자는 내공의 뜻대로 열을 올리며 그 방법을 시도해보라고 권했고, 내공 자신도 예상한 대로 그 간절한 권유를 받아들였다.

그 방법이란, 단지 뜨거운 물에 코를 삶고 다른 사람에게 밟게 하는, 아주 간단한 요법이었다.

절의 목욕탕에서는 날마다 물을 끓였다. 그래서 제자는 손가락조차 넣을 수 없을 만큼 뜨거운 물을, 곧바로 물동이에 담아 목욕탕에서 길어 왔다. 하지만 그 물동이에 코를 그대로 넣는다면, 김에 얼굴이 델 위험이 있었다. 이에 제자는 나무 쟁반에 구멍을 내어 뚜껑처럼 덮고, 그 구멍으로 코만 물속에 넣기로 했다. 이상하게도 코는 그렇게 뜨거운 물에 담가도 전혀 뜨겁지 않았다. 잠시 후 제자가 말했다.

"이제 다 삶이긴 것 같습니다."

내공은 쓴웃음을 지었다. 그 한마디만 들으면, 아무도 코에 관한 이야기라고는 짐작하지 못할 거라고 생각했기 때문이다. 코는 뜨거운 물에 삶아져, 벼룩에 물린 듯 간질거렸다.

내공이 쟁반 구멍에서 코를 빼내자, 제자는 아직 김이 오르는 그 코를 두 발로 힘껏 밟기 시작했다. 내공은 옆으로 누운 채 코를 마룻바닥 위로 늘어뜨리고, 제자의 발이 오르내리는 모습을 바로 앞에서 지켜보았다. 제자는 가끔 안쓰러운 얼굴로 내공의 민머리를 내려다보며 말했다.

"아프지는 않으세요? 의원님이 세게 밟으라 하셔서요. 그런데 정말 아프지 않으세요?"

내공은 고개를 저어 괜찮다는 뜻을 전하려 했다. 그러나 코를 밟히고 있는 탓에 뜻대로 머리를 움직일 수 없었다. 그래서 눈만 굴려 제자의 갈라진 발을 보며, 짜증 섞인 목소리로 말했다.

"안 아프다."

실제로 가려운 데가 밟히는 터라, 아프다기보다 오히려 시원할 정도였다.

한동안 밟고 있자, 코에 좁쌀 같은 것이 돋기 시작했다. 마치 털이 뽑힌 작은 새를 통째로 구운 듯한 모습이었다. 제자는 그걸 보고 발을 멈추며 혼잣말처럼 말했다.

"이걸 족집게로 뽑으라 하셨어요."

내공은 불만스러운 듯 볼을 부풀린 채, 말없이 제자가 하는 대로 내버려두었다. 제자의 호의를 모를 리는 없었으나, 자기 코를 물건처럼 다루는 것이 못마땅했다. 내공은 신뢰하지 못하는 의사에게 수술을 받는 환자처럼, 마지못해 제자가 코의 모공에서 족집게로 피지를 빼내는 모습을 지켜보았다. 피지는 새 깃대처럼 생긴 모양으로, 한 치 남짓 빠져

나왔다.

잠시 후 모든 게 끝나자, 제자는 안도한 듯 숨을 내쉬며 말했다.

"한 번 더 삶아야 할 듯합니다."

내공은 여전히 미간을 찌푸린 채, 못마땅한 얼굴로 제자가 하라는 대로 따랐다. 두 번째로 삶은 코를 꺼내 보니, 과연 전보다 짧아져 있었다. 이제는 흔한 매부리코와 다를 바 없었다. 내공은 짧아진 코를 어루만지며, 제자가 내민 거울을 주뼛주뼛 들여다보았다.

턱 밑까지 내려왔던 그 코는, 믿기 어려울 만큼 오그라들어 이제는 겨우 윗입술 위에 힘없이 남아 있었다. 군데군데 붉게 얼룩진 자국은, 아마 밟힌 흔적일 것이다. 이렇게 되었으니 이제 누구도 비웃지는 않을 것이다. 거울 속의 내공은, 거울 밖의 자신을 바라보며 만족스러운 눈빛으로 눈을 깜빡였다.

하지만 그날 하루 동안은, 혹시 코가 다시 길어지지 않을까 하는 불안이 내내 가시지 않았다. 그래서 내공은 독경할 때도, 식사할 때도, 틈만 나면 손을 뻗어 살그머니 코끝을 만져보았다. 그러나 코는 얌전히 윗입술 위에 자리할 뿐, 특별히 그 아래로 늘어져 내릴 기미는 보이지 않았다. 그리고 하룻밤을 자고 이튿날 이른 새벽 눈을 뜨자마자 내공은 무엇보다 먼저 자기 코를 어루만져 보았다. 코는 여전히 짧았다. 그 순간 내공은, 마치 여러 해 만에 법화경을 필사하여 공덕을 쌓았을 때와 같은, 탁 트인 기분을 맛보았다.

그런데 이삼일 지나자 내공은 뜻밖의 사실을 발견했다. 마침 용무가 있어 이케노오를 찾은 무사가 전보다 더욱 우습다는 얼굴로, 말도 제대로 하지 못하고 내공의 코만 힐끗힐끗 쳐다보는 게 아닌가. 그뿐만이 아니었다. 예전에 내공의 코를 죽 속에 빠뜨린 적이 있던 동자승은, 강당 앞에서 내공과 스쳐 지나갈 때 처음에는 고개를 숙이고 웃음을 참는 듯하더니, 끝내 참지 못하고 '푸하' 하고 웃음을 터뜨리고 말았다. 심부름을 하던 하급 승려들도 앞에서는 공손한 체했지만, 내공이 뒤돌기만 하며 금세 킥킥거리며 웃었다. 그런 일은 한두 번이 아니었다.

내공은 처음에 이를 자기 얼굴이 좀 달라진 탓이라고 여겼다. 하지만 아무래도 그것만으로는 충분히 설명되지 않았다. 물론 동자승이나 하급 승려들이 비웃는 까닭은 거기에 있는 게 틀림없다. 하지만 같은 웃음이라 해도, 코가 길었던 예전과는 어딘가 빛깔이 달랐다. 익숙한 긴 코보다, 낯선 짧은 코가 더 우스워 보인다고 하면 그만이겠지만, 그뿐만은 아닌 듯했다.

"전에는 서렇게까지 대놓고 웃진 않았는데."

내공은 외우던 경문을 멈추고, 반들반들한 머리를 기울인 채 이따금 중얼거렸다. 그럴 때마다 그는 곁에 걸린 보현보

살의 그림을 멍하니 바라보며, 코가 길던 며칠 전 일을 떠올리며, "지금은 초라해져 버린 사람이, 한때의 영화를 그리워하는 것 같구나" 하고는 고요한 침묵 속에 잠기곤 했다. 안타깝게도, 내공에게는 이 물음에 답할 만한 지혜가 없었다.

인간의 마음에는 서로 모순된 두 가지 감정이 있다. 누구나 남의 불행에는 연민을 느낀다. 하지만 그 사람이 그 불행에서 벗어나면, 이번에는 묘하게도 마음 한구석이 허전해지는 것이다. 조금 과장해 말하자면, 우리는 그 사람을 다시 한번 같은 불행 속에 빠뜨려보고 싶은 마음마저 품게 된다. 그리고 어느새 내심 그 사람에게 은근한 적의를 품게 된다. 내공이 이유도 모른 채 어딘가 불쾌함을 느꼈던 것은, 이케노오의 승려들과 신도들의 태도 속에서, 그런 방관자의 이기심을 어렴풋이 느꼈기 때문이었다.

그리하여 내공은 날이 갈수록 심기가 안 좋아졌다. 두 마디 중 한 마디는 누구에게든 신경질적으로 화를 냈다. 마침내 코를 치료한 그 제자조차도 "내공께서는 탐욕의 업보를 받게 될 것이야" 하고 수군거릴 정도였다. 특히 내공을 가장 화나게 한 것은 예의 장난꾸러기 동자승이었다. 어느 날, 개 짖는 소리가 요란하게 들려 내공이 무심히 밖으로 나가보니, 동자승이 두 자 남짓한 나무토막을 휘두르며 털이 긴 마른 개 한 마리를 쫓고 있었다. 그것도 단순히 쫓기만 하는 것이 아니었다. "코 맴매, 코 맴매" 하고 외쳐대며 쫓아다니는 것이다. 내공은 동자승의 손에서 그 나무토막을 낚아채 더니, 그의 얼굴을 후려갈겼다. 그 나무토막은 바로 예전 코를 떠받치던 그 나무판이었다.

내공은 공연히, 짧아진 자기 코가 오히려 원망스러워졌 다.

그러던 어느 날 밤이었다. 해가 진 뒤 갑자기 바람이 세어 졌는지, 탑의 풍경이 베개 너머로 시끄럽게 울려왔다. 날씨 도 부쩍 추워져서, 나이 든 내공은 쉬이 잠들지 못했다. 그렇게 뒤척이고 있는데, 문득 코가 유난히 가려웠다. 손을 대 보니, 약간 부어 있었다. 그 부분만 유난히 뜨거웠다.

"억지로 짧게 만든 탓에 탈이 난 걸지도 모르겠군."

내공은 불전 앞에 향불을 올리듯, 공손히 코를 누르며 나 직이 중얼거렸다.

이튿날 아침, 내공은 평소처럼 일찍 눈을 떴다. 절 안의 은행과 상수리나무는 하룻밤 사이 잎을 모두 떨구어, 뜰이 황금을 뿌려놓은 듯 눈부셨다. 탑의 지붕에는 서리가 내려 앉았고, 탑 꼭대기의 금빛 고리들이 아침 햇살에 눈부시게 빛났다. 젠치 내공은 덧문을 들어 올린 툇마루에 서서, 천천 히 숨을 들이켰다.

잊고 시내던 어떤 감정이, 그 순간 다시 내공에게 되돌아 왔다.

내공은 황급히 코에 손을 대었다. 손에 닿은 것은 어젯밤의 짧은 코가 아니었다. 윗입술 위에서부터 턱 밑까지, 대여섯 치나 늘어진, 예전의 긴 코였다. 내공은 자기 코가 하룻밤 사이에 다시 본래대로 길어졌음을 알았다. 그리고 동시에, 코가 짧아졌을 때 느꼈던 것과 같은 후련한 마음이 어디선가 또 밀려왔다.

"이제 이렇게 되었으니, 아무도 나를 비웃지 않겠지."

내공은 마음속으로 그렇게 자신에게 속삭였다.

가을 아침 바람 속에 긴 코를 덜렁거리며.

1916년 1월

흐린 겨울의 해 질 무렵이었다. 나는 요코스카발 상행 열차 이등 객차 구석에 앉아, 멍하니 출발을 알리는 신호를 기다리고 있었다. 이미 불이 켜진 객차 안에는 드물게도 나 혼자뿐이었다. 창밖을 바라보니, 어스레한 승강장에는 배웅하는 이의 모습조차 보이지 않고, 다만 우리에 갇힌 강아지 한 마리가 때때로 슬프게 짖고 있을 뿐이었다. 그 풍경들은 그때의 내 마음과 이상하리만큼 닮아 있었다. 머릿속에는 이루 말할 수 없는 피로와 권태가, 눈구름 낀 하늘처럼 무겁게 드리워져 있었다. 나는 외투 주머니에 두 손을 넣은 채, 그 안에 든 석간신문을 꺼내 볼 기운주차 나지 않았다.

이윽고 출발 신호가 울렸다. 나는 어렴풋한 안도감을 느끼며 머리를 뒤 창틀에 기대고, 눈앞의 역이 천천히 뒤로 물러나길 기다리고 있었다. 그런데 그보다 먼저, 개찰구 쪽에서 요란한 나막신 소리가 들려오더니, 곧 차장의 꾸짖는 목소리가 섞여 들려왔다. 이어 내가 타고 있던 이등 객실 문이 와락 열리며, 열세네 살쯤 되어 보이는 소녀 하나가 허겁지겁 뛰어들었다. 그 순간, 객차가 덜커덩 크게 흔들리더니, 서서히 기차가 움직이기 시작했다. 하나씩 눈앞을 지나가는 승강장의 기둥들, 마치 두고 간 듯 서 있는 급수차, 그리고 승객에게 팁을 받고 감사 인사를 하는 붉은 모자의 짐꾼…… 그 모든 것이 창밖으로 몰아치는 검은 연기 속에서 아쉬운 듯 뒤로 스러져갔다. 나는 그제야 비로소 마음이 놓여 담배에 불을 붙였다. 그리고 나른한 눈꺼풀을 들어, 맞은편 좌석에 앉은 소녀의 얼굴을 힐끗 바라보았다.

소녀는 윤기 없는 머리를 은행잎 모양으로 틀어 올리고, 양 볼은 트고 갈라져 보기 싫을 만큼 붉게 달아올라 있었다. 누가 봐도 시골내기였다. 때 묻은 연둣빛 털목도리가 무릎 위로 늘어져 있고, 그 위에는 큼직한 보따리가 놓여 있었다. 그 보따리를 안은 동상 걸린 손에는 삼등석 열차표가 꼭 쥐어져 있었다. 나는 그 촌스러운 얼굴이 영 마음에 들지 않았다. 소녀의 옷차림이 지저분한 것도 불쾌했다. 게다가 이등석과 삼등석의 차이조차 분간하지 못하는 그 아둔함이 못마땅했다. 나는 담배에 불을 붙이고, 이 소녀의 존재를 잊고 싶은 마음으로 주머니 속 석간신문을 꺼내 무심히 무릎 위에 펼쳤다. 바로 그때, 신문 지면에 비치던 바깥 빛이 갑자기 전등빛으로 바뀌면서, 인쇄 상태가 좋지 않은 어느 면의 활자가 또렷이 눈앞에 떠올랐다. 기차는 지금, 요코스카선의 수많은 터널 중 첫 번째 터널로 막 들어선 참이었다.

그러나 전등빛에 비친 신문 지면을 아무리 둘러보아도, 내 우울을 달래줄 만한 것은 없었다. 강화 문제,* 신랑 신부, 뇌물 사건, 부고…… 나는 터널로 들어선 그 순간, 마치 기차가 거꾸로 달리는 듯한 착각을 느끼며, 그 삭막한 기사들을 거의 기계적으로 훑었다. 하지만 그때도 나는, 마치 저속한 현실이 인간의 형상으로 앉아 있는 듯한 그 소녀의 모습을 의식하지 않을 수 없었다. 터널 속 기차, 촌스러운 소녀, 그리고 평범한 기사로 가득한 이 석간신문―이것이 상징이 아니면 무엇이겠는가. 이해할 수 없고, 남루하며, 지루한 인생의 상징이 아니면 또 무엇이랴. 모든 것이 한없이 시시해져, 나는 신문을 내던지고 머리를 창틀에 기댄 채, 죽은 사람처럼 눈을 감았다. 그리고 이내 스르르 잠 속으로 빠져들었다.

얼마쯤 시간이 흘렀을까. 문득 이유 모를 불안감에 주위를 둘러보니, 어느새 그 소녀가 맞은편에서 내 옆으로 옮겨 앉아, 창문을 열려고 애쓰고 있었다. 그러나 무거운 유리창은 뜻대로 움직이지 않는 듯했다. 트고 갈라진 뺨은 더욱 붉게 달아올랐고, 코를 훌쩍이는 소리와 거친 숨소리가 내 귀에 들어왔다. 물론 나도 그 소녀에게 어느 정도의 동정심을

<hr>

* 1919년 파리 강화회의를 둘러싼 일본의 외교 현안.

느끼지 않을 수는 없었다. 그러나 기차가 막 터널 입구에 이르렀다는 건, 마른풀로 덮인 산비탈이 창가 가까이 다가오는 것만 봐도 쉽게 짐작할 수 있었다. 그런데도 소녀는 기어코 닫힌 창문을 열려 하고 있었다. 그 이유를 나는 도무지 이해할 수 없었다. 아니다, 내게는 그것이 그저 소녀의 변덕으로밖에 생각되지 않았다. 그래서 나는 여전히 험상궂은 감정을 품은 채, 동상 걸린 손으로 유리창을 열려 애쓰는 소녀의 모습을, 마치 그 시도가 영영 성공하지 않기를 바라는 사람처럼 냉혹한 눈으로 바라보았다. 이내 요란한 굉음을 내며 기차가 터널 속으로 들어가자, 소녀가 열려 하던 유리창은 마침내 '툭' 하고 아래로 떨어졌다. 그러자 네모난 창문 틈으로, 그을음 섞인 검은 공기가 갑자기 숨 막히는 연기로 바뀌어 객실 안으로 밀려들기 시작했다. 원래 기관지가 좋지 않던 나는 손수건을 얼굴에 댈 틈도 없이 그 연기를 정면으로 뒤집어쓰고, 숨이 넘어갈 듯 기침을 해댔다. 그러나 소녀는 나를 아랑곳하지 않고, 창밖으로 몸을 기울어 어둠을 가르는 바람에 은행잎 모양으로 틀어 올린 머리카락을 흩날리며, 기차가 향하는 앞쪽을 뚫어지게 쳐다보고 있었다. 그 모습을 연기와 전등빛 사이로 바라보고 있을 때, 창밖이 눈에 환해지면서 흙과 마른풀, 물 내음이 차갑게 흘러들지 않았다면, 간신히 기침을 멈춘 나는 분명 이 알 수 없는 소녀를 호되게 꾸짖고, 다시 창문을 닫게 했을 것이다.

그러나 기차는 이미 터널을 미끄러지듯 빠져나와, 마른풀로 뒤덮인 산과 산 사이의 가난한 마을 변두리 건널목을 지나고 있었다. 건널목 근처에는 초라한 초가와 기와집이 빽빽하게 들어서 있었고, 건널목지기가 흔드는 듯한 허연 깃발 하나가, 저무는 빛 속에서 나른히 나부끼고 있었다. 터널을 막 벗어났다고 생각한 바로 그때, 그 쓸쓸한 건널목 울타리 너머로 볼이 붉은 세 소년이 어깨를 맞대고 서 있는 모습이 눈에 들어왔다. 그들은 모두 잿빛 하늘에 눌린 듯, 하나같이 키가 작았다. 그리고 이 변두리 마을의 음울한 풍경과 닮은 색의 옷을 입고 있었다. 그들은 기차가 지나가는 것을 올려다보며 일제히 손을 들었다. 그러고는 앳된 목을 뒤로 젖히며, 알 수 없는 함성을 힘껏 내질렀다. 바로 그 순간이었다. 창문 밖으로 반쯤 몸을 내밀고 있던 소녀가, 동상 걸린 손을 쭉 내뻗어 힘차게 좌우로 흔들었다. 그러자 따스한 햇살에 물든 귤 대여섯 개가, 기차를 배웅하던 아이들의 머리 위로 흩어지듯 떨어졌다. 나는 무심결에 숨을 삼켰다. 그리고 그 찰나, 모든 것을 깨달았다. 아마두 이제 막 하녀살이를 하러 가는 길이었을 그 소녀는, 품속에 넣어 두었던 몇 알의 귤을 창밖으로 던져, 일부러 건널목까지 배웅하러 나온 동생들의 수고에 보답한 것이리라.

저녁 빛이 감도는 변두리의 건널목, 새소리처럼 맑게 울리던 세 아이의 외침, 그리고 그 위로 흩날리며 쏟아지던 눈부신 귤빛…… 그 모든 게 기차 창밖을 스치며 순식간에 사라졌다. 그러나 내 마음속에는, 애틋할 만큼 또렷하게 그 광경이 새겨졌다. 그리고 그 순간, 이유를 알 수 없는 환한 감정이 천천히 가슴속에서 차오르는 것을 느꼈다. 나는 고개를 들어 마치 전혀 다른 사람을 바라보듯 그 소녀를 응시했다. 소녀는 어느새 다시 내 맞은편 자리로 돌아와 있었다. 트고 갈라진 뺨을 여전히 연둣빛 털목도리 속에 묻은 채, 커다란 보따리를 안은 손에 삼등석 열차표를 꼭 쥐고 있었다.

나는 이때 비로소 이루 말할 수 없는 피로와 권태, 그리고 또 이해할 수 없고 남루하고 지루한 삶을 잠깐 잊을 수 있었다.

1919년 4월

게사와 모리토

상

밤, 모리토[*]는 흙담 밖에서 달빛을 우러르며, 낙엽을 밟고 선 채 생각에 잠겨 있다.

그 독백

"벌써 달이 떴구나. 늘 달이 뜨기만을 기다리는 나였건만, 오늘만은 밝아지는 것이 두렵다. 지금까지의 내가 하룻밤 새 사라지고, 내일이면 살인자가 되어 있을 생각을 하니, 서 있는 것만으로도 몸이 떨린다. 이 두 손이 피로 붉게 물들었을 적을 상상해보라. 그때의 나는 나 스스로 얼마나 혐오스

---

[*] 헤이안 시대 말기의 무사 엔도 모리토를 가리킨다. 기혼 여성 게사를 사랑하게 된 그는 그녀를 죽음으로 몰아넣은 뒤, 죄책감에 괴로워하다가 출가해 수행승이 된다.

러운 존재로 보일까. 그것도 내가 증오하는 자를 죽이는 일이라면 이렇게까지 괴롭지 않을 터인데, 나는 오늘 밤, 미워하지도 않는 사내를 죽여야 한다.

나는 그 사내를 예전부터 알고 있었다. 와타루 사에몬노조라는 이름은 이번 일로 알게 되었지만, 사내치고는 지나치게 온화한, 희디흰 얼굴은 언제 처음 보았는지 모르겠다. 그가 게사의 남편임을 알았을 때 내가 잠시 질투를 느낀 건 사실이었다. 하지만 그 질투도 이제는 마음에 흔적 하나 남기지 않고 말끔히 사라져버렸다. 그러니 와타루는 내게 연적이라고는 하나, 밉지도 원망스럽지도 않다. 아니, 오히려 그에게 동정심을 느낀다 해도 좋을 정도다. 고로모가와 님 입에서 와타루가 게사를 얻기 위해 얼마나 애썼는지 들었을 때, 나는 실로 그를 가엾게 여기기까지 했다. 와타루는 게사를 아내로 삼고 싶은 일념으로 구태여 노래까지 배우지 않았던가. 그 고지식한 무사가 지은 연가를 떠올리면, 나도 모르게 입가에 미소가 번진다. 하지만 그것은 와타루를 비웃는 미소가 아니다. 그렇게까지 여인에게 매달리는 그 사내가 애처롭게 느껴지기 때문이다. 어쩌면 내가 사랑하는 여자에게 그토록 매달리는 그의 열정이, 애인인 내게 모종의 만족감을 주었기 때문일지도 모른다.

그러나 과연 나는 그만큼 게사를 사랑하고 있는가. 나와 게사 사이의 사랑은 과거와 현재, 두 시기로 갈라져 있다.

나는 게사가 와타루에게 시집가기 전부터 이미 그녀를 사랑하고 있었다. 아니, 사랑하고 있다고 믿었다. 하지만 지금 돌이켜보면, 그때의 내 마음에는 불순한 것도 적지 않았다. 나는 게사에게 무엇을 바랐던가. 여자 경험이 없던 때의 나로서는 분명 그녀의 몸을 원했다. 다소의 과장을 허락한다면, 내가 게사에 품었던 사랑이라는 것도 실은 그 욕망을 아름답게 치장한 감상적인 마음에 지나지 않았다. 그 증거로, 게사와의 관계가 끊긴 후 삼 년 동안, 물론 나는 그녀를 잊지 않았음이 틀림없지만, 만일 그 전에 내가 이미 그녀의 몸을 알았더라면, 과연 그 뒤에도 여전히 잊지 못하고 그리워했을까. 부끄럽지만, 나는 그렇다고 답할 용기가 없다. 내가 그 후로 게사에게 느낀 애착에는, 그녀의 몸을 알지 못한 것에 대한 미련이 크게 섞여 있었다. 그리고 그 억눌린 마음을 품은 채, 나는 끝내 두려워하면서도 기다리던 지금의 관계 속으로 들어와 버렸다. 그렇다면 지금은? 나는 새삼 내게 묻지 않을 수 없다. 나는 과연 게사를 사랑하고 있는가.

하지만 그 대답을 하기 전에, 싫지만 나는 이런 경위를 되돌아볼 필요가 있다. ……와타나베 다리의 공양 때, 삼 년 만에 우연히 게사와 마주친 나는 그 후 대략 반년 동안, 그녀와 은밀히 만날 기회를 만들기 위해 온갖 수단을 다 썼고, 마침내 성공했다. 아니, 단지 성공만 한 것이 아니라, 그때 나는 내가 꿈꾸던 대로 게사의 몸을 알게 되었다. 하지만 당시의 나를 지배하고 있던 것은 앞서 말한, 아직 그 여자의 몸을 모른다는 미련만은 아니었다. 나는 고로모가와 님 댁에서 게사와 한 방에 앉았을 때, 이미 그 미련이 어느새 옅어졌음을 깨달았다. 내가 이미 처음이 아니었다는 사실이, 그때의 욕망을 누그러뜨리는 데 한몫했을 것이다. 그러나 그보다 주된 원인은 그녀의 아름다움이 빛을 잃었다는 사실이었다. 실제로 지금의 게사는 이미 삼 년 전의 게사가 아니었다. 피부는 전체적으로 윤기를 잃었고, 눈가에는 거뭇한 기미 같은 것이 둘러 있다. 뺨 주변이나 턱 밑에도 예전의 탱탱함이 마치 거짓말처럼 사라져버렸다. 변하지 않은 거라곤 또렷하고 생기 넘치던 눈동자뿐이랄까. ……이런 변화는 나의 욕망에 있어서, 분명 두려운 타격이었다. 나는 삼 년 만에 그 여자와 마주했을 때, 무심코 시선을 돌리지 않을 수 없을 만큼 강한 충동을 느꼈던 일을 아직도 생생히 기억하고 있다…….

그렇다면 비교적 그런 미련을 느끼지 않던 내가, 어째서 다시 그 여인과 얽히게 되었을까. 나는 무엇보다도 이상한 정복욕에 이끌렸다. 게사는 나와 마주 앉아 있으면, 자기 남편인 와타루에게 품은 애정을 일부러 과장해 말하곤 했다. 하지만 그 말은 내게는 어쩐지 공허함밖에 주지 않았다.

'이 여자는 남편에게 허영심을 품고 있다.'

나는 그렇게 생각했다.

'어쩌면 이것도 내 동정을 사지 않으려는 반항심의 표현일지도 모른다.'

나는 또 그렇게도 생각했다. 그러면서 동시에, 그 거짓을 폭로하고 싶다는 마음이 시시각각 내 안에서 요동쳤다. 다만, 왜 그것을 거짓이라고 생각했느냐고 묻는다면, 또 그것을 거짓이라 생각한 데 내 자만심이 있었다고 말한다면, 나로서는 애초에 변명할 이유가 없다. 그럼에도 나는 그것이 거짓이라고 믿었다. 지금도 여전히 그렇게 믿고 있다.

하지만 그 정복욕 또한 당시의 나를 지배했던 전부는 아니었다. 그 밖에…… 이렇게 말하는 것만으로도 얼굴이 달아오르는 듯하지만, 나는 그 밖에도 단순한 욕정에 지배되어 있었다. 그것은 그 여자의 몸을 알지 못했다는 미련 때문은 아니었다. 훨씬 더 천박한, 상대가 꼭 그 여인일 필요조차 없는, 욕망을 위한 욕망이었다. 아마도 유녀를 사는 사내조차도, 그때의 나만큼 천박하진 않았을 것이다.

어쨌든 나는 그런 여러 가지 이유로 결국 게사와 관계를 맺었다. 다시 말하면 게사를 욕부였다. 그리고 지금, 내가 처음 품었던 의문으로 돌아가 보면…… 아니, 내가 게사를 사랑하는가 아닌가 하는 문제를 다시 와 묻는 건, 더는 의미가 없다. 오히려 때로는 그 여인에게 증오심까지 느낀다. 특히 모든 일이 끝난 뒤, 엎드려 흐느끼는 그 여인을 억지로 일으켜 안았을 때, 게사는 파렴치한 나보다도 더 파렴치한 여자처럼 보였다. 흐트러진 머리칼이며 땀으로 번들거리는 화장이며, 그 어느 것 하나 그 여자의 몸과 마음의 추함을 드러내지 않는 것이 없었다. 만약 그동안 내가 그 여자를 사랑했다면, 그 사랑은 그날을 마지막으로 영원히 사라지고 말았을 것이다. 혹은, 만약 그동안 내가 그 여자를 사랑하지 않았다면, 그날 이후 내 마음에 새로운 증오가 생겼다 해도 무리는 아닐 것이다. 그리고 아아, 오늘 밤 나는 사랑하지 않는 여자 때문에 미워하지도 않는 남자를 죽이려는 게 아닌가!

그 또한 아무의 잘못도 아니다. 애당초 내가 내 입으로 공공연히 꺼낸 말이다.

"와타루를 죽일까."

그 여자의 귀에 입을 대고 그렇게 속삭였던 일을 떠올리면, 그때의 내가 제정신이었는지조차 의심스럽다. 그러나 나는 그렇게 속삭였다. 속삭이지 말아야지 하면서도, 이를 악물며 속삭이고 말았다. 왜 내가 그렇게 속삭이고 싶었는지, 지금 돌이켜보면 도무지 알 수 없다. 하지만 억지로 생각해보면, 나는 그 여자를 경멸할수록, 미워할수록 점점 더 그 여자를 욕보이고 싶어 견딜 수가 없었다. 그 목적을 이루기 위해서는 와타루 사에몬노조, 즉 게사가 그 사랑을 뽐내던 남편을 죽이자는 것만큼, 그리고 그것을 저 여자에게 어쩔 수 없이 승낙시키는 것만큼 그 뜻에 부합하는 일은 없었다. 그래서 나는 마치 악몽에 시달리는 사람처럼 하고 싶지도 않은 살인을 억지로 그 여자에게 권했던 것이다. 그런데도 내가 와타루를 죽이자고 한 동기가 충분치 않았다면, 그 뒤에는 인간이 모르는 어떤 힘이(천마파순*이라고도 부르지만) 내 의지를 꾀어내 잘못된 길로 빠뜨렸다고밖에 해석할 수 없다. 어쨌든 나는 집요하게 몇 번이고 같은 말을 게사의 귀에 속삭였다.

그러자 게사는 잠시 있다가 갑자기 얼굴을 들더니, 순순히 내 제안에 알겠다고 대답했다. 하지만 그 대답이 의외로 쉽게 입에서 흘러나왔다는 사실보다 더 놀라웠던 건, 그 순간 게사의 눈에 지금껏 본 적 없는 묘한 빛이 깃들어 있었다는 사실이다. 간음을 저지른 여자…… 그런 생각이 즉시 떠올랐다. 동시에, 실망에 가까운 감정이 일며, 내가 꾸민 계획이 얼마나 무서운 것인지 눈앞에 선명히 펼쳐졌다. 그동안에도, 시들고 음탕해진 그녀의 얼굴에서 느껴지는 혐오스러움이 끊임없이 나를 괴롭혔다는 건 새삼 말할 필요도 없다. 할 수만 있다면 그 자리에서 약속을 깨버리고 싶었다. 그래서 나는 그 부정한 여자를 치욕의 밑바닥까지 떨어뜨리고 싶었다. 그렇게 하면 설령 그 여자를 가지고 놀았다 해도, 내 양심은 정의감이라는 명분 뒤로 숨을 수 있었을지도 모

* 부처의 깨달음을 방해한 마왕으로, 인간의 마음속 욕망과 집착을 상징하는 악마를 뜻한다.

른다. 그러나 나는 도무지 그런 여유를 만들 수 없었다. 마치 내 마음을 꿰뚫어 본 듯 표정을 바꾼 그녀가 나를 똑바로 바라보았을 때…… 나는 솔직히 고백한다. 내가 날짜와 시각을 정해 와타루를 죽이기로 약속하는 지경에까지 이른 것은, 거부하면 게사가 내게 복수할지도 모른다는 두려움 때문이었다. 그 두려움은 지금도 집요하게 나를 지배하고 있다. 겁쟁이라고 비웃고 싶은 사람은 비웃어라. 그건 게사를 몰라서 하는 소리다.

'내가 와타루를 제거하지 않으면, 게사가 직접 하지 않는다 해도 이 여자가 나를 죽일 것이다. 차라리 내가 와타루를 없애겠다.'

눈물 없는 채로 흐느끼는 그녀의 눈을 보았을 때, 나는 절망에 잠겨 그렇게 생각했다. 더구나 그 두려움은, 내가 맹세를 마친 뒤, 게사가 창백한 얼굴에 보조개를 보이며 눈을 내리깔고 웃는 순간, 현실이 되어버렸다.

아아, 나는 그 저주스러운 약속 때문에, 이미 더럽혀진 마음에다 이제 또 살인의 죄를 더해야만 한다. 만약 오늘 밤이 다가와 이 약속을 어긴다면…… 이 또한 역시 나는 견딜 수 없다. 내가 복수를 두려워한다고 한 말도 틀리지 않는다. 그 말은 사실이다. 하지만 그보다 더한 무언가가 있다. 도대체 무엇인가? 무엇이 이 겁 많은 나를 몰아붙여 죄 없는 사람을 죽이려 하는가? 나는 알 수 없다. 알 수 없으나, 어쩌면…… 아니, 그럴 리는 없다. 나는 그 여자를 경멸하고 있다, 두려워하고 있다, 미워하고 있다. 그런데도 여전히, 그래도 여전히, 나는 그 여자를 사랑하고 있기 때문인지도 모른다.

모리토는 달빛 속에서 헤매며, 다시는 입을 열지 않았다. 어딘가에서 이마요*의 노래가 들려온다.

참으로, 인간의 마음이란 무명의 어둠과 다를 바 없구나.
그저 번뇌의 불길에 타올라, 이내 사라질 뿐인 목숨이로다.

하

밤, 게사는 침소의 장막 밖에서 등잔불을 등지고, 소매를 문 채 생각에 잠겨 있다.

그 독백

"그 사람은 올까, 안 올까. 설마 오지 않을 리 없다고는

---

* 헤이안 시대 후기에 유행한 노래 형식. 당시 귀족과 승려들 사이에서 널리 불렸던, 세속적이면서도 불교적인 노래이다.

생각하지만, 벌써 달이 기울도록 발소리 하나 들리지 않는 걸 보니, 갑자기 마음이 바뀐 건 아닐까. 혹시 정말 안 온다면…… 아아, 나는 유녀처럼 이 수치스러운 낯짝을 들고 다시 세상 빛을 마주해야 한다. 그런 뻔뻔하고 부정한 짓을 내가 어찌할 수 있겠는가. 그때의 나는, 길가에 버려진 시체와 조금도 다를 바 없다. 모욕당하고, 짓밟히고, 결국엔 내 수치가 세상에 적나라하게 드러난다 해도 나는 말 못 하는 사람처럼 침묵해야 한다. 만약 그런 일이 벌어진다면, 죽는다 해도 차마 눈을 감을 수 없을 것이다. 아니, 그 사람은 반드시 올 것이다. 나는 지난번 헤어질 때, 그 사람의 눈을 들여다보았을 때부터, 그렇게 믿지 않을 수 없었다. 그 사람은 나를 두려워하고 있다. 나를 미워하고, 경멸하면서도, 여전히 나를 두려워한다. 내가 나 자신만을 믿는다면, 그가 올 리 없겠지만 나는 그를 믿는다. 그의 이기심, 아니 그 이기심이 만든 비열한 공포를 믿는다. 그래서 확신한다. 그는 분명히 아무도 모르게 찾아올 것이다…….

이제는 나 자신을 믿지 못하는 내가, 참으로 비참하다. 삼 년 전의 나는, 나 자신과 내 아름다움을 믿었다. 아니, 삼 년 전이라기보다, 그날까지라 해야 옳을 것이다. 그날 백모님 댁에서 그를 마주했을 때, 나는 단번에 그의 눈에 비친 내 추함을 알아버렸다. 그는 아무 일도 없다는 얼굴로, 나를 유혹하듯 다정한 말을 건넸다. 하지만 한번 자신의 추함을 알

아버린 여자의 마음이, 어찌 그런 말로 위로받을 수 있을까. 나는 분했고, 두려웠고, 슬펐다. 어릴 적 유모의 품에 안겨 월식을 바라보던 그 섬뜩함조차, 그때의 마음에 비하면 훨씬 낫다. 내가 품고 있던 온갖 꿈들은 한순간에 사라져버렸고, 남은 건 비 내리는 새벽녘 같은 쓸쓸함뿐이었다. 나는 그 쓸쓸함에 떨며, 죽은 것이나 다름없는 몸을 그 사람에게 맡기고 말았다. 사랑하지도 않는 그 사람에게, 나를 미워하고, 경멸하고, 욕정에 사로잡힌 그 사람에게…… 나는 내 추함을 보게 된 외로움을 견디지 못했던 걸까. 그의 품에 안겨 그 열에 들뜬 한순간, 모든 걸 속이려 했을까. 아니면 나도 그처럼 더러운 욕정에 휘둘렸던 걸까. 그 생각만으로도 부끄럽다. 부끄럽다. 부끄럽다. 그 사람의 품을 벗어나 다시 혼자가 되었을 때, 나는 내 자신이 얼마나 초라한 존재인지 실감했다.

분노와 쓸쓸함이 뒤섞여, 울지 않으려 해도 눈물이 끝없이 흘러내렸다. 그러나 그것은 결코 정조를 잃은 슬픔 때문만은 아니었다. 정조를 잃은 것도 모자라 짓밟히고 모욕당했다는 사실이, 마치 나병에 걸린 개처럼 혐오받으면서도 괴롭힘당했다는 사실이 무엇보다 내게는 견딜 수 없는 고통이었다. 그 뒤 나는 무엇을 했던가. 이제 와 생각해보면, 그조차도 먼 옛날의 일처럼 아스라하다. 다만 흐느끼던 사이, 그의 콧수염이 내 귓가를 스쳤고, 뜨거운 숨결 사이로 "와타루를 죽일까” 하는 낮은 속삭임이 들려왔다. 그 말을 들은 순간, 묘하게 생생한 감정이 들었다. 생생한 감정? 만약 달빛이 밝다면, 그것도 생생한 감정이 들 것이다. 하지만 그건 어디까지나 달빛이 밝은 것과는 다른, 섬뜩하게 생생한 감정이었다. 그런데도 나는, 그 무서운 한마디에 위로받았던 게 아닐까. 아아, 여인이란, 남편을 죽이면서도 사랑받고 싶어 하는 존재란 말인가.

나는 달빛처럼 쓸쓸하고, 어딘가 생생한 마음으로 한참을 울었다. 그러고는 문득 생각했다. 그리고 언제였을까. 언제 나는 그 사람의 손을 빌려 남편을 죽이겠다고 약속을 맺었을까. 하지만 그 약속을 맺자마자, 비로소 남편을 떠올렸다. 솔직히 그때가 처음이었다. 그전까지 내 마음은 오로지 나 자신, 모욕당한 나 자신만을 생각하고 있었다. 그런데 그 순간, 남편…… 아니, 남편이 아니라, 내게 말을 건네던 그 미소 짓는 얼굴이 눈앞에 떠올랐다.

나의 계략이 떠오른 것도, 아마 그 얼굴을 떠올린 바로 그 찰나였을 것이다. 그때 나는 이미 죽음을 각오하고 있었다. 그리고 결심을 할 수 있었다는 사실이 기뻤다. 하지만 울음을 그친 내가 얼굴을 들어 그를 바라본 순간, 그 마음속에 비친 나의 추함을 보았을 때, 그 기쁨은 한순간에 사라졌다. 나는 또 어린 시절 유모와 함께 보았던 월식의 어둠을 떠올리고 말았다. 그건 마치 기쁨의 밑바닥에 잠든 온갖 사악한 것들이 한꺼번에 풀려나온 듯한 감정이었다. 내가 남편 대신 죽으려는 건, 남편을 사랑해서일까. 아니, 아니다. 나는 그럴듯한 구실 뒤에 숨은 채, 그 사람에게 몸을 맡긴 죄를 씻고 싶었다. 스스로 죽을 용기조차 없던 나는, 세상의 눈에 조금이라도 착하게 보이길 바랐다. 그런 마음은 아직 용서받을 여지가 있었을지 모른다. 하지만 나는 그보다 더 비열했다. 더 추했다. 남편의 대신이 되겠다는 명목 아래, 나는 저 사람의 증오에, 저 사람의 멸시에, 그리고 저 사람이 나를 가지고 논 그 사악한 정욕에 복수를 하려고 했던 것이 아닌가. 그 증거로, 저 사람의 얼굴을 보면 그 달빛 같은 묘한 생생함도 사라지고 단지 슬픔만이 내 가슴을 얼어붙게 했다. 나는 남편을 위해 죽는 것이 아니다. 나는 나 자신을 위해 죽으려 한다. 상처 입은 억울함과 더럽혀진 몸의 원한, 그 두 가지 때문에 죽으려 한다. 나는 살아 있는 가치뿐 아니라, 죽을 가치조차 없었다.

하지만 그토록 가치 없는 죽음조차 살아 있는 것보다는 훨씬 나았다. 나는 슬픔을 억지로 감추며 그 사람과 남편을 죽이기로 한 약속을 거듭했다. 감이 빠른 그 사람이라면, 약속을 어길 경우 내가 어떤 짓을 저지를지 대강은 짐작했을 것이다. 그렇다면, 맹세까지 한 그 사람이 몰래 오지 않을 리가 없다. ……저건 바람 소리일까. 그날 이후의 고통이 오늘 밤으로 끝난다고 생각하니, 문득 마음이 풀리는 듯하다.

내일 아침 햇빛은 머리 없는 내 주검 위로 서늘한 빛을 내릴 것이다. 그걸 보면 남편은, 아니, 남편은 생각하지 말자. 남편은 나를 사랑하고 있다. 그러나 나는 그 사랑을 어찌할 힘도 없다. 나는 처음부터 한 사람만을 사랑했다. 그리고 그 한 사람이, 오늘 밤 나를 죽이러 온다. 이 등불의 빛마저 지금의 내겐 사치다. 그 사랑한 이에게 짓밟혀 만신창이가 된 나에게는.

게사는 등잔불을 훅 불어 꺼버렸다. 얼마 지나지 않아, 어둠 속에서 살며시 문 열리는 소리가 났다. 그와 함께 희미한 달빛이 스며들었다.

1918년 3월

지옥변

지옥변

1

　호리카와 대신*님 같은 분은 예전에도 없었고, 앞으로도 없을 것입니다. 듣자 하니, 그분이 태어나시기 전, 대위덕명왕**의 모습이 어머님 꿈에 나타났다고 합니다. 그만큼 본디부터 보통 사람과는 달리 나셨던 듯합니다. 그러므로 그분께서 하신 일은 저희로서는 하나같이 모두 뜻밖이었습니다. 이를테면 호리카와 저택의 규모만 봐도, 장대하달까, 호방하달까, 도저히 저희 같은 평범한 치들의 생각으로는 닿을 수 없는, 대담함이 이뤄 있습니다. 그 때문에 혹자는 이를 두고 갖가지 꼬투리를 잡아, 그분의 성품을 진시황이나 양

* '호리카와'라는 명칭은 헤이안 시대 후지와라 일족의 유력 귀족들이 거주했던 지역의 이름에서 따온 것으로 보인다. 실제로 이 시기에는 후지와라 모토쓰네와 같이 '호리카와'라는 별칭으로 불렸던 실존 인물들이 있었으나, 소설 속 '호리카와 대신'이 이들을 직접적인 모델로 삼았다는 명확한 기록은 없다.
** 죽음을 굴복시키는 불교의 명왕.

제에 견주기도 합니다만, 그야말로 장님이 코끼리를 더듬는 격이랄까요. 그분의 뜻은 결코 자신만 부귀영화를 누리고자 하는 데 있지 않았습니다. 오히려 백성들의 일까지 두루 헤아리시는, 말하자면 천하와 더불어 즐거움을 나누시겠다는 크고 넉넉한 도량을 지닌 분이셨습니다.

그러니 니조오미야의 백귀야행*과 마주쳐도, 특별히 화를 입지 않으셨던 것이겠지요. 또 미치노쿠 시오가마**의 경치를 그려 명성을 얻었으나, 히가시산조의 가와라노인***에 밤마다 나타난다고 소문이 돌던 도루 좌대신의 혼령조차도, 대신님께서 호령하시자 자취를 감추고 말았습니다. 이처럼 위세가 대단한 분이시니, 그 시절 교토의 남녀노소가 대신님을 곧 권좌의 환생인 양 떠받들고 존경한 것도 결코 지나친 일이 아니었습니다. 언젠가 궁중의 매화 연회에서 돌아오실 적에, 수레를 끌던 소가 풀려 하필 지나던 노인을 다치게 한 일이 있었습니다. 그때조차도 그 노인은 두 손을 모아, 대신님의 소에 받혔음을 오히려 감사히 여겼다고 합니다.

이러한 까닭에 대신님께서 살아 계신 동안에는, 두고두고

* 일본 교토의 니조오미야에서 밤마다 온갖 요괴와 귀신들이 줄지어 행진했다는 전설.
** 일본 도호쿠 지방의 항구 도시.
*** 일본 헤이안 시대 귀족 미나모토 도오루의 별장.

회자될 만한 일들이 자못 많았습니다. 궁정 대연회에서 신하에게 내린 하사품으로 백마를 무려 서른 필이나 받으신 적도 있으시고, 나가라강 다리 기둥에 총애하던 시동을 바친 일도 있으시며,* 또 화타**의 의술을 전해온 진단***의 승려에게 허벅지에 난 종기를 째게 하신 일도 있으시고…… 이처럼 일일이 열거하자면, 그야말로 끝이 없을 정도입니다. 그러나 그 수많은 일화 중에서도, 이제는 가문의 보물이 된 지옥변**** 병풍의 내력만큼은 실로 두려운 이야기라 하지 않을 수 없습니다. 평소에는 좀처럼 놀라시는 일이 없는 대신님조차 그때만은 가히 놀라신 듯했습니다. 하물며 곁에서 시중을 들던 저희야 말할 것도 없이 혼이 쏙 빠져나갈 지경이었지요. 그 가운데서도 이 미천한 소인은 대신님을 스무 해나 모셔왔습니다만, 그런 끔찍한 광경을 맞닥뜨린 적은 처음이었습니다. 그러나 그 이야기를 드리기에 앞서, 그 지옥변 병풍을 그린 화가 요시히데라는 사람에 대해 먼저 이야기해 둘 필요가 있겠습니다.

* 다리 기둥이 무너지지 않도록 사람을 희생 제물로 삼아 기둥에 묻는 '인주(人柱)' 전설을 가리킴. 나가라강 다리에도 이런 이야기가 전해진다.
** 중국 후한 말의 명의.
*** 중국의 옛 이름.
**** 지옥에서 벌어지는 형벌 장면을 묘사한 그림. 불교의 지옥도를 소재로 하여, 「지옥변」에서는 화가 요시히데가 그린 병풍 그림을 가리킨다.

2

어쩌면 지금도 요시히데라는 그 사내를 기억하는 분이 있으실지도 모르겠습니다. 그 시절 화필로는 요시히데를 능가할 자가 없다고들 할 만큼 명망 높은 화공이었습니다. 그 무렵에 그 사내는 아마 쉰을 바라보고 있었을 겁니다. 작은 키에 뼈 가죽만 남은 듯 깡마르고 심술이 그득해 보이는 노인이었습니다. 대신님의 저택에 찾아올 적에는 늘 붉은 기가 도는 옷에 두건을 쓰고 있었는데, 그 성품은 몹시 천박했으며, 노인치고는 입술이 유난히 붉어, 짐승 같은 섬뜩함을 풍겼습니다. 어떤 이는 붓을 핥아대서 입술이 빨개진 거라고도 했지만, 왜 그런지 진짜 이유는 알 수가 없습니다. 입이 험한 어떤 작자는 요시히데의 행동거지가 원숭이 같다며 원숭이 히데라는 별명까지 붙여 부르곤 했습니다.

원숭이 히데로 말하자면 이런 일화도 있습니다. 그 무렵 대신님의 저택에는 열다섯 살 난 요시히데의 외동딸이 시녀로 들어와 있었는데, 아버지와는 달리 곱고 사랑스러운 소녀였습니다. 더구나 일찍 어머니를 여읜 탓인지 생각이 깊고 어른스러웠으며, 타고난 기질이 영민하여 어린데도 사리에 밝았습니다. 그래서 마님을 비롯해 다른 시녀들에게도 사랑받았습니다.

그러던 어느 날, 단바 지방에서 누가 길들인 원숭이 한 마리를 바쳤는데, 장난기 심한 도련님이 그 원숭이에게 요시히데라는 이름을 붙이신 겁니다. 그 원숭이의 꼴이 원래도 우스운 데다 그런 이름까지 붙으니, 저택 안에서 웃지 않은 이가 없었습니다. 단순히 웃고 말았다면 괜찮았을 텐데, 원숭이가 소나무에 올라가거나 다다미를 더럽힐 때마다 요시히데, 요시히데, 라고 불러대며 괜히 놀려먹곤 했습니다.

그런데 하루는, 앞서 말씀드린 요시히데의 딸이 서신을 매단 붉은 매화 가지를 들고 긴 복도를 지나가고 있었습니다. 그때 저쪽 끝에서 그 작은 원숭이 요시히데가 발이라도 삐었는지 기둥에 뛰어오를 기력도 없이 절룩이며 죽을힘을 다해 달려오고 있었습니다. 게다가 그 뒤에는 매를 치켜든 도련님이 "귤 도둑놈, 거기 서라!" 하고 소리치며 뒤쫓아오고 계셨습니다. 요시히데의 딸은 잠시 망설였지만, 달려온 원숭이가 바짓단에 매달려 서럽게 울어대자, 가엾다는 마음을 억누를 수 없었습니다.

한 손에는 매화 가지를 들고, 다른 손으로는 보랏빛 옷소매를 가볍게 젓쳐, 원숭이를 살며시 안아 올리고는, 도련님 앞에 고개를 숙이고 청아한 목소리로 말했습니다.

"송구하오나, 짐승일 뿐입니다. 부디 너그러이 용서해주십시오."

그러나 기세 좋게 달려온 도련님은 언짢은 얼굴로 발을 쿵쿵 구르며 성을 내셨습니다.

"뭐? 그 원숭이는 귤 도둑이란 말이다."

"짐승일 뿐입니다……."

요시히데의 딸은 다시 그렇게 말하고는, 쓸쓸한 미소를 지으며 단호히 덧붙였습니다.

"게다가 그 이름이 요시히데라 하니, 제 아비가 벌을 받는 듯하여 차마 보고만 있을 수가 없습니다."

이 말에 도련님도 마침내 고집을 꺾으셨습니다.

"그래, 아비를 위한 간청이라면, 이번만은 특별히 용서해 주지."

도련님은 마지못해 그렇게 말씀하시더니, 매를 내던지시고는 원래 계시던 쪽으로 돌아가 버리셨습니다.

3

요시히데의 딸과 이 작은 원숭이가 가까워진 것은 그때부터였습니다. 딸은 아가씨께 받은 황금 방울을 고운 진홍빛 끈에 매달아 원숭이 목에 걸어주었고, 원숭이는 언제나 딸 곁을 지켰습니다. 어느 날 딸이 감기로 앓아누웠을 때는, 머리맡에 앉아 불안한 듯 손톱을 물어뜯기도 했습니다.

그리고 그 후로는 아무도 이 작은 원숭이를 예전처럼 괴롭히지 않았습니다. 아니, 오히려 점점 귀여워하기 시작하더니 나중에는 도련님마저 이따금 감이나 밤을 던져줬고, 무사가 원숭이를 발로 찼을 때는 크게 화까지 내셨습니다. 그 후, 대신님께서 요시히데의 딸에게 원숭이를 안고 나오라 하신 것도, 도련님이 크게 화를 내셨다는 이야기를 들은 뒤였다고 합니다. 요시히데의 딸이 원숭이를 아낀다는 이야기 역시 자연스레 대신님 귀에 들어갔던 모양이지요.

"참으로 효심이 깊은 아이로구나. 상을 내리마."

그리하여 소녀는 붉은색 무명옷을 상으로 받았습니다. 그런데 또 이 무명옷을 원숭이가 흉내 내듯 공손히 머리 위로 받들자, 대신님께선 더욱 흡족해하셨습니다. 그러니 대신님께서 요시히데의 딸을 총애하신 것은, 소녀의 효성과 원숭이를 아낀 정을 기특하게 여기셨기 때문이지, 세상 사람들이 수군거린 것처럼 여인을 탐하신 까닭은 아니었습니다. 물론 이러한 소문이 퍼진 데에도 이유가 있었지만, 그 이야기는 차차 전하도록 하겠습니다. 여기서는 다만 아무리 아름다운 처자라 한들, 대신님께서는 환쟁이 딸 따위에게 연정을 두신 분이 아니라는 점만 미리 밝혀두겠습니다.

이리하여 요시히데의 딸은 체면을 세우고 물러났으나, 본디 영리한 소녀였기에 경박한 다른 시녀들의 시샘을 사는 일은 없었습니다. 그 후로는 오히려 원숭이와 함께 더욱 총애를 받아, 늘 아씨 곁을 지키며 바깥나들이에도 빠짐없이 동행했습니다.

하지만 딸아이의 일은 일단 제쳐두고, 이제부터는 다시 아비인 요시히데의 이야기를 말씀드리겠습니다. 원숭이는 이처럼 금세 모두의 사랑을 받게 되었지만, 정작 요시히데는 여전히 누구에게나 미움만 사서, 변함없이 뒤에서는 원숭이 히데라 불리곤 했습니다. 그것도 저택 안에서만이 아니었습니다. 실제로 요카와의 큰스님조차 요시히데의 이름만 나오면 마치 마귀라도 만난 듯 얼굴빛을 바꾸며 몹시 미워하셨습니다. (물론 이는 요시히데가 큰스님의 언행을 풍자화로 그렸기 때문이라는 이야기도 있으나, 어디까지나 세간의 소문일 뿐, 확실히 그렇다고 단정할 수는 없습니다.) 하여튼 그 사내에 대한 평판이란 어느 쪽에서 들어봐도 모두 그런 식이었습니다. 만약 그를 나쁘게 말하지 않는 사람이 있다면, 아마 두셋의 동료 화공이거나 그 사내의 됨됨이는 모르고 그림만 아는 자들뿐일 것입니다.

실제로 요시히데는 겉모습이 천해 보였을 뿐 아니라, 사람들의 반감을 살 만한 고약한 버릇까지 지니고 있었으니, 그 또한 전적으로 자업자득이라 하지 않을 수 없습니다.

4

그 버릇이란, 인색하고 무뚝뚝하고 부끄러움도 모르고 게

으르고, 욕심 많고…… 아니, 그중에서도 특히 심한 것은 거만하고 오만한 성격으로, 언제나 자신이 일본 제일의 화공이라는 자부심을 코끝에 매달고 다니는 것이었습니다. 그것도 그림에 관한 일에만 그쳤다면 그나마 나았을 터인데, 그 사내의 시샘과 허세는 세상의 관습이나 예법 같은 것조차 모조리 우스갯거리로 삼지 않고는 못 배겼습니다. 오랫동안 요시히데의 제자로 있었다는 한 사람의 말에 따르면, 어느 날 어느 댁에서 이름난 무녀에게 신령이 내려 신탁을 전할 때도, 그는 허공을 곁눈질로 훑어보며, 주워 든 붓과 먹으로 그 무녀의 섬뜩한 얼굴을 정성스레 그려두었다고 합니다. 신령의 저주조차, 그 사내의 눈에는 어린아이의 장난쯤으로 밖에 보이지 않았던 모양이지요.

이런 작자니, 길상천*을 그릴 때는 천한 꼭두각시의 얼굴을 본떠 그리고, 부동명왕**을 그릴 때는 석방되는 무뢰배의 모습을 본떠 그리는 등, 여러모로 불경스러운 짓을 저질렀습니다. 그런데도 누가 그를 꾸짖기라도 하면, "요시히데가 그린 신불이 요시히데에게 천벌을 내린다니, 참으로 듣도 보도 못한 일이로군" 하며 태연히 비웃었다고 합니다. 그러자 제자들조차 경악하며, 그중에는 앞날이 두려워 서둘러

스승 곁을 떠난 이도 적지 않았던 듯했습니다. 요컨대, 한마디로 말하자면 오만방자한 자라 해도 무방할 것입니다. 어쨌든 당시 천하에 자기만큼 뛰어난 인물은 없다고 굳게 믿고 있던 사내였습니다.

그러니 요시히데가 화가로서 어느 위치에 올라 있었는가는 두말할 필요도 없을 것입니다. 물론 그 그림조차도, 그 사내의 붓놀림이며 채색법이 다른 화공들과는 전혀 달랐기에 사이가 좋지 않던 화공들 사이에서는 그를 두고 사기꾼이라느니 하는 평이 꽤 돌았던 모양입니다. 그들의 말에 따르면, 가와나리*나 가나오카** 같은 옛 거장들의 손길이 닿은 그림에는, 나무 문짝에 그린 매화꽃이 달밤마다 향기를 풍겼다느니, 병풍에 그린 귀족의 모습에서 피리 소리가 흘러나왔다느니 하는 우아한 전설이 전해졌지만, 요시히데의 그림에는 언제나 섬뜩하고 괴상한 이야기만 따라붙었습니다. 이를테면 그가 류가이지 절의 문에 그린 오취생사***라는 그림만 보더라도, 깊은 밤 그 문 아래를 지나가면 천상계 사람이 탄식하는 숨소리나 흐느끼는 울음소리가 들렸다고 합니다. 아니, 어떤 이는 시체가 썩어가는 악취마저 풍겼다고 했습니다. 또 대신의 명으로 그린 시녀들의 초상화조차, 화폭 속 인물들은 하나같이 삼 년이 채 되기도 전에 혼이 빠져나간 듯 병을 얻어 죽었다고 하지 않겠습니까. 그래서 요시히데의 그림이 이미 삿된 길에 떨어졌다는 가장 확실한 증거라며 비난하는 이들도 있었다고 합니다.

하지만 앞서 말씀드린 대로, 워낙 비뚤어진 성격의 사내였으니, 요시히데는 그런 평판조차 도리어 큰 자랑거리로 삼곤 했습니다. 어느 날 대신님께서 농담 삼아 "그대는 유난히 흉한 것을 좋아하는 듯하구나" 하고 말씀하셨을 때도, 그 나이에 어울리지 않는 붉은 입술을 비죽이며 섬뜩하게 웃고는, "예, 그러하옵니다. 어설픈 화공 따위는 흉한 것의 아름다움 같은 건 알 리가 없습지요" 하고 시건방지게 대답했습니다. 제아무리 당대 제일의 화공이라 한들, 어찌 감히 대신님 앞에서 그처럼 거만한 말을 입에 담을 수 있겠습니다. 아까도 말씀드린 제자 하나가 속으로 스승에게 지라영수라는 별명을 붙여 그의 오만함을 비웃었다고 하는데, 그것도 무리는 아닙니다. 아시다시피 지라영수는 옛날 중국에서 건너왔다고 전해지는 덴구*의 이름입니다. 하지만 이토록 괴팍하고 비뚤어진 요시히데에게도, 마음을 다해 아낀 단 한 사

* 일본 전통 신앙과 불교 설화에 등장하는 요괴 또는 초자연적 존재로, 단순한 괴물이 아니라, 교만과 오만을 상징하는 존재로 자주 그려진다.

람이 있었습니다.

5

　바로 요시히데가 자신의 하나뿐인 딸, 그 시녀를 미친 듯이 애지중지했다는 사실입니다. 아까 말씀드린 대로 딸은 마음씨 곱고 효성이 지극한 소녀였지만, 그의 자식 사랑 또한 결코 그에 뒤지지 않았습니다. 절에도 시주 한 푼 해본 적 없는 자가 딸의 옷차림이나 머리 장식에는 아낌없이 돈을 썼다고 하니 참으로 거짓말 같지 않습니까.

　하지만 요시히데가 딸을 아낀다고 해도, 그건 그저 귀여워한다는 의미였지, 그는 언젠가 좋은 사위를 들이겠다는 생각은 꿈에도 하지 않았습니다. 오히려 딸에게 조금이라도 추근거리는 자가 있으면, 길거리 깡패들을 불러 모아 몰래 매질이라도 서슴지 않을 사람이었습니다. 그러니 그 딸이 대신님의 부름을 받아 시녀로 들어가게 되었을 때도, 요시히데는 크게 못마땅해하며 한동안은 대신님 앞에서도 똥 썹은 얼굴로 있었습니다. 대신님께서 딸의 아름다움에 마음을 빼앗긴 나머지, 아버지의 반대를 무릅쓰고 불러들였다는 소문은, 아마 그런 모습을 본 사람들이 제멋대로 꾸며낸 이야기였을 것이겠지요.

물론 그 소문이 거짓이라 해도, 끔찍한 자식 사랑에 딸이 늘 아무 탈 없이 평안하기를 빌었던 것만은 틀림없는 사실이었습니다. 어느 날 대신님의 명으로 어린 문수보살을 그렸을 때도, 총애하는 시동의 얼굴을 본떠 그려내니, 대신님도 크게 만족하시며 "상으로 원하는 것을 주겠다. 사양 말고 말해보아라" 하고 황공한 말씀을 하셨습니다. 그러자 요시히데는 몸을 숙여 슬쩍 고개를 들더니, 뜻밖에도 이렇게 아뢰었습니다.

"부디 제 딸을 집으로 보내주시옵소서."

아무리 딸을 사랑한다 한들, 이런 무례한 청을 드리다니 그런 자가 세상천지 어디에 있단 말입니까. 이 말에 대신님께서도 언짢으셨던지 잠시 요시히데를 말없이 바라보시다가, 이내 "그건 안 된다" 하고 짧게 내뱉으시더니, 곧바로 자리에서 일어나버리셨습니다. 이런 일이 네댓 번은 있었던 듯합니다. 지금 생각해보면, 대신님께서 요시히데를 보는 눈길이 그때마다 점점 더 차갑게 식어간 듯합니다. 아버지의 안위가 걱정된 딸은 자기 방에 혼자 있을 때면 옷소매를 물고 흐느껴 울곤 했습니다. 그래서 대신님이 요시히데의 딸에게 마음을 두셨다는 소문이 더욱 퍼져 나갔던 모양입니다. 어떤 이들은 지옥변 병풍을 그린 연유 또한, 사실은 딸이 대신님의 뜻에 따르지 않았기 때문이라 말하기도 하지만, 애당초 그런 일이 있을 리 만무합니다.

저희가 보기에는, 대신님께서 요시히데의 딸을 돌려보내지 않으신 것은, 단지 소녀의 처지를 가엾게 여기셨기 때문입니다. 그런 고집불통 아비 곁으로 보내느니 곁에 두어 아무 불편 없이 살게 해주려는, 자비로우신 배려였던 것입니다. 물론 마음씨 고운 소녀를 아끼신 것은 사실이었으나, 색을 탐하셨다는 말은 억지로 지어낸 이야기일 뿐입니다. 아니, 그런 소문은 터무니없는 거짓말이라 해야 옳을 것입니다.

어쨌건, 이렇게 딸 일로 요시히데가 대신님께 점점 미움을 사게 되었을 무렵이었습니다. 어느 날 무슨 뜻에서였는지, 대신님께서 갑자기 요시히데를 부르시더니, 지옥을 그린 병풍을 그리라고 명하셨습니다.

6

지옥변 병풍이라 하면, 저는 지금도 그 끔찍한 그림의 광경이 눈앞에 생생히 떠오르는 듯합니다.

같은 지옥변이라 해도, 요시히데가 그린 것은 다른 화공의 그림과는 구도부터가 완전히 달랐습니다. 병풍 구석에 시왕*과 그를 따르는 시종들의 모습을 작게 그려 넣고, 나머

* 사람이 죽은 뒤 지옥에서 죄를 심판하는 열 명의 대왕.

지는 칼날로 뒤덮인 칼산과 칼나무까지 녹여버릴 듯 시뻘건 지옥 불이 소용돌이치고 있었습니다. 그러니 지옥의 관리들이 걸친 당나라풍 옷자락이 노랑과 쪽빛으로 점점이 빛나는 것 말고는, 어디를 보아도 거센 화염의 물결뿐이었습니다. 그 속에서는 마치 만(卍)자처럼, 먹물을 뿌린 듯한 검은 연기와 금가루 섞인 불씨들이 미친 듯이 날뛰고 있었습니다.

이것만으로도 보는 이의 눈을 놀라게 할 만한 붓놀림이었지만, 업화에 휩싸여 고통받는 죄인들의 모습은, 어느 것 하나 흔히 볼 수 있는 지옥도와 같지 않았습니다. 그 이유인즉, 요시히데는 그 많은 죄인 중에 위로는 귀족에서부터 아래로는 거지와 천민에 이르기까지, 온갖 신분의 인간을 그려 넣었기 때문이었습니다.

관복 차림의 위엄 있는 귀족들, 화려한 겹옷 차림의 궁녀, 염주를 걸고 염불을 외는 승려, 굽 높은 나막신을 신은 학생 무사, 얇고 긴 옷차림의 어린 시녀, 부적을 흔드는 음양사…… 하나하나 세어 나가자면, 끝이 없을 정도였습니다. 아무튼 그런 온갖 사람들이 불길과 연기가 뒤엉켜 소용돌이치는 가운데, 우두마두˚에게 매질을 당하며, 폭풍에 날리는 낙엽처럼 사방팔방 도망치고 있었습니다. 쇠갈고리에 머리카락이 휘감긴 채 거미처럼 팔다리를 오그라뜨리고 있는

* 불교에서 지옥을 지키는 두 명의 수호귀. 하나는 소머리, 다른 하나는 말머리 형상을 하고 있다.

여자는 무녀가 아닐까요. 창에 가슴이 꿰뚫려 박쥐처럼 거꾸로 매달린 남자는, 부패한 지방관이 틀림없을 것입니다. 그 밖에도 쇠 채찍에 맞는 자, 거대한 바위에 깔린 자, 괴상한 새의 부리에 쪼이는 자, 독룡의 아가리에 물린 자…… 죄인의 수만큼이나 형벌도 무수히 많았습니다. 하지만 그 많은 형상들 가운데서도 유독 눈에 띄게 섬뜩한 것은, 마치 짐승의 송곳니 같은 칼나무의 꼭대기를 스치며 (그 칼나무의 가지마다 역시 많은 망자들이 온몸이 꿰뚫린 채 매달려 있었습니다만) 허공에서 떨어지고 있는 한 대의 우마차였습니다. 지옥의 바람에 휘말려 공중에 떠오른 그 수레 안에는 천황의 여인이라 해도 손색없을 만큼 화려하게 치장한 궁녀가 치렁치렁한 검은 머리칼을 불길 속에 휘날리며, 흰 목덜미를 젖힌 채 몸부림치고 있었습니다. 그 여인의 모습이며, 활활 타오르는 우마차며, 어느 것 하나 지옥의 끔찍한 형벌을 떠올리게 하지 않는 것이 없었습니다. 말하자면, 그 넓은 화폭에 깃든 공포가 이 한 사람의 형상에 응축되어 있는 것 같았습니다. 그 그림을 바라보는 이의 귓가에는 절로 섬뜩한 비명이 들려오나 싶을 만큼, 신들린 솜씨의 걸작이었습니다.

아아, 바로 이것이었습니다. 이 그림을 그리기 위해, 그 끔찍한 사건이 일어난 것입니다. 그렇지 않고서야, 제아무리 요시히데라도 어찌 이토록 생생한 나락의 고통을 그려낼 수 있었겠습니까. 그는 이 병풍 그림을 완성하는 대가로, 목숨마저 내던지는 비참한 운명에 맞닥뜨리게 되었습니다. 말하자면, 이 그림 속 지옥은, 당대 제일의 화공 요시히데가 언젠가 떨어질 지옥이었던 것입니다……

제가 그 희귀한 지옥변 병풍 이야기를 너무 서둘러 한 나머지, 어쩌면 이야기의 순서가 뒤바뀌었는지도 모르겠습니다. 이제부터는 다시 이어서, 대신님으로부터 지옥도를 그리라는 명을 받은 요시히데의 이야기로 돌아가 보겠습니다.

7

요시히데는 그로부터 대여섯 달 동안 저택에는 발도 들이지 않고, 오로지 병풍 그림에만 매달렸습니다. 그토록 딸을 끔찍이 아끼던 사람이, 그림을 시작하자 딸을 보는 것조차 잊었다니, 이 얼마나 기이한 일입니까. 제자의 말로는, 그는 한번 붓을 들면 마치 여우에게 홀린 사람처럼 변했다고 합니다. 실제로 당시 풍문에 따르면, 요시히데가 화가로서 이름을 떨치게 된 것은 복덕의 신에게 기도를 올렸기 때문이라 했습니다. 그 증거로, 그가 그림 그리는 모습을 몰래 엿보면, 반드시 영험한 여우들이 한 마리도 아니고 사방으로 있었다고 전하는 이들까지 있었습니다. 그만큼 붓을 들면 그림을 완성하는 일 외에는 아무것도 눈에 들어오지 않았던 모양이지요. 밤낮을 작은 방에 틀어박힌 채, 햇빛조차 쐬지 않았다고 합니다. 특히 지옥변 병풍을 그릴 때는, 그 몰입이 그 어느 때보다도 심했다고 합니다.

그렇다고 해서, 그가 정말로 낮에도 덧문 내린 방의 등잔불 아래서 비밀의 물감을 섞는다거나, 제자들에게 예복이나 평상복 같은 옷을 차례로 입혀 그 모습을 한 사람 한 사람 정성껏 그린다든가…… 하는 그런 일을 했다는 뜻이 아닙니다. 그런 정도의 기이한 행동이라면, 굳이 그 지옥변 병풍을 그릴 때가 아니더라도, 일에 몰두하기 시작하면 언제든지 할 법한 사람이었으니까요. 실제로 류가이지 절의 오취생사도*를 그릴 적에는, 보통 사람이라면 일부러 시선을 피하며 지나칠 시체 앞에 태연히 앉아, 반쯤 썩어가는 얼굴과 팔다리를, 머리카락 한 올 어긋남 없이 정밀하게 그려낸 일도 있었습니다. 그렇다면, 그토록 심한 몰입이란 대체 어떤 상태냐고 묻는 분들도 있으시겠지요. 지금은 자세히 말씀드릴 겨를이 없으니, 주요한 이야기만 말씀드리자면 대체로 이렇습니다.

요시히데의 제자 중 하나가(이 또한 앞에서 말씀드린 그 제자입니다만) 어느 날 물감을 풀고 있는데, 갑자기 스승이 다가와 "내 잠시 낮잠을 자려 한다. 하지만 요즘은 꿈자리가 영

---

* 중생이 다섯 갈래의 세계에서 윤회하며 생사하는 모습을 그린 그림.

뒤숭숭하구나” 하고 말하는 것이었습니다. 딱히 드문 일도 아니었기에, 제자는 손도 멈추지 않고 그저 “그러시군요” 하고 대충 한마디 던졌습니다. 그런데 요시히데는 그날따라 쓸쓸한 얼굴로 “그러니 내가 낮잠을 자는 동안, 곁에 앉아 있어주겠느냐” 하고 머뭇거리며 부탁하는 게 아니겠습니까. 제자는 스승이 평소답지 않게 꿈 따위에 신경을 쓰는 게 이 상하다고 여겼습니다. 그러나 그 또한 별로 어려운 일은 아니었기에 “알겠습니다” 하고 대답했습니다. 그런데도 스승은 여전히 근심스레 “그럼 바로 안으로 들어오너라. 혹시 다른 제자가 와도, 내가 자는 동안은 절대 들이지 말고” 요시히데는 망설이며 그렇게 당부했습니다. 안이라 함은 그가 그림을 그리던 방으로, 그날도 밤처럼 문을 꼭 닫아걸고 희미한 등잔불만 켜 둔 채, 아직 밑그림만 그려 둔 병풍을 사방에 둘러친 상태였다고 합니다. 제자가 방에 들어가니, 요시히데는 팔을 베개 삼아 마치 기진맥진한 사람처럼 스르르 잠이 들었는데, 반 시간도 지나지 않아, 머리맡을 지키던 제자의 귀에 뭐라 형언하기 어려운 오싹한 소리가 들리기 시작했습니다.

8

처음엔 그저 소리뿐이었습니다. 그러나 잠시 지나자 점점 띄엄띄엄 이어지는 말이 되더니, 마치 물에 빠져 허우적대는 사람이 물속에서 신음하듯 이런 말을 하기 시작했습니다.

"뭐라고, 나더러 오라고? 어디로…… 어디로 오라고? 나락으로 와라. 불지옥으로 와라. 누구냐, 그런 말을 하는 자는…… 너는 누구냐? 누구였더라."

제자는 물감을 풀던 손을 멈추고, 겁에 질려 스승의 얼굴을 살폈습니다. 그러자 주름투성이 얼굴은 창백해져 있었고, 굵은 땀방울이 송골송골 맺혀 있었습니다. 바싹 마른 입술과 듬성듬성 난 이 사이로는 헐떡이는 숨결이 거칠게 새어 나왔습니다. 입안에서는 마치 실에 매달려 당겨지듯 미친 듯이 꿈틀거리는 것이 있었는데, 그것이 바로 스승의 혀였다고 합니다. 끊어지고 이어지는 그 말소리는 바로 그 혀끝에서 흘러나오고 있었습니다.

"누군가 했더니…… 그래, 바로 너구나. 나도 너일 줄 알았다. 뭐, 데리러 왔다고? 그럼 와라. 나락으로 와라. 나락에는…… 나락에는 내 딸이 기다리고 있느니라."

그때 제자의 눈에는 괴상한 그림자가 아지랑이처럼 병풍 앞을 스치며 내려앉는 듯 보여, 등골이 서늘해질 만큼 오싹

한 기분이 들었다고 합니다. 제자는 요시히데를 힘껏 흔들어 깨웠으나, 스승은 여전히 비몽사몽인 채 혼잣말을 중얼거리며 깨어날 기미가 전혀 없었습니다. 그러자 제자는 결심 끝에, 붓을 씻던 물을 스승의 얼굴에 확 끼얹었습니다.

"기다리고 있으니, 이 수레에 올라타라…… 이 수레에 올라타 나락으로 와라……."

그 소리가 갑자기 목을 죄는 듯한 신음으로 바뀌는가 싶더니, 그 순간 요시히데는 눈을 번쩍 뜨고, 바늘에 찔린 듯 놀라며 벌떡 몸을 일으켰다고 합니다. 아직 꿈속의 괴이한 형상이 눈꺼풀 뒤에서 아른거렸던 모양입니다.

스승은 잠시 공포에 질린 눈빛으로, 입을 크게 벌린 채 허공을 멍하니 바라보고 있었다고 합니다. 그러다 이윽고 정신을 차렸는지 "이제 됐으니, 저리 가라" 하고 이번에는 퉁명스럽게 말했습니다. 제자는 이런 때에 대꾸하면 늘 심한 꾸중을 들었기에, 허겁지겁 방에서 나왔습니다. 그리고 바깥의 밝은 햇살을 보는 순간, 마치 악몽에서 깨어난 사람처럼 마음이 놓였다고 합니다.

하지만 이 정도는 아직 약과였습니다. 한 달쯤 뒤, 이번에는 또 다른 제자가 요시히데에게 불려 갔습니다. 요시히데는 어둑한 등잔불 아래에서 여전히 붓을 입에 문 채 앉아 있었는데, 갑자기 제자를 향해 몸을 돌리며 말했습니다.

"수고스럽겠지만, 다시 한번 벗어주겠나."

그때까지도 늘 스승의 지시에 따르던 제자는, 이번에도 별다른 의심 없이 곧바로 옷을 훌훌 벗어 던지고 벌거숭이가 되었습니다. 그러자 요시히데는 묘하게 얼굴을 찡그리며 말했습니다.

"나는 쇠사슬에 묶인 인간을 보고 싶다. 미안하지만 잠시만 내가 시키는 대로 해주게."

하지만 말투에는 미안한 기색이라곤 전혀 없었고, 그저 차갑게 그렇게 말했다고 합니다. 원래 이 제자는 붓보다 차라리 칼을 쥐는 편이 어울릴 만큼 건장한 청년이었지만, 그때만큼은 놀라움과 두려움을 감추지 못했다고 합니다. 훗날에도 그는 그날의 일을 회상하며 이렇게 말했다고 전해집니다.

"그때는 정말 스승이 미쳐서 저를 죽이는 줄 알았습니다."

하지만 요시히데는 제자가 우물쭈물하는 게 답답했던 모양입니다. 어디서 꺼냈는지, 그는 가느다란 쇠사슬을 손에 자르르 감더니, 다짜고짜 제자의 등에 올라탔습니다. 그러고는 두 팔을 억지로 비틀어 올려 온몸을 칭칭 감아버리더니, 쇠사슬 끝을 홱 잡아당겼습니다. 제자의 몸은 그 반동에 밀려 바닥에 쿵 하고 부딪치며 요란하게 쓰러지고 말았다고 합니다.

9

그때 제자의 꼴은 꼭 술독을 굴려놓은 듯했다지요. 팔다리가 흉하게 비틀린 채 묶여 있었으니, 움직일 수 있는 건 머리뿐이었습니다. 게다가 뚱뚱한 몸의 피가 쇠사슬에 눌려 흐르지 못하니, 얼굴이건 몸통이건 할 것 없이 피부가 온통 새빨갛게 달아올랐다고 합니다. 하지만 요시히데는 그러든 말든 전혀 개의치 않았던 모양입니다. 술독처럼 뒹구는 제자의 몸 주위를 이리저리 돌며 살펴보더니, 그 모습을 몇 장이고 그림으로 옮겼습니다. 그동안 쇠사슬에 묶인 제자가 얼마나 고통스러웠는지는, 굳이 말하지 않아도 짐작이 가겠지요.

그러나 만약 그때 아무 일도 일어나지 않았다면, 제자의 고통은 더 오랫동안 계속되었을 것입니다. 다행이라 해야 할지(아니면 불행이라 해야 할지, 어쩌면 그렇게 말하는 게 더 맞을지도 모르겠습니다만) 잠시 후, 방 한구석의 항아리 뒤편에서, 마치 검은 기름 같은 것이 한 줄기 꿈틀거리며 흘러나오기 시작했습니다. 처음에 그것은 마치 끈적한 액체처럼 느리게 움직이고 있었다고 합니다. 그러나 점점 미끄럽게 흐르더니, 반짝반짝 빛을 내며 코끝까지 다다랐습니다. 그 모습을 본 제자는 놀라 숨을 들이마시며 외쳤습니다.

"뱀이…… 뱀이에요!"

그 순간 온몸의 피가 한순간에 얼어붙는 것 같았다고 합니다. 그도 그럴 것이, 그 뱀이 실제로 쇠사슬이 파고든 목덜미에 차가운 혀끝을 막 갖다 댈 참이었던 것입니다. 이 뜻밖의 일에는, 아무리 괴팍한 요시히데라도 깜짝 놀랐던 모양입니다. 그는 허둥지둥 붓을 내던지고 몸을 숙이더니, 재빨리 뱀의 꼬리를 붙잡아 거꾸로 매달았습니다. 뱀은 대롱대롱 매달린 채 머리를 치켜들고 똬리를 틀 듯 몸을 감으며 올라갔지만, 끝내 요시히데의 손까지는 닿지 못했습니다.

"이놈 때문에 한 획을 망쳐버렸구나."

요시히데는 분한 듯 중얼거리더니, 뱀을 방 한구석의 항아리 속에 내던졌습니다. 그러고는 마지못해 제자의 몸에 감긴 쇠사슬을 풀어주었지만, 그뿐이었습니다. 정작 제자에게는 따뜻한 말 한마디 건네지 않았습니다. 아마도 제자가 뱀에게 물릴 뻔한 일보다, 붓질 하나를 그르친 것이 더 분통 터졌던 모양이지요. 나중에 들은 얘기로는, 그 뱀 역시 그림의 소재로 삼기 위해 요시히데가 일부러 두고 길렀던 것이라고 합니다.

이 이야기만 들어도 요시히데가 얼마나 소름 끼치는 몰입 상태에 빠져 있었는지 대강 짐작하실 수 있을 것입니다. 그런데 마지막으로 한 가지, 이번에는 겨우 열서너 살밖에 안 된 어린 제자가 그 지옥변 병풍 때문에 거의 목숨을 잃을 뻔한 끔찍한 일을 겪게 되었습니다. 그 제자는 원래 피부가 희고, 여자처럼 곱상하게 생긴 소년이었습니다. 어느 날 밤, 스승의 부름을 받고 아무 생각 없이 방으로 들어가 보니, 요시히데가 등잔불 밑에서 손바닥 위에 비릿한 살덩이를 올려놓고, 낯선 새에게 먹이를 주고 있었습니다. 크기는 대략 고양이만 했습니다. 그러고 보니, 양옆으로 귀처럼 삐죽 튀어나온 깃털이며, 호박빛을 띤 커다란 둥근 눈이며, 겉모습이 어딘가 고양이를 닮은 듯했습니다.

10

본래 요시히데라는 사내는, 무슨 일이든 남이 간섭하는 것을 지독히도 싫어했습니다. 앞서 말씀드린 뱀의 경우도 그렇거니와, 자기 방에 무엇을 들였는지도 제자들에게조차 일절 알리지 않았습니다. 그래서 어떤 때는 책상 위에 해골이 놓여 있기도 하고, 또 어떤 때는 은그릇이며 옻칠한 그릇이 늘어서 있기도 했으니, 그때그때 그가 그리고 있는 그림에 따라 실로 뜻밖의 물건들이 나타났던 것입니다. 하지만 평소에는 그런 물건들을 어디에 감추어두는지, 아무도 알지 못했습니다. 요시히데가 복덕의 신의 가호를 입고 있다는 소문도, 아마 분명 이러한 기묘한 일들에서 비롯된 것이었 겠지요.

그러니 제자는, 책상 위에 놓인 그 괴상한 새 또한 지옥변 병풍을 그리는 데 필요한 것이 틀림없다고 짐작하며, 스승 앞에 예를 갖추고 앉아 "무슨 용무이신지요?" 하고 공손히 물었습니다. 그러자 요시히데는 그 말이 들리지도 않는 듯 붉은 입술을 핥으며, "어떠냐, 길이 잘 들지 않았느냐?" 하고는 턱짓으로 새를 가리켰습니다.

"이건 무슨 새입니까? 저는 태어나 처음 봅니다만."

제자가 이렇게 묻고는 귀 달린 고양이 같은 그 새를 섬뜩한 눈길로 바라보자, 요시히데는 여느 때처럼 비웃는 듯한 어조로, "뭐라, 본 적이 없다고? 도시에서 자란 녀석들은 이래서 안 된다니까. 이건 며칠 전 구라마 산의 사냥꾼이 내게 준 부엉이라는 새다. 하지만 이토록 길이 잘 든 놈은 드물 것이야" 하고 말하며, 천천히 손을 들어 이제 막 먹이를 다 먹은 부엉이의 등을 밑에서부터 쓸어올렸습니다. 그런데 그 순간이었습니다. 새는 날카로운 소리를 짧게 내지르더니, 순식간에 책상 위로 날아올라 발톱을 치켜들고 별안간 제자의 얼굴을 덮쳤습니다. 만약 그때 제자가 재빨리 소매로 얼굴을 가리지 않았다면, 분명 한두 군데 상처를 입었을 것입니다. 제자는 "악!" 하고 소리를 내지르며 소매를 휘둘러 쫓아내려 했으나, 부엉이는 끈질기게 달려들어 부리를 딱딱거리며 또 한 번 공격해 왔습니다. 제자는 스승 앞이라는 것도 잊은 채, 일어나 막고 앉아서 쫓아내며, 좁은 방 안을 이리저리 도망 다니기에 급급했습니다. 이 괴상한 새는 그에 맞춰 높이 날았다가 내려앉기를 반복하며, 틈만 나면 눈을 향해 돌진했습니다. 그때마다 파닥파닥 울리는 날갯짓 소리가, 낙엽 타는 냄새인지, 폭포의 물보라인지, 원숭이술*의 시큼한 냄새인지 모를, 묘하고 음산한 기운을 퍼뜨려 섬뜩하기 이를 데 없었습니다. 그 제자도 훗날 말하기를, 희미한 등잔불 아래 번지는 빛이 마치 달빛처럼 어스레하여, 스승의 방이 음기 가득한 골짜기처럼 느껴져 음산한 기분이 들었다고 합니다.

하지만 제자가 두려워한 것은 부엉이의 습격 때문만은 아니었습니다. 아니, 그보다 더욱 소름 끼쳤던 것은, 스승 요시히데가 그 소란을 냉정히 바라보며, 종이를 펼치고 붓끝을 핥은 뒤, 여인 같은 소년이 괴상한 새에게 짓밟히는 참혹한 장면을 태연히 화폭에 옮기고 있었다는 사실이었습니다. 제자는 그 모습을 본 순간, 말할 수 없는 공포에 사로잡혀, 이러다 정말로 스승이 자신을 죽일지도 모른다는 생각이 들었다고 합니다.

* 야생 원숭이가 나무 구멍 등에 모아 놓은 과일이 발효되어 술같이 된 액체.

　실제로 스승에게 죽임을 당했을 가능성도 전혀 없다고는 할 수 없습니다. 그날 밤 스승이 굳이 제자를 불러들인 것도, 사실은 부엉이를 부추겨 제자가 허둥지둥 도망 다니는 꼴을 화폭에 담으려는 속셈이었던 듯합니다. 그리하여 제자는 스승의 모습을 보는 순간, 자신도 모르게 두 소매로 머리를 감싸며, 무슨 말을 내뱉었는지도 모를 비명을 지르고는, 그대로 방구석 미닫이 아래에 주저앉아 버렸습니다. 그 순간 요시히데도 놀란 듯 소리를 내지르며 벌떡 일어섰습니다. 그러자 부엉이의 날갯짓이 전보다 훨씬 거세지고, 무엇인가 부서지고 쓰러지는 소리가 요란하게 울려 퍼졌습니다. 제자는 또다시 넋을 잃을 만큼 놀라, 두 팔로 감싸고 있던 머리를 번쩍 들었습니다. 그때 방 안은 이미 칠흑 같은 어둠에 잠겨 있었고, 그 속에서 스승이 다른 제자들을 다급하게 부르는 소리가 초조하게 들려왔습니다.

　곧 한 제자가 멀리서 대답하고는, 등불을 들고 급히 달려왔는데, 그을음 냄새가 섞인 희미한 불빛 속에서 보니, 쓰러진 등잔대 탓에 바닥이 온통 기름으로 흥건했고, 그 위에서는 아까 그 부엉이가 힌쪽 닐개만 힘겹게 퍼덕이며 뒹굴고 있었습니다. 요시히데는 책상 너머에서 반쯤 몸을 일으킨 채, 놀라 어안이 벙벙한 얼굴로, 무슨 말인지 알 수 없는 소리를 멍하니 중얼거리고 있었습니다. 그도 그럴 것이, 부엉이의 몸에는 시커먼 뱀 한 마리가 목에서 한쪽 날개에 걸쳐, 꽉 조이듯 휘감고 있었던 것입니다. 아마 제자가 겁에 질려 몸을 움츠리는 순간, 곁에 있던 항아리가 넘어지면서 그 안의 뱀이 기어 나왔고, 부엉이가 덤벼들려 한 것이 화근이 되어 이런 대소동이 벌어진 듯했습니다. 두 제자는 서로 눈을 마주친 채 한동안 멍하니 그 기묘한 광경만 바라보다가, 스승에게 조용히 고개를 숙이고는 살며시 방을 나갔습니다. 그 후로 뱀과 부엉이가 어떻게 되었는지는 아무도 알지 못합니다.

이런 일은 그 뒤로도 셀 수 없이 많았습니다. 앞에서 미처 말씀드리지 못했지만, 지옥변의 병풍을 그리라는 명이 내려온 것은 가을 초순 무렵이었으므로, 그때 이후 겨울이 저물 때까지 요시히데의 제자들은 내내 스승의 기이한 행동에 시달려야 했습니다. 그런데 겨울이 끝날 무렵, 요시히데는 병풍 그림이 뜻대로 되지 않는 일에 부딪힌 듯했습니다. 그때부터 그의 모습은 더욱 음울해지고, 말투도 눈에 띄게 거칠어졌습니다. 병풍의 그림도 밑그림이 거의 완성된 채 멈춰버렸고, 더 이상 진척될 기미가 보이지 않았습니다. 때로는 지금까지 그린 부분까지 지워버릴 듯한 기색이었습니다.

그런데도 무엇이 뜻대로 되지 않는 것인지는 아무도 알지 못했습니다. 감히 그것을 알려고 한 이도 없었습니다. 앞서 여러 차례의 일들로 진저리를 친 제자들은, 마치 호랑이나

이리를 한 우리에 가둔 듯한 두려움에 사로잡혀, 스승 곁에
는 되도록 가까이 가지 않으려 했기 때문이었습니다.

12

　따라서 그사이에 있었던 일에 대해서는, 굳이 따로 떼어
말씀드릴 만한 이야기도 거의 없습니다. 굳이 하나 들자면,
그 고집 센 노인이 어쩐 일인지 눈물이 많아져, 사람 없는
곳에서는 가끔 홀로 울곤 했다는 정도랄까요. 특히 어느 날,
제자 한 사람이 무슨 일로 뜰에 나왔을 때, 복도에 서서 봄
이 다가오는 하늘을 바라보던 스승의 눈이 눈물로 가득한
것을 보았다고 합니다. 제자는 그 모습을 보고 오히려 자신
이 민망한 듯한 마음이 들어, 말없이 물러갔다고 합니다. 오
취생사도를 그리기 위해 길가의 시체까지 옮겨 그렸다는 그
오만한 사내가, 병풍 하나 뜻대로 그려지지 않는다 하여 아
이처럼 울다니, 참으로 기이한 노릇이 아니겠습니까.
　그런데 한편으로는 요시히데가 이렇게 제정신이 아닌
듯 몰두하여 병풍을 그리는 동안, 다른 한편에서는 그 딸이
어쩐지 점점 우울해져 저희 앞에서도 눈물을 삼키는 모습
이 눈에 띄었습니다. 원래부터 슬픔을 머금은 얼굴에, 피부
가 희고 단아한 인상의 여인이었기에, 그렇게 되자 속눈썹

111

이 더욱 무겁게 내려앉고 눈가에 그늘이 져 한층 쓸쓸해 보였습니다. 처음에는 아비를 걱정해서 그렇다느니, 상사병에 걸려서 그렇다느니, 여러 가지 추측이 오갔습니다. 그러나 얼마 지나지 않아, 대신님께서 딸을 얻으려 하시는 것 같다는 소문이 돌기 시작하면서 그 뒤로는 아무도 그 소녀의 이야기를 입에 올리지 않게 되었습니다.

아마도 그 무렵의 일이었을 것입니다. 어느 날 깊은 밤, 제가 홀로 복도를 지나가고 있었는데, 그 원숭이 요시히데가 느닷없이 어디선가 뛰쳐나오더니 제 바지 자락을 자꾸 잡아당기는 것이었습니다. 매화 향이 번질 듯한 엷은 달빛이 비치는 따뜻한 밤이었는데, 그 빛에 비춰보니, 원숭이는 하얀 이를 드러낸 채 코끝에 주름을 잡고, 미칠 듯이 소리를 지르며 날뛰고 있었습니다. 저는 섬뜩한 기분이 삼 할, 새 바지 자락을 잡아당기는 괘씸함이 칠 할쯤 되어, 처음에는 그 원숭이를 걷어차고 그냥 지나쳐버릴까도 생각했습니다. 그러나 곧 마음을 돌이켰습니다. 예전에 이 원숭이를 혼냈다가 젊은 도련님의 눈 밖에 난 무사의 일도 있었고, 게다가 원숭이의 행동이 아무래도 예사롭지 않았기 때문입니다. 그래서 저는 결국 마음을 다잡고, 원숭이가 잡아끄는 방향으로 십 미터쯤 되는 거리를 무심히 걸어갔습니다.

복도가 한 번 꺾여, 가지 고운 소나무 너머로 밤눈에도 희미하게 반짝이는 연못이 너르게 내다보이는 곳에 이르렀을 때였습니다. 어디선가 가까운 방 안에서 누군가 다투는 듯한 소리가, 다급하면서도 묘하게 가라앉은 채 제 귀에 닿았습니다. 사방은 숨이 막힐 만큼 고요했고, 달빛인지 안개인지 모를 희미한 빛 속에서, 물고기가 튀어 오르는 소리 외에는 아무런 발소리도 들리지 않았습니다. 그런 정적 속에서 들려온 소리였으니, 저는 문득 걸음을 멈추고, 혹시 불한당의 소행이라도 일어난 것이 아닌가 하여, '이놈들, 본때를 보여주겠다'는 심정으로 숨을 죽인 채 그 미닫이문 쪽으로 살금살금 다가갔습니다.

13

그러나 원숭이는 제 태도가 굼뜨다고 여겼던 모양입니다. 원숭이 요시히데는 답답하다는 듯이 제 발치를 두세 번 빙빙 돌더니, 갑자기 목이 졸리는 듯한 울음소리를 내지르며, 단숨에 저의 어깨 쪽으로 뛰어올랐습니다. 저는 그 발톱에 할퀴이지 않으려고 반사적으로 고개를 뒤로 젖혔습니다. 원숭이는 다시 제 옷소매에 달라붙어 제 몸에서 미끄러져 떨어지지 않으려 했습니다. 그 반동으로 저는 저도 모르게 두세 걸음 휘청이며 뒷문에 그대로 세차게 부딪쳤습니다. 이렇게 된 이상 더는 한순간도 주저할 겨를이 없었습니다. 저는 얼른 미닫이를 열어젖히고, 달빛이 닿지 않는 안쪽으로 뛰어들려 했습니다. 그런데 그 순간 제 시야를 가린 것은…… 아니, 그보다 더 저를 놀라게 한 것은, 바로 그 방 안에서 튀어나오듯 뛰쳐나오려던 한 여인이었습니다. 여인은 저와 마주 오다 저와 부딪칠 뻔하더니, 그대로 밖으로 비틀거리며 넘어졌습니다. 그런데 어찌 된 일인지 그 자리에 무릎을 꿇고, 숨을 헐떡이며 제 얼굴을 마치 무언가 두려운 것이라도 보는 듯이, 몸을 떨며 올려다보는 것이었습니다.

그 여인이 요시히데의 딸이었다는 건 굳이 말할 필요도 없겠지요. 하지만 그날 밤 그녀는 마치 다른 사람인 듯 생생하게 제 눈에 비쳤습니다. 눈은 커다랗게 빛나고 있었습니다. 뺨도 붉게 달아올라 있었겠지요. 거기에 흐트러진 옷매무새가 평소의 앳된 인상과는 달리, 요염한 기운까지 더해주고 있었습니다. 이 여인이 정말로 언제나 수줍고 연약하던 요시히데의 딸이란 말입니까……. 저는 미닫이문에 몸을 기댄 채, 달빛 속의 아름다운 그녀를 바라보며, 급히 멀어지는 또 한 사람의 발소리를 가리키듯 손가락을 들어, 눈으로 조용히 저자가 누구냐고 물었습니다.

그러자 여인은 입술을 깨물며 말없이 고개를 저었습니다. 그 모습이 너무나도 억울해 보였습니다. 그래서 저는 몸을 굽혀, 마치 귀에 대고 속삭이듯 이번에는 나지막한 목소리로 "누굽니까" 하고 물었습니다. 그러나 여인은 역시 고개를 저을 뿐 아무 대답도 하지 않았습니다. 동시에 긴 속눈썹 끝에는 눈물이 그득 맺히고, 전보다 더 굳게 입술을 깨물고 있었습니다.

타고난 어리석음 탓에, 저는 누가 봐도 분명한 일 말고는 아무것도 제대로 이해하지 못합니다. 그래서 저는 무슨 말을 건네야 할지도 몰라, 한동안 그녀의 두근거리는 가슴에 귀를 기울이듯 그 자리에 조용히 서 있었습니다. 아마도 그 이상 묻는 것이 괜스레 죄스러운 일처럼 느껴졌기 때문이었 겠지요.

얼마나 그렇게 있었을까요. 그러나 이윽고 열어두었던 미 닫이문을 닫으며, 얼굴의 열기가 한결 가신 듯한 그녀를 돌 아보며, 저는 가능한 한 부드럽게 말했습니다.

"이제 방으로 돌아가시오."

그리고 저는 마치 보아서는 안 될 것을 본 사람처럼 불안 한 마음에 사로잡혀, 알 수 없는 부끄러움을 느끼며 살짝 발 길을 돌렸습니다. 그런데 겨우 열 걸음쯤 걸었을까요. 누군 가 제 바지 자락을 뒤에서 살짝, 주저하듯 붙잡아 끄는 것이 아니겠습니까. 저는 놀라서 몸을 돌렸습니다. 여러분은 그 게 무엇이었다고 생각하십니까?

보니까 바로 내 발치에 선 원숭이 요시히데였습니다. 마 치 사람처럼 두 손을 짚고, 황금 방울을 흔들며, 몇 번이고 정중히 머리를 조아리고 있었던 것입니다.

14

그날 밤의 일이 있고 나서 보름쯤 지난 뒤의 일이었습니다. 어느 날 요시히데가 돌연히 저택으로 와서는, 대신님을 뵙게 해달라고 직접 청하였습니다. 천한 신분이긴 하지만 평소 각별히 총애를 받았던 까닭이겠지요. 아무나 쉽게 만나주시지 않던 대신님께서도 그날은 흔쾌히 허락하시고, 곧 가까이로 불러들이셨습니다. 그 사내는 언제나처럼 붉은 기가 도는 옷에 구겨진 두건을 쓰고, 평소보다 더 까칠한 얼굴로, 정중히 엎드렸습니다. 그러고는 잠시 뒤, 쉰 목소리로 말했습니다.

"전에 여러 차례 명하신 지옥변 병풍 말씀이옵니다만, 밤낮으로 정성을 쏟은 덕에, 이제 거의 완성 단계에 이르렀습니다."

"그것참, 경사로다. 나 또한 흡족하도다."

그러나 그렇게 말씀하시는 대신님의 목소리에는 어쩐지 기운이 빠지고 맥이 없는 듯한 기색이 있었습니다.

"아닙니다. 전혀 경사라 할 수 없사옵니다."

요시히데는 다소 언짢은 기색으로, 시선을 내리깔며 말했습니다.

"대강은 완성되었으나, 단 한 곳…… 아직 제 손으로는 그릴 수 없는 부분이 있사옵니다."

"뭐라, 그릴 수 없는 부분이 있다?"

"예, 저는 본 것이 아니면 그릴 수 없습니다. 설령 그릴 수 있다 하더라도, 제 마음이 납득하지 못하지요. 그렇다면 그릴 수 없는 것이나 다름없지 않겠습니까."

이 말을 들은 대신님의 얼굴에 비웃음이 스쳤습니다.

"그럼 지옥변 병풍을 그리려면, 지옥을 직접 봐야겠구나."

"그렇습니다. 하지만 예전에 큰불이 났을 때, 마치 불지옥 같은 맹렬한 불길을 눈앞에서 본 적이 있습니다. '불길에 휩싸인 부동명왕'을 그릴 수 있었던 것도, 사실은 그 화재를 겪었기 때문입니다. 그 그림은 이미 보신 적 있으시겠지요."

"그러면 죄인은 어쩌하냐. 지옥의 졸병들은 본 적이 없을 터이지."

대신님은 마치 요시히데의 말이 귀에 들어오지 않는 듯한 태도로, 잇따라 그렇게 물으셨습니다.

"저는 쇠사슬에 묶인 자를 본 적이 있사옵니다. 괴상한 새에게 괴롭힘을 당하는 자의 모습도 세밀히 그렸습니다. 그러니 죄인이 고통에 몸부림치는 모습 또한 모르지 않습니다. 그리고 졸병들은⋯⋯."

요시히데는 섬뜩한 웃음을 흘리며 말을 이었습니다.

"졸병들은 꿈과 현실의 경계에서 수없이 제 눈앞에 나타났습니다. 어떤 것은 소의 머리를, 어떤 것은 말의 머리를 하고, 또 어떤 것은 세 얼굴에 여섯 팔을 가진 괴물의 모습

으로, 소리 없는 손뼉을 치고, 목소리 없는 입을 벌려 저를
괴롭힙니다. 거의 매일, 밤낮을 가리지 않고 말이지요. ……
하지만 제가 그리려 해도 그릴 수 없는 것은, 그런 것들이
아니옵니다."

이에 대신님도 과연 놀라셨던 모양입니다. 잠시 대신님은
불쾌한 눈빛으로 요시히데를 노려보다가 자리에서 일어서
셨습니다. 그러나 곧 찌푸린 눈썹을 더욱 험상궂게 움직이
시며, "그러면 무엇을 그리지 못한다는 말이냐" 하고 툭 내
던지듯 말씀하셨습니다.

15

"소인은 병풍 한복판에 화려한 수레 하나가 하늘에서 떨
어지는 장면을 그리려 하고 있사옵니다."

요시히데는 그렇게 말하고는 비로소 대신님의 얼굴을 날
카롭게 올려다보았습니다. 그가 그림 이야기가 나오면 미
친 사람처럼 된다는 말을 들은 적은 있지만, 그 순간 그의
눈빛에는 실제로 광기와도 같은 섬뜩한 기운이 어려 있었
습니다.

"그 수레 안에는 눈부시게 아리따운 여인이 있습니다. 맹
렬한 불길 속에서 검은 머리를 흩날리며 고통에 몸부림치

고 있사옵니다. 얼굴은 연기에 휩싸여 숨이 막히듯 일그러지고, 미간을 찌푸린 채 하늘을 향해 수레의 덮개를 우러러보고 있을 것입니다. 손은 아래로 드리운 가리개를 찢어내며, 쏟아지는 불티를 막으려 애쓰고 있습니다. 그 주위로는 괴이한 맹금들이 열 마리도 넘게 부리를 부딪치며 정신없이 날아들고 있습니다. ……하지만 그 불타는 수레 속의 그 여인만은, 제 손으로는 도저히 그릴 수가 없습니다.”

“그래서…… 어찌하겠다는 것이냐.”

대신님은 어쩐 일인지, 묘하게도 기쁜 기색을 띠시며 요시히데를 재촉하셨습니다. 그러나 요시히데는 붉은 입술을 열병이 오른 사람처럼 떨며, 꿈을 꾸는 듯한 목소리로 말했습니다.

“그건…… 제 손으로는 그릴 수 없습니다.”

그 말을 한 번 더 되뇌더니, 요시히데는 갑자기 물어뜯을 듯한 기세로 외쳤습니다.

“부디 수레 한 대에 불을 놓아주시길 청합니다. 제 눈앞에서, 불길이 치솟는 그 모습을 직접 보게 해주십시오. 그리고 만약 가능하다면…….”

대신님께서는 잠시 얼굴빛을 어둡게 하시더니, 이내 갑자기 요란한 웃음을 터뜨리셨습니다. 그리고 그 웃음 사이로 숨을 몰아쉬며 말씀하셨습니다.

“좋다, 전부 네 말대로 해주마. 할 수 있느니 없느니 따지는 건, 어리석은 짓이지.”

그 말씀을 듣는 순간, 저는 이유를 알 수 없는 섬뜩한 예감이 밀려왔습니다. 대신님의 표정도 이상했습니다. 입가에는 하얀 거품이 맺히고, 미간에는 번개가 스치는 듯 경련이 일어났습니다. 마치 요시히데의 광기가 대신님께도 옮은 듯, 이성이 사라진 사람의 얼굴이었습니다. 그러다 문득 말을 끊으시더니, 무언가 폭발하듯 웃음을 터뜨리며 외치셨습니다.

“그래! 수레에 불을 붙이자! 그리고 그 안에는 아리따운 여인 하나를 태워라! 불길과 검은 연기에 휩싸여, 수레 속의 여인이 몸부림치며 죽어가는 모습…… 그걸 그리려 하다니, 역시 천하제일의 화공이로구나! 상을 내리마. 오오, 상을 내리마!”

대신님의 말씀을 들은 요시히데는 갑자기 얼굴빛을 잃고, 헐떡이듯 입술만 달싹거리고 있었습니다. 그러다 몸의 힘이 모두 빠진 듯, 탁 하고 다다미 위에 두 손을 짚더니, “참으로 황공하옵니다” 하고, 들릴 듯 말 듯한 목소리로 조심스레 머리를 숙였습니다. 아마도 자신이 그토록 바라던 끔찍한 광경이, 대신님의 한마디와 함께 눈앞에 떠올랐기 때문이겠지요.

저는 평생 단 한 번, 바로 그때만큼은 요시히데가 가엾은 인간으로 보였습니다.

그로부터 이삼일 지난 어느 날 밤의 일이었습니다. 대신님께서는 약속하신 대로 요시히데를 불러, 수레가 불타는 모습을 눈앞에서 보게 하셨습니다. 물론 그것은 호리카와 저택에서가 아니었습니다. 세상에서 유키게라 불리던, 예전에 대신님의 누이께서 거처하시던 교외의 별장에서 불태우셨습니다.

이 유키게라는 별장은 오래도록 아무도 살지 않아, 넓은 정원도 온통 황폐해져 있었습니다. 아마 이런 적막한 풍경을 본 사람들이, 억측을 덧붙였던 모양입니다. 이곳에서 돌아가신 누이의 신상에 얽힌 말들도 많았는데, 그 가운데는 또 달 없는 밤마다 지금도 정체 모를 붉은 비단 바지 자락이 땅에 닿지도 않은 채 복도를 걸어 다닌다는 소문까지 있었습니다. 하긴 그럴 만도 했습니다. 대낮에도 쓸쓸한 이 궁궐은, 일단 어둠이 내려앉으면 물 흐르는 소리가 더욱 스산하게 번지고, 별빛에 날아오르는 해오라기마저 괴이한 영물처럼 보여 섬뜩해지기 때문이지요.

그날 밤 또한 달 없는 암흑 같은 밤이었습니다. 등불 아래, 대신님께서 하늘빛 예복에 짙은 자줏빛 무늬의 하의를 받쳐 입으시고, 하얀 비단 천으로 가장자리를 두른 둥근 자리 위에 위엄 있게 가부좌를 틀고 앉아계셨습니다. 그 주위로는 측근들 대여섯 명이 공손히 늘어서 있었음은 굳이 덧붙일 필요도 없겠지요. 그런데 그 가운데서도 유달리 눈에 띠던 이는, 예전 미치노쿠 전쟁에서 굶주림 끝에 인육을 먹은 이래, 사슴의 뿔까지 쪼갠다는 무용담이 전해지는 사무라이 하나였습니다. 사무라이는 갑옷을 껴입은 차림새로, 끝이 휘어진 칼자루를 허리에 찬 채, 툇마루 아래 근엄히 몸을 낮추고 있었습니다. 이 모든 광경이 밤바람에 흔들리는 등불에 비쳐, 밝아졌다 어두워졌다 하며, 꿈인지 현실인지 분간할 수 없는 아득한 분위기 속에서, 어쩐지 섬뜩하게 느껴졌습니다.

게다가 정원에 끌어다 놓은 수레는 높이 솟은 수레의 덮개가 어둠을 짓누르듯 서 있고, 소도 매지 않은 채 검은 멍에를 비스듬히 기대어 두었는데, 쇠붙이의 황금 장식이 별빛처럼 반짝이는 모습을 바라보니, 봄밤임에도 이유 모를 한기가 스미는 듯했습니다. 푸른 발이 무겁게 드리워진 수레 안은, 그 안에 무엇이 있는지 아무도 알 수 없었습니다. 그리고 그 주위로는 하인들이 타오르는 횃불을 손에 쥔 채, 연기가 툇마루 쪽으로 가지 않게 주의하며 숨죽여 서 있었습니다.

당사자인 요시히데는 조금 떨어진, 바로 툇마루 맞은편에 무릎을 꿇고 앉아 있었습니다. 그는 늘 입던 붉은 기가 도는 옷에 구겨진 두건을 쓰고 있었는데, 별빛의 무게에 눌린 듯,

평소보다 더 작고 초라해 보였습니다. 그 뒤에는 또 한 사람이 비슷한 차림으로 웅크리고 있었는데, 아마도 요시히데가 데려온 제자 중 하나였을 것입니다. 두 사람 모두 멀고 어둑한 곳에 웅크리고 있어서, 제가 있던 툇마루 밑에서는 그 옷의 빛깔조차 뚜렷이 분간할 수 없었습니다.

17

때는 아마도 한밤중이었을 것입니다. 숲과 연못을 감싼 어둠은 숨을 죽인 채 일행의 숨결을 엿듣는 듯 고요했고, 그 사이로 희미한 밤바람이 스쳐 지나가는 소리만이 들렸습니다. 그때마다 횃불의 연기가 매캐한 냄새를 풍기며 일렁였습니다. 대신님께서는 한동안 아무 말씀 없이 그 괴이한 광경을 물끄러미 바라보고 계시다가, 이윽고 무릎을 앞으로 내미시며 "요시히데" 하고 날카롭게 부르셨습니다.

요시히데가 무언가 대답한 듯했으나, 제 귀에는 그저 신음 같은 소리만이 들려왔습니다.

"요시히데, 오늘 밤은 자네 바람대로 수레에 불을 지펴 보이겠다."

대신님께서는 이렇게 말씀하시고는 곁에 선 이들을 곁눈질로 바라보셨습니다. 그 순간 대신님과 측근들 사이에 어딘가 의미심장한 미소가 오간 듯 보였으나, 아마도 제 착각이었을지도 모릅니다. 그러자 요시히데는 두려운 듯 고개를 들어 툇마루 위를 올려다본 듯했지만, 끝내 아무 말씀도 드리지 못한 채 몸을 잔뜩 움츠리고 있었습니다.

"잘 보아두어라. 저것은 내가 평소 타던 수레다. 너도 익히 알 터이다. 나는 이제 저 수레에 불을 지펴, 네 눈앞에 불지옥을 펼쳐 보이려 한다."

대신님께서는 다시 말씀을 멈추고, 곁눈질로 신호를 보내셨습니다. 그러고는 돌연 쓸쓸한 어조로 말씀하셨습니다.

"그 안에는 죄인 궁녀 한 명이, 묶인 채 실려 있다. 그러니 수레에 불을 붙이면, 틀림없이 그 여자는 살이 타고 뼈가 그을려, 사지를 뒤틀며 고통 속에 죽어가리라. 네가 병풍을 완성하기에는 다시없을 훌륭한 본보기가 될 터이다. 눈처럼 고운 피부가 불에 닿아 문드러지는 장면을 놓치지 말라. 흑발이 불티로 흩날리며 치솟는 모양도 잘 보아두어라."

대신님께서는 무언가 말씀하시려다 세 번이나 망설이시고 끝내 말문을 닫으셨으나, 이번에는 어깨를 들썩이며 소리도 내지 않고 웃으시며 말씀하셨습니다.

"이것은 천하에 다시없을 구경거리다. 나 또한 여기서 함께 보도록 하마. 자, 발을 올려, 요시히데에게 안의 여자를 보여라."

명이 떨어지자 하인 하나가 횃불을 높이 쳐들고 수레로

다가가, 잽싸게 손을 뻗어 발을 스르르 걷어 올렸습니다. 요란한 소리를 내며 타오르는 횃불 빛은 한순간 붉게 출렁이더니, 곧 좁은 수레 안을 환히 비추었습니다. 그런데 그 안, 쇠사슬에 묶여 있는 여인은…… 아아, 제가 잘못 본 것이었을까요. 벚꽃 자수가 수놓인 화려한 비단 예복 아래로, 윤기 흐르는 검은 머리칼이 부드럽게 흘러내리고, 그 머리에 비스듬히 꽂힌 황금 비녀가 은은히 빛나고 있었습니다. 그러나 옷차림이 다를 뿐, 아담한 몸집이며, 하얀 목덜미의 고운 곡선 그리고 그 쓸쓸하면서도 단아한 옆얼굴은 틀림없이 요시히데의 딸이었습니다. 저는 그만 비명을 지를 뻔했습니다.

그때였습니다. 저와 마주 앉아 있던 사무라이가 갑자기 몸을 일으켜, 한 손으로 칼자루 끝을 눌러 쥔 채, 요시히데를 노려보았습니다. 놀라 바라보니, 그는 그 광경에 넋을 잃은 듯했습니다. 조금 전까지 아래에 웅크리고 있던 요시히데는 이내 두 팔을 앞으로 뻗으며, 무의식적으로 수레 쪽으로 달려가려 했습니다. 다만 앞서 밀씀드린 대로, 요시히데는 멀리 그늘 속에 있었기에 얼굴 모습은 뚜렷이 보이지 않았습니다. 하지만 그렇게 생각한 것도 잠시뿐이었습니다. 핏기가 가신 요시히데의 얼굴, 아니, 마치 보이지 않는 힘에 이끌려 허공에 매달린 듯한 요시히데의 모습이, 어둠을 가르며 제 눈앞에 떠올랐습니다. 바로 그때, "불을 놓아라" 하시는 대신님의 명과 함께, 요시히데의 딸이 탄 수레가 하인들이 던진 횃불의 불길을 뒤집어쓰고, 활활 타오르기 시작했습니다.

18

불길은 순식간에 수레의 덮개를 집어삼켰습니다. 차양에 달린 자줏빛 술이 바람에 휘날리듯 스치자, 그 아래에서 밤눈에도 하얗게 보이는 연기가 소용돌이치며 피어올랐습니다. 발이며, 옷자락이며, 지붕의 쇠 장식까지도 한꺼번에 산산이 부서져 날아간 듯, 불티가 빗방울처럼 하늘로 흩날렸습니다. 그 참혹함이라니, 이루 말할 수 없었습니다. 그러나 더욱 끔찍했던 것은, 불길이 혀를 내뿜으며 창살에 엉겨 붙어 반공중까지 치솟는 그 빛이었습니다. 마치 태양이 땅에 떨어져 하늘의 불덩이가 폭발한 듯, 세상을 삼킬 듯한 붉은 광휘가 사방을 물들였습니다.

앞서 비명을 내지를 뻔했던 저 역시, 그 순간에는 완전히 정신을 잃고, 그저 멍하니 입을 벌린 채 그 참혹한 불길을 바라볼 수밖에 없었습니다. 그러나 아비인 요시히데는…… 그때의 요시히데 얼굴은 지금도 제 눈에 선합니다. 무심코 수레 쪽으로 달려가려던 그는, 불길이 치솟자 그 자리에서 굳어버리고, 두 팔을 뻗은 채 불길과 연기에 홀린 사람처럼 차마 눈을 떼지 못했습니다. 불빛이 그의 온몸을 비추자, 주름투성이의 추한 얼굴이며 수염 끝까지도 훤히 드러나 보였습니다. 부릅뜬 눈이며, 일그러진 입가, 그리고 경련하듯 떨리는 볼 근육 하나하나까지, 요시히데의 마음속을 뒤섞는 두려움과 슬픔, 놀라움이 생생히 드러나 있었습니다. 목이 베이기 직전의 도둑이나 지옥의 재판정에 끌려간 중죄인이라 해도, 그토록 고통스러운 얼굴을 짓지는 못했을 것입니다. 그 광경을 본 그 용맹하던 사무라이조차 얼굴빛이 변해, 두려움에 떨며 대신님을 올려다보았습니다.

하지만 대신님께서는 굳게 입술을 다물고, 때때로 섬뜩한 웃음을 흘리면서도, 눈길을 떼지 않고 오직 수레만 바라보셨습니다. 그리고 그 수레 안에는…… 아, 저는 지금도 그때 그 안에서 본 그 아가씨의 모습을 차마 자세히 말씀드릴 용기가 없습니다. 연기에 질식해 하늘을 향해 젖힌 새하얀 얼굴, 불길을 헤치며 흩날린 머리카락, 그리고 이내 불꽃으로 변해버린 벚꽃 자수의 비단옷…… 그 얼마나 참혹한 광경이었겠습니까.

특히 밤바람이 한 줄기 스쳐 연기가 옆으로 흘러간 순간, 붉은 불길 위에 금가루를 뿌린 듯한 화염 속에서, 머리카락을 입에 문 채, 쇠사슬이 끊어질 듯 몸부림치는 모습이 떠올랐습니다. 그것은 마치 지옥의 고통을 눈앞에 옮겨놓은 듯하여, 저를 비롯해 용맹한 사무라이까지도 저절로 온몸의 털이 곤두섰습니다.

그 순간, 밤바람이 다시 한 줄기 스쳐 정원의 나무 끝을 훑고 지나갔습니다. 아마 누구라도 그저 바람이 지나간 소리라고 생각했을 것입니다. 그런데 그 소리가 어둠을 가로질러 흘러간 다음, 이내 무언가 검은 것이, 땅에도 닿지 않고 허공에도 머물지 않은 채, 공처럼 튀어 오르며 궁궐의 지붕에서 불길 치솟는 수레 속으로 곧장 뛰어들었습니다. 붉은 칠을 한 듯한 창살이 우수수 타 떨어지는 사이, 뒤로 젖혀진 딸의 어깨를 껴안은 채, 비단을 찢는 듯한 날카로운 비명이 연기 속으로 길게 뻗어갔습니다. 이어서 두세 번 더 비명이 터져 나왔고, 저희는 모두 저도 모르게 "앗!" 하고 외쳤습니다.

타오르는 불길이 벽처럼 솟은 그 뒤편에서, 딸의 어깨에 매달려 있던 것은, 바로 호리카와 저택에 매여 있던, 요시히데라 불리던 그 원숭이였습니다.

그 원숭이가 어찌 여기까지 숨어들어 왔는지는 아무도 알 수 없었습니다. 그러나 평소 자신을 사랑해주던 주인의 딸이었기에, 그 원숭이 또한 주저 없이 불길 속으로 몸을 던졌던 것이겠지요.

19

그러나 원숭이의 모습이 보인 것은 정말 한순간뿐이었습니다. 금박을 뿌린 듯한 불티가 순식간에 하늘로 흩어져 오르자, 원숭이는 물론 아가씨의 모습까지도 짙은 검은 연기 속에 묻혀버렸습니다. 뜰 한가운데에는 그저 수레 한 대가 굉음을 울리며 끓어오르듯 불타고 있을 뿐이었습니다. 아니, 불타는 수레라기보다, 차라리 하늘의 별빛을 찌르며 솟아오르는 불기둥이라 부르는 편이 더 어울릴 만한, 끔찍한 광경이었습니다.

그 불기둥 앞에 돌처럼 굳어 서 있는 요시히데는…… 참으로 기이한 일이었습니다. 조금 전까지만 해도 지옥의 형벌에 시달리는 듯하던 그가, 이제는 이루 다 말할 수 없는 빛을, 마치 황홀경의 법열 같은 빛을, 주름투성이 흉측한 얼굴에 가득 띠고는, 대신님이 계신 것도 잊은 듯, 두 팔을 단단히 가슴에 모은 채 서 있던 것입니다. 그런데 그의 눈 속에는 딸이 불 속에서 고통스레 죽어가는 모습이 비치지 않는 듯 보였습니다. 오직 불길의 아름다운 빛과 그 속에서 몸부림치는 여인의 자태만이 한없는 기쁨으로 마음을 채우는…… 그런 광경처럼 보였습니다.

더욱 이상한 것은, 요시히데가 홀로 딸의 단말마를 기쁘게 바라보았다는 것만이 아니었습니다. 그 순간의 요시히데에게는, 어쩐지 인간이라기보다 꿈속에서 본 사자왕의 분노와도 같은, 묘하고 숭엄한 위엄이 어려 있었습니다. 그래서일까요, 불길에 놀라 울부짖으며 날아다니던 수많은 밤새들조차, 요시히데의 두건 주위에는 가까이 다가가지 않았던 듯했습니다. 아마도 무심한 새의 눈에도, 그 사내의 머리 위에 원광처럼 드리운 불가사의한 위엄이 비쳤던 것이겠지요.

하물며 새들조차 그러했으니, 우리 같은 시종들이야 더 말할 것도 없었습니다. 모두 숨을 죽이고, 몸속까지 떨리면서도, 기묘한 환희로 가득 차, 마치 개안의 부처를 우러르듯 눈을 떼지 못한 채 요시히데를 바라보았습니다. 하늘 가득 울려 퍼지는 수레의 불길과 그 불길에 영혼을 빼앗긴 듯 서 있는 요시히데…… 그 얼마나 장엄하고, 그 얼마나 황홀한 광경이었던가요. 그러나 그 한가운데서 오직 툇마루 위에 앉아 계신 대신님만은, 전혀 다른 사람처럼 얼굴빛이 새파랗게 질려, 입가에 거품을 물며, 자줏빛 하의의 무릎을 양손으로 단단히 움켜쥔 채, 목마른 짐승처럼 헐떡이고 계셨습니다.

20

그날 밤 유키게에서 대신님께서 수레에 불을 지르신 일은 세상에 널리 퍼졌읍니다. 그 일에 대해 여러 가지 평이 뒤따른 것도 물론이었습니다. 우선, 어째서 대신님께서 요시히데의 딸을 불태워 죽이셨는가…… 이에 대해서는 이루어질 수 없는 사랑의 원한 때문이라는 소문이 가장 많았습니다. 그러나 실상은 전혀 달랐습니다. 대신님께서는 어디까지나, 병풍의 그림을 완성하기 위해서라면 사람을 태워 죽이는 일도 서슴지 않을 만큼 비뚤어진 화가의 집착을 단죄하려 하신 것이 분명했습니다. 실제로 저는 대신님께서 직접 그렇게 말씀하신 것을 분명히 들은 기억이 있습니다.

그리고 그 요시히데가 눈앞에서 딸이 불타 죽는 것을 보면서도, 끝내 병풍의 그림을 완성하겠다고 한 그 돌 같은 마음에 대해서도, 여러 평이 뒤따랐습니다. 그중에는 요시히데를 욕하며, "그림을 위해서라면 부녀의 정까지도 잊는 인면수심의 괴물이다"라고 말하는 사람도 있었습니다. 요카와의 큰스님도 이런 견해에 동조한 한 사람이셨지요.

"아무리 한 가지 기예에 뛰어나다 하더라도, 사람으로서 오륜을 분별하지 못한다면, 지옥에 떨어질 수밖에 없다"고 자주 말씀하시곤 하셨습니다.

한 달쯤이 지나 마침내 지옥변 병풍이 완성되자, 요시히데는 곧 그것을 대신님 댁으로 가져가 정중히 올려 보였습니다. 마침 그 자리에 큰스님도 함께 계셨는데, 병풍을 한눈에 보시자, 그 한 폭에 휘몰아치는 불길의 광경에 놀라신 듯했습니다. 그전까지만 해도 괴로운 얼굴로 요시히데를 노려보시던 스님께서는, 이윽고 무릎을 치며 "그랬구나" 하고 나직이 말씀하셨습니다. 그 말을 들으시고 대신님께서 미소를 지으셨는데, 그때의 얼굴빛을 저는 지금도 잊을 수 없습니다.

그 이후로는, 적어도 대신님 저택 안에서는, 요시히데를 나쁘게 말하는 이가 거의 사라졌습니다. 누구든 그 병풍을 한 번이라도 본 사람이라면, 평소 아무리 요시히데를 미워하던 자일지라도, 이상하리만큼 엄숙함에 사로잡히고 맙니다. 그것은 아마도 병풍 속에서 타오르는 불지옥의 고통을, 너무도 생생히 느끼기 때문이었을 것입니다.

그러나 그 무렵에는 이미 요시히데는 이 세상 사람이 아니었습니다. 병풍이 완성된 그다음 날 밤, 그는 자신의 방 대들보에 밧줄을 걸고 스스로 목을 매어 생을 마감했습니다. 외동딸을 먼저 떠나보낸 그 남자는, 더는 아무렇지 않게 살아갈 자신이 없었겠지요. 그의 시신은 지금도 그가 살던 집터 아래에 조용히 묻혀 있다고 합니다. 물론 그 작은 묘비돌은, 세월의 비바람에 수십 년을 맞으며, 이제는 누구의 무덤인지조차 알 수 없을 만큼 이끼로 덮여 있을 것입니다.

1918년 4월

덤불 속

검비위사의 심문에 대한 나무꾼의 진술

예, 그렇죠. 그 시신을 발견한 건 제가 맞습니다. 저는 오늘 아침에도 평소처럼 뒷산에 삼나무를 베러 갔습니다. 그런데 산그늘 덤불 속에 그 시신이 있지 뭡니까. 어디쯤이었냐고요? 야마시나 역길에서 사오백 미터 떨어진 곳이었죠, 아마. 대숲에 가느다란 삼나무가 섞여 자라고, 인적이 전혀 없는 곳이었습니다.

시신은 감색 무명옷에 교토풍 검은색 전통 모자를 쓴 채, 하늘을 향해 쓰러져 있었습니다. 단칼에 베였다고는 해도 가슴께를 찔려서인지 시신 주위의 댓잎이 검붉게 물들어 있었습니다. 아니요, 피는 더 이상 흐르지 않았고요. 상처도 말라 있던 것 같습니다. 말파리 하나가 제 발소리도 아랑곳하지 않고, 딱 달라붙어 있을 뿐이었습니다.

칼 같은 것은 보지 못했느냐고요? 아니, 아무것도 없었습니다. 다만 그 옆 삼나무 밑동에 밧줄 하나가 떨어져 있었습니다. 아, 그렇지. 밧줄 말고도 빗이 하나 있었습니다. 시신 주변에 있던 것은 그 두 가지뿐이었습니다. 하지만 풀잎과 댓잎이 마구 짓밟혀 있었거든요. 분명 그 남자는 살해당하기 전에 꽤 심하게 저항했을 겁니다. 뭐라고요, 말은 없었느냐고요? 거긴 애초에 말 따위가 들어갈 수 없는 곳입니다. 어쨌든 말이 다니는 길과는 덤불 하나를 사이에 두고 있었으니까요.

검비위사의 심문에 대한 떠돌이 승려의 진술

그 죽은 남자를 어제 분명 만났습니다. 어제, 그러니까…… 한낮 무렵이었을 겁니다. 장소는 세키야마에서 야마시나로 가는 길이었지요. 그 남자는 말에 탄 여자와 함께 세키야마 쪽으로 걸어오고 있었습니다. 여자는 머리에 천을 늘어뜨리고 있어서 얼굴은 볼 수 없었습니다. 보랏빛 옷 색깔만 눈에 띄었지요. 말은 털빛이 불그스름했습니다. 갈기가 짧게 깎인 말인 것 같았습니다. 말의 키 말인가요? 키는 한 네 치쯤 되려나요? 전 숭인지라 그런 건 잘 모르겠습니다.

사내는…… 아니요, 칼도 차고 있었고 활과 화살도 지니고 있었습니다. 특히 검게 칠한 화살통에 스무 개 남짓한 화살을 꽂아 둔 모습은 지금도 또렷이 기억납니다.

그 사내가 이렇게 될 줄은 꿈에도 생각지 못했습니다. 실로 인간의 목숨이란 이슬처럼 덧없고, 번개처럼 찰나입니다. 참으로 딱한 일이지요.

검비위사의 심문에 대한 호멘*의 진술

제가 붙잡은 남자 말입니까? 그자는 틀림없이 다조마루라 불리는 명성 자자한 도둑놈입니다. 제가 붙잡았을 때는, 말에서 떨어졌는지 아와다가구치 돌다리 위에서 끙끙대고 있었습니다. 몇 시쯤이었냐고요? 어젯밤 8시 무렵이었습니다. 예전에 제가 잡으려다 놓쳤을 때도 역시 이 감색 옷에, 무늬가 들어간 칼을 차고 있었습니다. 그런데 이번에는 보시다시피 활과 화살까지 지니고 있었습니다. 그렇습니까? 그 죽은 남자가 가지고 있던 것도…… 그렇다면 그 남자를 죽인 자는 다조마루가 틀림없습니다. 가죽을 감은 활, 검게 칠한 화살통, 매의 깃이 달린 화살이 열일곱 개…… 이건 모두 그 남자가 지니고 있던 물건이 맞는 듯합니다. 예, 말씀

* 과거 일본에서 포승 등을 다루던 하급 관리. 범죄자를 붙잡아 이송하는 등의 일을 담당했다.

하신 대로 갈기가 짧고 불그스름한 말이 맞습니다. 그 말한 테서 떨어지다니, 피할 수 없는 운명이었던 게지요. 그 말은 돌다리를 조금 지난 길가에서, 긴 고삐를 드리운 채 푸른 억새를 뜯고 있었습니다.

이 다조마루란 놈은, 교토를 배회하는 도둑놈 중에서도 여색을 밝히는 자입니다. 작년 가을, 도리베데라 절의 빈두로 존자상* 뒤쪽 산으로 참배하러 온 여인과 여자아이가 살해된 일이 있었는데, 그게 그놈 짓이라는 소문도 있습니다. 그놈이 그 사내를 죽였다면, 그 불그스름한 말에 타고 있던 여자 또한 어디서 어떻게 했는지 모릅니다. 주제넘은 소리지만, 부디 그것도 낱낱이 조사해주시기를 부탁드립니다.

검비위사의 심문에 대한 노파의 진술

예, 그 시신은 제 딸과 혼인한 사위입니다. 하지만 교토 사람이 아니에요. 와카사 고후쿠**의 사무라이였습지요. 이름은 가나자와 다케히로, 나이는 스물여섯입니다. 아니요, 성품이 온화했으니 원한을 살 까닭이 없어요.

---

* 석가모니의 제자 가운데 한 사람. '빈두로 존자상'을 어루만지고 자기 아픈 곳을 문지르면 병이 낫는다고 믿어, 치유의 대상으로 널리 숭배되었다.
** 지방 행정 중심지.

제 딸이요? 이름은 마사고, 나이는 열아홉입니다. 사내 못지않게 당찬 아이지만, 지금까지 다케히로 외에는 다른 사내를 둔 적이 없습지요. 얼굴빛은 까무잡잡하고 왼쪽 눈꼬리에 점이 있어요. 작고 갸름한 얼굴입니다.

사위는 어제 딸과 함께 와카사로 떠났는데, 이런 봉변을 당하다니, 이 무슨 업보란 말입니까? 딸은 또 어떻게 되었는지…… 사위 일은 어쩔 수 없다 해도, 딸이 걱정되어 견딜 수가 없네요. 부디 늙은이의 한평생 부탁입니다. 풀과 나무를 헤쳐서라도 제 딸을 꼭 찾아주십시오. 아무리 생각해도 원통한 건, 다조마루인가 뭔가 하는 그 도둑놈입니다. 사위뿐 아니라 딸까지도……(이후는 울음에 목이 메어 말을 잇지 못함).

다조마루의 자백

내가 그 남자를 죽였습니다. 하지만 여자는 죽이지 않았습니다. 그럼 어디로 갔느냐고요? 그건 나도 모르죠. 아, 잠깐 기다려보십시오. 아무리 고문을 한다 해도 모르는 걸 말할 수는 없는 노릇이잖습니까. 게다가 이제 와서 비겁하게 숨길 생각도 없습니다.

난 어제 정오가 조금 지난 무렵에 그 부부와 마주쳤습니다. 그때 바람이 불어 여자가 쓰고 있던 천이 올라가 얼핏 얼굴이 보이더군요. 얼핏 봤지만, 마치 보살 같은 얼굴이었습니다. 난 그 순간, 설령 남편을 죽일지언정 여자를 꼭 빼앗고 말리라 결심했습니다.

뭐, 남자를 죽이는 일쯤이야 당신들은 대단하다 생각하겠지만 저한테는 별로 대수로운 일도 아닙니다. 어차피 여자를 빼앗으려 들면 남자는 결국 죽임을 당하게 마련이니까요. 다만 나는 칼을 쓰지만, 당신들은 칼 대신 권력으로, 돈으로, 혹은 그럴싸한 말 한마디로도 사람을 죽이지 않습니까. 겉으로는 피가 흐르지 않고, 상대가 그럴듯하게 살아 있는 듯 보여도 결국은 죽이는 것이지요. 죄질을 따져본다면, 우리 중 누가 더 악한지는 모르는 겁니다(비웃음).

그러나 남편을 죽이지 않고도 여자를 빼앗을 수 있다면 더할 나위 없겠지요. 사실 그때는 가능하다면 남자를 죽이지 않고 여자를 얻으려 했습니다. 하지만 야마시나 길에서는 도저히 불가능했습니다. 그래서 산속으로 유인할 꾀를 냈습니다.

함정은 간단했습니다. 함께 걸어가며 "저 산에 고분이 있는데, 파보니 거울이나 칼 같은 보불이 많이 나왔다, 나는 아무도 모르게 그 보물들을 산그늘 덤불 속에 묻어두었다, 원한다면 헐값에 넘기겠다"라고 꾸며댔던 것입니다. 남자는 내 말에 점점 혹하기 시작했습니다. 욕심이란 무섭지 않습니까. 그러고는 반 시간도 안 되어, 그 부부는 나와 함께 산길로 말을 돌렸습니다.

덤불 앞에 이르자 나는 "보물은 저 안에 묻어 놨다, 가서 보자"고 말했습니다. 욕심에 눈이 먼 남자는 당연히 아무런 의심도 하지 않았습니다. 그런데 여자는 말에서 내리지 않고 기다리겠다고 했습니다. 덤불이 우거졌으니 그리 말하는 것도 무리는 아니었겠지요. 실은 이 또한 내 의도대로 된 일이었기에 여자는 홀로 남겨두고 사내만 데리고 덤불 속으로 들어갔습니다.

덤불은 한동안 대나무뿐이지만, 오십 미터쯤 가면 조금 트인 삼나무 숲이 있습니다. 거사를 치르기에는 이보다 더 안성맞춤인 곳도 없지요. 나는 덤불을 헤치며 보물이 삼나무 밑에 묻혀 있다고 그럴싸한 거짓말을 했습니다. 사내는 내 말에 속아 가느다란 삼나무가 보이는 쪽으로 부지런히 나아갔습니다. 대나무가 듬성듬성해지고, 삼나무 몇 그루가 줄지어 나타나자, 나는 상대를 덮쳐 넘어뜨렸습니다. 남자도 칼을 차고 있는 만큼 힘도 제법 좋았지만, 기습을 당하자 속수무책이었습니다. 나는 남자를 순식간에 삼나무 밑동에 묶어버렸습니다. 밧줄 말입니까? 밧줄은 도둑에게 꼭 필요한 것이지요. 언제 담을 넘어야 할지 모르니 늘 허리춤에 차고 다닙니다. 물론 소리를 못 내게 하려고 댓잎을 입에 물린 것 말고는 딱히 번거로운 일도 없었습니다.

나는 남자를 제압한 뒤, 이번에는 여자에게 달려가 남편이 갑자기 아픈 것 같으니 와보라고 했습니다. 이 또한 의도된 일이었습니다. 여자는 얼굴을 가린 천을 벗은 채 내 손에 이끌려 덤불 속으로 들어왔습니다. 그러나 삼나무 밑동에 묶인 남편을 보자마자, 품에서 단도를 꺼내 번뜩이며 덤벼들었습니다. 나는 그때까지 그런 사나운 여자를 본 적이 없습니다. 방심했다면 순식간에 배를 찔렸을 겁니다. 설사 피한다 해도 무참히 베여 크게 다쳤을 겁니다. 하지만 난 다조마루입니다. 칼을 빼지 않고도 단도를 쳐 떨어뜨렸습니다. 아무리 사나운 여자라도 무기가 없으면 어쩔 도리가 없지요. 나는 마침내 뜻대로 남자를 죽이지 않고서도 여자를 손에 넣었습니다.

남자를 죽이지 않고서도…… 그렇습니다. 나는 결코 남자를 죽일 생각은 없었습니다. 그런데 울며 쓰러진 여자를 뒤로한 채 덤불 밖으로 도망치려 하자, 여자가 갑자기 미친 사람처럼 내 팔에 매달렸습니다. 게다가 그녀가 숨이 끊어질 듯 "당신이 죽든지 남편이 죽든지, 둘 중 한 사람만 죽어줘요. 두 남자 앞에서 수치를 당하는 건 죽는 것보다 더 끔찍해요"라고 애원했습니다. 그 말에 나는 남자를 죽이고 싶어졌습니다(음울한 흥분).

당신들은 이 말을 듣고 나를 잔혹한 인간이라 할지 모릅니다. 하지만 그건 당신들이 그 여자의 얼굴을 보지 않아서입니다. 특히 그 한순간, 이글거리는 눈빛을 보지 않아서입니다. 나는 그 눈을 마주하는 순간, 설사 벼락 맞아 죽는 한이 있더라도 이 여자를 아내로 삼고 싶다고 생각했습니다. 아내로 삼고 싶다…… 내 바람은 오직 이 한 가지뿐이었습니다. 당신들이 생각하는 것처럼 천박한 욕정 따위가 아닙니다. 만약 욕정만을 채울 목적이었다면 여자를 쓰러뜨리고 달아났을 것입니다. 그랬다면 칼에 피를 묻히지도 않았겠지요. 하지만 어스레한 덤불 속에서 여자의 얼굴을 본 그 찰나, 나는 남자를 죽이지 않고서는 떠날 수 없다고 다짐했습니다.

그러나 남자를 비겁하게 죽이고 싶지 않았습니다. 나는 남자의 밧줄을 풀어주고 칼싸움을 하자고 제안했습니다(삼나무 밑동 옆에 떨어져 있던 건 그때 내가 깜빡 두고 온 밧줄입니다). 남자는 낯빛을 바꾸고 굵직한 칼을 뽑아 들었습니다. 그러고는 말도 없이 달려들었습니다. 승부가 어떻게 되었는지는 말할 필요도 없겠지요. 내 칼은 스물세 번째 겨룸에서 상대의 가슴을 꿰뚫었습니다. 스물세 번째, ……그것만은 잊지 말아주십시오. 나는 지금도 그 일만큼은 감격스럽게 생각합니다. 나와 스무 번 넘게 칼을 맞댄 자는 천하에 오직 그 남자뿐이니까요(쾌활한 미소).

남자가 쓰러지자 나는 피 묻은 칼을 들고 여자를 돌아보

있습니다. 그런데…… 어찌 된 영문인지 여자는 어디에도 없었습니다. 삼나무 숲 사이를 샅샅이 뒤졌습니다. 하지만 댓잎 위에는 아무런 흔적조차 없었습니다. 아무리 귀를 기울여봐도 들리는 건 죽어가는 남자의 신음뿐이었습니다.

어쩌면 여자는 칼싸움이 시작되자 사람을 부르러 덤불을 헤치고 도망쳤는지 모릅니다. 그렇게 생각하자 이번엔 내 목숨이 걸린 일이니 칼과 활, 화살을 빼앗아 곧바로 원래의 산길로 나왔습니다. 그곳에는 아직도 여자의 말이 고요히 풀을 뜯고 있었습니다. 그 뒤의 일은 말할 필요도 없을 겁니다. 다만 교토로 들어오기 전에 칼만 버렸습니다. ……내 자백은 여기까지입니다. 어차피 한 번은 멀구슬나무*에 매달릴 목이니, 부디 극형에 처해주십시오(당당한 태도).

기요미즈데라에 찾아온 여자의 참회

그 감색 옷을 입은 사내는 나를 욕보인 뒤, 묶인 남편을 바라보며 비웃듯 웃었습니다. 남편이 얼마나 원통했겠습니까. 그러나 몸부림칠수록 밧줄은 온몸을 더욱 옥죌 뿐이었습니다. 나는 나도 모르게 남편 곁으로 쓰러지듯 달려갔습

---

* 목재로서 무르고 쓸모가 적다고 여겨지는 나무로, 쓸모없는 사람, 하찮은 인물을 비유하는 말로도 쓰인다.

니다. 아니, 달려가려고 했습니다. 그러나 사내는 눈 깜짝할 사이에 나를 발로 걷어찼습니다. 바로 그 순간이었습니다. 나는 남편의 눈동자 속에 뭐라 말할 수 없는 빛이 깃들어 있는 것을 똑똑히 보았습니다. 뭐라 말할 수 없는…… 지금도 그 눈빛을 떠올리면 몸서리가 쳐집니다. 한마디 말조차 할 수 없던 남편은, 그 찰나의 눈빛으로 모든 마음을 전한 것입니다. 그러나 그 순간 번뜩였던 것은 분노도, 슬픔도 아닌…… 그저 나를 경멸하는 차가운 빛뿐이지 않겠습니까? 나는 사내의 발길질보다도, 그 눈빛에 맞은 듯이 비명을 지른 뒤 정신을 잃고 쓰러졌습니다.

정신을 차리고 보니, 그 감색 옷을 입은 사내는 이미 어디론가 사라지고 없었습니다. 남편만 삼나무 밑동에 묶인 채 남아 있었습니다. 나는 댓잎 위에서 간신히 몸을 일으켜 남편의 얼굴을 바라보았습니다. 그러나 남편의 눈빛은 조금도 변하지 않았습니다. 여전히 차갑고, 경멸에 증오까지 뒤섞인 눈빛이었습니다.

수치, 슬픔, 분노…… 그때 내 마음을 뭐라 표현해야 좋을지 모르겠습니다. 나는 비틀거리며 일어나 남편 곁으로 다가갔습니다.

"여보, 이렇게 된 이상 이제 더는 당신과 함께 살 수 없어요. 나는 단번에 죽을 각오가 되어 있어요. 하지만…… 하지만 당신도 죽어주세요. 당신은 내 치욕을 봤어요. 이대로 당신 한 사람만 남겨두고 갈 수는 없어요."

나는 이를 악물고 이렇게 말했습니다. 그래도 남편은 역겨운 듯 나를 바라볼 뿐이었습니다. 나는 찢어질 듯한 가슴을 누르며 남편의 칼을 찾았습니다. 그러나 아마 그 도둑에게 빼앗겼던 모양입니다. 칼은 물론 활과 화살조차 덤불 속 어디에도 보이지 않았습니다. 다행히도 작은 단도 하나가 내 발치에 떨어져 있었습니다. 나는 그 단도를 치켜들고, 다시 한번 남편에게 이렇게 말했습니다.

"그럼 당신의 목숨을 내가 거두게 해주세요. 나도 곧 따라갈게요."

남편은 이 말을 듣고서야 겨우 입술을 움직였습니다. 물론 입에는 댓잎이 가득 차 있어 목소리는 전혀 들리지 않았습니다. 나는 그것을 보자마자 곧 그가 하려던 말을 알아차렸습니다. 남편은 여전히 경멸의 빛을 띠며 "죽여라" 하고 한마디 했습니다. 나는 아득한 정신 속에서 남편의 연한 남색 옷 가슴팍에 단도를 쑥 꽂아 넣었습니다.

아마 나는 이때도 정신을 잃었던 모양입니다. 간신히 주위를 둘러보았을 때, 남편은 밧줄에 묶인 채 이미 숨이 끊어져 있었습니다. 대나무와 삼나무가 뒤섞인 숲 사이로 지는 햇살 한 줄기가, 그 창백한 얼굴 위로 비스듬히 떨어지고 있었습니다. 나는 울음을 삼키며 시신을 묶은 밧줄을 풀어버렸습니다. 그리고……그리고 나는 어떻게 되었느냐고요? 그건 이제 말씀드릴 기력이 없습니다. 다만 나는 끝내 죽지 못했습니다. 단도를 목에 찔러보기도 하고, 산자락 연못에 몸을 던져보기도 했지만, 죽지 못한 채 이렇게 살아 있는 한, 이 또한 자랑이라 할 수도 없을 것입니다. (쓸쓸한 미소) 나 같은 못난 사람은, 아마도 자비로우신 관세음보살마저 버리셨을지도 모릅니다. 그러나 남편을 죽인 나, 도둑에게 능욕당한 나는, 도대체 어떻게 해야 하나요? 나는……, 나는……. (갑자기 격렬한 흐느낌)

무녀의 입을 빌린 망령의 이야기

……도둑놈은 아내를 욕보인 뒤 그대로 앉아서는, 온갖 말로 아내를 달래기 시작했다. 나는 물론 입을 열 수가 없었다. 몸은 삼나무 뿌리에 묶여 있었다. 하지만 그사이 나는 아내를 향해 몇 번이나 눈짓을 보냈다.

'이자의 말은 믿지 마라. 무슨 말을 하든 거짓이라 여겨라.'

이런 뜻을 전하고 싶었다. 하지만 아내는 댓잎 위에 맥없이 앉아, 무릎만 내려다보고 있었다. 그것이 어쩐지 도둑의 말에 귀 기울이고 있는 듯 보이지 않겠는가? 나는 질투와 분노에 사로잡혔다. 그러나 도둑은 그 뒤로도 교묘하게 말을 이어갔다. 한번 몸을 더럽힌 이상, 이제 남편과는 함께할 수 없지 않겠느냐, 그런 남편과 사느니 내 아내가 되지 않겠느냐, 사랑해서 이런 큰일도 저질렀다…… 도둑놈은 마침내 그따위 뻔뻔한 말까지 꺼냈다.

도둑이 그렇게 말하자, 아내는 넋이 나간 듯 얼굴을 들었다. 나는 그때만큼 아내가 아름답게 보인 적은 없었다. 그러나 그 아름다운 아내는, 묶여 있는 나를 앞에 두고 도둑에게 뭐라고 대답했는가?

나는 구천을 떠돌면서도 그 대답을 떠올릴 때마다 분노에 불타지 않은 적이 없다. 아내는 분명 이렇게 말했다.

"그럼 어디든 데려가주세요."(긴 침묵)

아내의 죄는 그것만이 아니었다. 그것뿐이었다면, 이 어둠 속에서 이토록 괴로워하지는 않았을 것이다. 그러나 아내는 멍한 모습으로 도둑의 손에 이끌려 덤불 밖으로 나서려다, 문득 핏기가 가신 얼굴로 삼나무 밑동에 묶인 나를 가리켰다.

"저이를 죽여주세요. 저이가 살아 있는 한, 당신과 함께할 수 없어요."

……아내는 미친 듯이 몇 번이고 이렇게 외쳤다.

"저이를 죽여주세요."

이 말은 지금도 폭풍처럼 아득한 어둠의 밑바닥으로 나를 처박으려 한다.

인간의 입에서 이토록 증오스러운 말이 나온 적이 있었던가? 인간의 귀에 이토록 저주스러운 말이 들린 적이 있었던가? 한 번이라도 이토록…… (돌연 터져 나오는 듯한 조소) 그 말을 들었을 때는 도둑조차도 낯빛이 변했다.

"저이를 죽여주세요."

아내는 그렇게 외치며 도둑의 팔에 매달렸다. 도둑은 아내를 가만히 바라본 채, 죽이겠다는지 살리겠다는지 아무런 대답도 하지 않았다. 그러다 아내는 도둑놈의 단번의 발길질에 댓잎 위로 나뒹굴었다. (다시 터져 나오는 듯한 조소) 도둑은 조용히 팔짱을 낀 채 나를 흘긋거리며 말했다.

"저 여자를 어찌할까? 죽이겠느냐, 살리겠느냐? 대답은 고개만 끄덕이면 된다. 죽이겠느냐?"

……나는 이 한마디만으로도 도둑의 죄를 용서해주고 싶을 정도였다. (다시 긴 침묵)

아내는 내가 망설이는 사이, 외마디 비명을 지르더니 곧장 덤불 속으로 달아나 버렸다. 도둑도 재빨리 달려갔으나 소매조차 붙잡지 못했다. 나는 그 모든 광경을 그저 허깨비를 보듯 바라보고 있었다.

아내가 달아난 뒤, 도둑은 내 칼과 활, 화살을 챙기고는 밧줄 한 군데를 잘랐다.

"이번엔 내 차례다."

……나는 도둑이 덤불 속으로 사라지며 이렇게 중얼거린

것을 기억한다. 이후 주위는 고요했다. 아니, 누군가 우는 소리가 들렸다. 나는 밧줄을 풀며 귀를 기울였다. 그러나 그 울음소리는 다름 아닌 내 울음이 아니겠는가? (세 번째 긴 침묵)

나는 간신히 삼나무 밑동에서 지친 몸을 일으켰다. 내 앞에는 아내가 떨어뜨린 단도 하나가 번뜩이고 있었다. 나는 그것을 집어 들고, 한 번에 내 가슴팍에 찔러넣었다. 무언가 비릿한 덩어리가 욱하고 치밀어 올랐다. 그러나 고통은 전혀 없었다. 다만 가슴이 서늘해지자, 사위는 더욱 고요해졌다. 아아, 이 얼마나 깊은 고요인가. 산그늘의 덤불 위 하늘에는 새 한 마리 지저귀러 오지 않았다. 다만 삼나무와 대나무 가지 끝에 쓸쓸한 햇살이 떠돌았다. 그 햇살마저…… 점점 흐려져 간다. ……이제는 삼나무도 대나무도 보이지 않았다. 나는 그곳에 쓰러진 채, 깊은 고요 속에 휩싸였다. 그때 누군가 발소리를 죽이고 내 곁으로 다가왔다. 나는 그쪽을 보려 했으나, 어느새 내 주위에는 희미한 어둠이 자욱이 깔려 있었다. 누군가…… 보이지 않는 손으로 내 가슴의 단도를 살며시 뽑아 들었다. 동시에 다시금 내 입안 가득 피가 솟구쳤다. 나는 그 순간을 끝으로, 영원히 저승의 어둠 속으로 가라앉아 버렸나.

1921년 12월

점
귀
부

1

내 어머니는 광인이었다. 어머니는 머리를 틀어 올리고, 늘 시바에 있는 친가에 홀로 앉아 긴 담뱃대를 물고 담배를 피웠다. 얼굴도 작고 몸도 작았지만, 그 얼굴빛은 왜인지 생기 없는 잿빛이었다. 언젠가 《서상기》*를 읽다가 흙냄새와 진흙 맛이라는 말을 마주쳤을 때, 나는 곧장 여윈 어머니의 옆얼굴을 떠올렸다.

나는 어머니에게서 보살핌을 받은 기억이 전혀 없다. 다만 양어머니와 함께 인사를 드리러 2층에 올라갔다가, 불쑥 긴 담뱃대로 머리를 얻어맞은 일이 있을 뿐이다. 그러나 대체로 어머니는 지극히 조용한 광인이었다. 나나 누나가 그림을 그려달라고 조르면, 네 겹으로 접은 종이에 그림을 그

* 중국 원나라 때 극작가 왕실보가 지은 희곡. 부잣집 교수와 젊은 선비의 비밀스러운 사랑 이야기를 그린 작품이다.

려주었다. 먹뿐 아니라 누나의 물감을 써서, 나들이하는 소녀의 옷이나 들꽃에 색을 입혔다. 다만 그 그림 속 인물들은 모두 여우의 얼굴을 하고 있었다.

어머니가 죽은 것은 내가 열한 살 되던 해의 가을이었다. 병이라기보다는 몸이 점점 쇠약해져 그렇게 된 듯하다. 그 무렵의 기억만은 지금도 제법 뚜렷하게 남아 있다.

아마도 위독을 알리는 전보가 왔던 듯하다. 바람 한 점 없는 깊은 밤, 나는 양어머니와 함께 인력거를 타고 혼조에서 시바로 달려갔다. 그때까지 한 번도 목도리를 해본 적이 없었지만, 그날 밤만은 남화풍 산수화가 그려진 얇은 비단 손수건을 목에 두르고 있었다. 그리고 그 손수건에는 창포 향수의 은은한 향이 배어 있었다.

어머니는 2층 바로 아래의 다다미 여덟 장짜리 방에 누워 있었다. 나는 네 살 터울의 누나와 함께 어머니의 머리맡에 앉아, 쉼 없이 소리 내며 울었다. 특히 누군가 내 뒤에서 "임종, 임종이네" 하고 말했을 때는, 가슴이 미어질 듯한 슬픔이 밀려왔다. 그러나 그때까지 눈을 감고 죽은 사람처럼 누워 있던 어머니가 갑자기 눈을 뜨더니, 무언가를 말했다. 우리는 모두 슬픔 한가운데서도, 작게 웃음을 터뜨리고 말았디.

그러나 어쩐지 전날 밤처럼 눈물이 흐르지 않았다. 나는 내내 울고 있는 누나 앞에서 괜히 부끄러워, 애써 우는 시늉을 했다. 그러면서도 마음속 어딘가에서는, 내가 울지 않는 한 어머니는 결코 죽지 않으리라 믿고 있었다.

어머니는 사흘째 밤, 거의 고통도 없이 세상을 떠났다. 임종 직전에는 정신이 잠시 들었는지, 우리 얼굴을 바라보며 하염없이 눈물을 흘렸다. 그러나 평소처럼 끝내 아무 말도 하지 않았다.

나는 어머니를 관에 모신 뒤에도 때때로 눈물을 참지 못했다. 그때 오지 숙모라 불리던 먼 친척 할머니가 "정말 기특하구나" 하고 말했다. 그러나 나는 별것 아닌 일에 감탄하는 사람도 다 있구나 하고 생각했을 뿐이었다.

어머니의 장례식 날, 누나는 위패를 들고 나는 그 뒤에서 향로를 든 채 나란히 인력거에 올랐다. 나는 꾸벅꾸벅 졸다가 퍼뜩 정신을 차렸는데 하마터면 향로를 떨어뜨릴 뻔했다. 그러나 야나카 일대는 좀처럼 나타나지 않았다. 제법 긴 장례 행렬은, 가을 햇살이 고요히 내리쬐는 도쿄의 거리를 천천히 지나가고 있었다.

어머니의 계명은 귀명원묘승일진대자*다. 그런데 나는 아버지의 기일이나 계명은 전혀 기억하지 못한다. 아마 열한 살이던 그때의 나에게는, 기일이나 계명을 외우는 일 자체가 일종의 자랑거리였기 때문일 것이다.

* 부처님께 귀의하여 날마다 정진한 여성 불자라는 뜻.

2

내게는 누나가 한 명 있다. 몸은 약하지만 지금은 두 아이의 어머니다. 그러나 내가 점귀부*에 올리려는 이는 이 누나가 아니다. 내가 태어나기 직전에 갑자기 세상을 떠난 누나, 우리 삼 남매 중에서도 가장 총명했다고 전해지는 그 누나다.

이 누나를 하츠코**라 부른 것은 장녀로 태어났기 때문일 것이다. 우리 집 불단에는 지금도 하츠코의 사진이 작은 액자 속에 들어 있다. 하츠코는 조금도 허약해 보이지 않는다. 두 볼에 팬 작은 보조개는 잘 익은 살구처럼 통통했다.

아버지와 어머니의 사랑을 가장 많이 받은 사람은 단연 하츠코였다. 하츠코는 시바 신센자에서 일부러 츠키지에 있는 선머즈 부인이 운영하는 유치원에 다녔다. 그러나 토요일과 일요일에는 어김없이 어머니의 집, 혼조의 아쿠타가와 댁에 묵으러 갔다. 아직 메이지 20년대였음에도, 하츠코는 외출할 때마다 제법 세련된 서양 옷을 입었던 듯하다. 내가 초등학교에 다닐 무렵에는 하츠코의 옷감 자투리를 얻어 고무 인형에게 입혔던 기억이 있다. 하나같이 자잘한 꽃이나 악기 무늬가 들어간, 수입 천이었다.

어느 봄날 일요일 오후, 하츠코는 정원을 거닐다가 방 안

---

* 點鬼簿. 망자의 이름을 적는 장부.
** ‘하츠코(初子)’는 ‘처음(初) 태어난 아이(子)’라는 뜻으로, 장녀에게 흔히 붙이던 이름이다.

에 있던 숙모에게 물었다. (물론 나는 이때의 누이도 서양 옷을 입고 있었으리라 짐작한다.)

"숙모, 이건 무슨 나무예요?"

"어떤 나무 말이니?"

"봉오리 맺힌 이 나무요."

외갓집 정원에는 키 작은 명자나무 한 그루가, 오래된 우물 위로 가지를 늘어뜨리고 있었다. 머리를 땋은 하츠코는 아마 커다란 눈으로 그 가시 돋친 명자나무를 바라보고 있었을 것이다.

"이건 너하고 이름이 같은 나무란다."

숙모의 농담은 안타깝게도 통하지 않았다.

"그럼 바보나무라는 거네요."

숙모는 지금도 하츠코 이야기만 나오면 그때의 문답을 되풀이한다. 사실 하츠코에 관한 추억이라고 해봐야 그것뿐이다. 하츠코는 그로부터 며칠 지나지 않아 관에 들어갔을 것이다. 나는 작은 위패에 새겨진 하츠코의 계명은 기억나지 않는다 그러나 하츠코의 기일이 4월 5일이었다는 사실만은 이상하리만치 또렷이 기억하고 있다.

왜인지 나는 단 한 번도 본 적 없는 이 누나에게 묘한 친밀감을 느낀다. 하츠코가 아직 살아 있다면 지금쯤 마흔을 넘겼을 것이다. 마흔이 된 하츠코의 얼굴은, 어쩌면 시바의 친가 2층에서 멍하니 담배를 피우던 어머니의 얼굴을 닮았을지도 모른다. 가끔 나는 환영처럼, 마흔 살가량의 여인이 어딘가에서 내 인생을 지켜보고 있는 듯한 느낌을 받는다. 이는 커피와 담배에 지친 내 신경의 소행일까, 아니면 때때로 현실 세계에 얼굴을 드러내는 초자연적 힘의 장난일까?

3

나는 어머니의 정신 이상으로 태어나자마자 양가로 보내졌기에(양가는 어머니 쪽 외삼촌 댁이었다) 아버지와도 정이 없었다. 아버지는 우유 장사를 하며 나름 성공한 사람인 듯했다. 그 시절 새로운 과일이나 음료를 처음 알게 해준 이는 모두 아버지였다. 바나나, 아이스크림, 파인애플, 럼주……아마 그 밖에도 더 있었을 것이다. 나는 당시 신주쿠에 있던 목장의 떡갈나무 그늘 아래에서 그 럼주를 마셨던 일을 기억한다. 럼주는 알코올이 거의 느껴지지 않는, 주황빛을 띤 음료였다.

아버지는 어린 내게 이런 진귀한 것들을 권하며, 나를 양가에서 데려가려 애썼다. 어느 밤, 오모리의 우오에이에서 아이스크림을 권하며 노골적으로 집으로 돌아오라고 설득했던 일도 기억한다. 아버지는 이럴 때면 몹시 그럴듯한 말과 태도로 나를 꾀려 했다. 그러나 애석하게도 그 유혹은 한 번도 통하지 않았다. 내가 양가의 부모, 특히 외숙모를 사랑했기 때문이다.

아버지는 또한 성미가 급해 누구하고든 자주 싸움을 벌였다. 내가 중학교 3학년이던 어느 날 아버지와 스모를 하게 되었는데, 나는 자신 있던 밭다리걸기로 아버지를 멋지게 넘어뜨렸다. 아버지는 일어나더니 "한 판 더!" 하고 나를 향해 달려들었다. 나는 또다시 가볍게 아버지를 넘어뜨렸다. 세 번째에는 아버지가 "한 판 더"라며 혈색을 바꾸어 달려들었다. 그 싸움을 지켜보던 이모(어머니의 동생이자 아버지의 후처)는 두세 번 내게 눈짓을 보냈다. 나는 아버지와 한참 뒤엉켜 싸우다가 일부러 등을 대고 쓰러져버렸다. 만약 그때 내가 끝까지 버텼더라면, 아버지는 틀림없이 나를 끝까지 물고 늘어졌을 것이다.

내가 스물여덟 살이던 해, 즉 아직 교사로 일하고 있을 때 "아버지 입원"이라는 전보를 받고 황급히 가마쿠라에서 도쿄로 향했다. 아버지는 인플루엔자에 걸려 도쿄 병원에 입원해 있었다. 나는 양가의 숙모와 친가의 이모와 함께 병실 한구석에서 사흘쯤 머물렀다. 그러나 곧 지루함이 밀려왔다. 그때 친하게 지내던 한 아일랜드 신문기자가 전화로, 츠키지의 어느 요릿집에서 함께 식사하지 않겠느냐고 내게 물어왔다. 나는 그 기자가 곧 미국으로 건너간다는 말을 핑계로, 생사를 오가는 아버지를 남겨둔 채 츠키지로 향했다.

우리는 네댓 명의 게이샤와 함께 즐겁게 일본식 식사를 했다. 식사는 아마 10시쯤 끝났을 것이다. 나는 신문기자를 남겨둔 채 좁은 계단을 내려갔다. 그때 누군가 뒤에서 "저기, 선생님" 하고 나를 불렀다. 나는 중간쯤에서 발을 멈추고 위를 올려다보았다. 거기에는 한 게이샤가 조용히 나를 내려다보고 있었다. 나는 아무 말 없이 계단을 내려가 현관 밖의 택시에 올랐다. 택시는 곧 움직이기 시작했다. 그러나 나는 아버지가 아닌 서양식으로 머리를 한 그녀의 생기 있는 얼굴을, 특히 그 눈을 생각하고 있었다.

내가 병원으로 돌아오자, 아버지는 나를 기다리고 있었다. 그러고는 병풍 너머에 있던 사람들을 모두 물러나게 하더니, 내 손을 잡고 어루만지며, 내가 알지 못하는 지난날의 이야기…… 어머니와 결혼했을 무렵의 이야기를 들려주었다. 함께 장롱을 사러 나갔다든가, 초밥을 시켜 먹었다든가 하는 사소한 이야기들이었지만, 나는 듣는 동안 눈시울이 뜨거워졌다. 아버지 또한 여윈 뺨에 눈물을 흘리고 있었다.

아버지는 다음 날 아침, 큰 고통 없이 돌아가셨다. 임종 직전에는 정신이 혼미해진 듯 "저기 깃발을 내건 군함이 온다. 모두 만세를 외쳐라" 같은 말을 하셨다. 나는 아버지의 장례식이 어땠는지 기억나지 않는다. 다만 병원에서 집으로 아버지의 관을 옮길 때, 봄밤의 커다란 달이 운구차 위를 훤히 비추고 있던 장면만은 또렷이 기억하고 있다.

4

3월 중순, 나는 손난로를 품은 채 아내와 함께 오랜만에 성묘를 했다. 오랜만에…… 그러나 작은 묘도, 그 위로 가지를 뻗은 붉은 소나무 한 그루도 달라진 건 없었다.

점귀부에 올린 세 사람은 모두 이 야나카 묘지 구석, 같은 석탑 아래에 뼈를 묻고 있다. 나는 이 무덤 아래로 어머니의 관이 조용히 내려졌던 때를 떠올렸다. 이는 하츠코도 마찬가지였을 것이다. 다만 아버지만은…… 나는 아버지의 유골이 하얗게 부서진 것 속에 금니가 섞여 있던 것을 기억한다.

나는 성묘를 좋아하지 않는다. 할 수만 있다면 부모님과 누나도 모두 잊고 싶다. 하지만 그날은 몸이 좋지 않아서였을까, 봄날 오후의 햇살 속 거무스름해진 비석을 바라보며, 세 사람 중 누가 가장 행복했을까 하고 생각했다.

아지랑이여, 무덤 너머에 살아 있을 뿐.

이때만큼 조소*의 마음이 내 안에 깊이 밀려온 적은 없었다.

1926년 10월

* 에도 시대 하이쿠 시인 나이토 조소. 바쇼의 제자로, 무상과 고요의 정서를 노래했다.

말
다
리

이 이야기의 주인공은 오시노 한자부로라는 남자다. 안타깝게도 대단한 인물은 아니다. 베이징의 미쓰비시에 다니는 서른 살 안팎의 회사원이다. 한자부로는 상과대학을 졸업한 뒤, 두 달 만에 베이징으로 오게 되었다. 동료나 상사들 사이의 평판은 좋다고도 나쁘다고도 할 수 없었다. 한마디로 평범하기 짝이 없는 남자로, 그의 풍채가 그 사실을 그대로 말해준다. 덧붙이자면, 그의 가정생활 또한 마찬가지였다.

한자부로는 이 년 전에 어느 아가씨와 결혼했다. 아가씨의 이름은 쓰네코다. 이 또한 애석하게도 연애결혼은 아니었다. 먼 친척인 노부부에게 중매를 부탁해 이루어진 결혼이었다. 쓰네코는 미인이라고 할 정도는 아니었다. 그렇다고 또 추녀라 할 정도도 아니었다. 그저 둥글게 살이 오른 두 뺨에 늘 미소를 띠고 있을 뿐이었다. 평톈에서 베이징으로 오는 도중 침대칸에서 빈대에 물렸을 때 말고는 언제나 웃었다. 게다가 이제 다시는 빈대에 물릴 걱정도 없었다. ×

×후퉁*의 사택 거실에는 박쥐가 그려진 제충국 가루가 두 통이나 있었기 때문이다.

나는 한자부로의 가정생활이 지극히 평범하다고 말했다. 실제로도 사실일 것이다. 그는 그저 쓰네코와 함께 밥을 먹고, 축음기를 틀고, 영화관에 가는 등 베이징의 다른 회사원들과 다를 바 없는 생활을 이어갔다. 그러나 그들의 삶도 운명의 지배를 피할 수는 없었다. 운명은 어느 한낮의 오후, 이 평범하기 짝이 없는 가정생활의 단조로움을 한순간에 깨뜨려버렸다. 미쓰비시 회사원 오시노 한자부로가 뇌일혈로 급사한 것이다.

한자부로는 그날 오후에도 여느 때처럼 동단패루 사무소의 책상 앞에 앉아 부지런히 서류를 검토하고 있었다. 마주 앉은 동료들 역시 아무런 이상을 느끼지 못했다고 한다. 그런데 잠시 일을 마무리하고, 담배를 입에 문 뒤 불을 붙이려는 순간, 갑자기 쓰러져 세상을 떠났다. 실로 허무한 죽음이었다. 그러나 다행히도 세상은 죽음의 방식에 대해서는 크게 논하지 않는다. 논하는 건 오직 삶의 방식뿐이다. 덕분에 한자부로 역시 별다른 비난을 받지 않았다. 아니, 비난은커녕 상사나 동료들은 모두 미망인 쓰네코에게 깊은 동정을 표했다.

* 중국 베이징의 골목길.

도진병원 원장 야마이 박사의 진단에 따르면, 한자부로의
사인은 뇌일혈이었다. 그러나 정작 한자부로 자신은 불행하
게도 그것을 뇌일혈이라 여기지 않았다. 애초에 죽었다는
사실조차 믿지 않았다. 그저 어느 틈엔가 본 적 없는 사무실
에 와 있다는 사실에 놀랐을 뿐이다.

사무실 창가의 커튼은 햇빛 속에서 천천히 바람에 흔들
리고 있었다. 다만 창 너머에는 아무것도 보이지 않았다. 방
한가운데 놓인 커다란 책상에는 흰색 중국 전통복을 입은
중국인 두 사람이 마주 앉아 장부를 들여다보고 있었다. 한
사람은 스무 살 남짓한 청년으로 보였다. 다른 한 사람은 얼
굴빛이 약간 누렇게 떠 있었고, 긴 콧수염을 기르고 있었다.

그때 스무 살 남짓한 중국인이 장부에 펜을 끄적이며 고
개도 들지 않고 그에게 물었다.

"아 유 미스터 헨리 배럿, 안츄?"(Are you Mr. Henry
Barrett, aren't you?)

한자부로는 깜짝 놀랐다. 그러나 가능한 한 태연하게 베
이징어로 대답했다.

"나는 일본 미쓰비시 회사의 오시노 한자부로입니다."

"어, 당신 일본 사람이군요?"

그제야 고개를 든 중국인은 놀란 듯 이렇게 말했다. 나이
든 다른 중국인도 장부에 무언가를 쓰다 만 채, 멍하니 한자
부로를 보고 있었다.

"어쩌죠? 사람을 착각했네요."

"난감하군, 정말 난감해. 신해혁명 이후 한 번도 없었던 일이야."

나이 든 중국인은 화가 난 듯 펜을 덜덜 떨고 있었다.

"어쨌든 어서 돌려보내게."

"당신은…… 그렇지, 오시노 씨였죠. 잠시만 기다리세요."

스무 살 남짓한 중국인은 새로 두툼한 장부를 펼쳐 무언가를 읽기 시작했다. 그런데 그 장부를 덮더니 전보다 더 놀라서는 나이 든 중국인에게 말했다.

"안 됩니다. 오시노 한자부로 씨는 사흘 전에 이미 죽었습니다."

"사흘 전에 죽었다고?"

"심지어 두 다리가 이미 썩었습니다. 허벅지부터 썩었어요."

한자부로는 다시 한번 깜짝 놀랐다. 그들의 말에 따르면 첫째, 그는 죽었다. 둘째, 죽은 지 사흘이나 지났다. 셋째, 두 다리가 썩었다. 그런 터무니없는 일이 있을 리 없다. 실제로 그의 다리는 이렇게…… 그는 걸음을 내딛는 순간, 무심코 큰 소리를 질렀다.

그가 소리를 지른 것도 낭연했다. 단정하게 다려진 흰 바지에 흰 구두를 신은 그의 두 다리가, 창문으로 들어온 바람에 비스듬히 휘날리고 있었던 것이다. 그는 그 광경을 본 순간, 거의 자신의 눈을 믿을 수 없었다. 그러나 손으로 만져보니, 실제로 허벅지 아래는 허공을 붙잡는 것과 다름없었다. 한자부로는 결국 주저앉고 말았다. 동시에 그의 다리……라기보다 바지는 마치 바람 빠진 고무풍선처럼 힘없이 축 늘어졌다.

"괜찮아요, 괜찮아. 어떻게든 해주겠소."

나이 든 중국인은 그렇게 말한 뒤, 아직 분이 가시지 않은 듯, 젊은 부하를 타박했다.

"이건 자네 책임이야, 알겠나? 자네 책임이라고. 즉시 보고를 올려야 해. 그건 그렇고 헨리 배럿은 지금 어디 있지?"

"제가 확인한 바로는, 급히 한커우로 간 모양입니다."

"그렇다면 한커우에 전보를 쳐서 헨리 배럿의 다리를 보내도록 해."

"아뇨, 그건 안 될 겁니다. 한커우에서 다리가 오는 동안 오시노 씨의 몸통이 다 썩어버릴 거예요."

"난감하군. 정말 난감해."

나이 든 중국인은 탄식했다. 어쩐지 콧수염까지 한층 더 축 늘어진 것처럼 보였다.

"이건 자네 책임이야. 즉시 보고를 올려야 해. 승객은 이제 없겠지?"

"예, 한 시간쯤 전에 모두 떠났습니다. 대신 말은 한 마리 남았는데."

“무슨 말이야?”

“덕승문 밖에 있는 말 시장의 말입니다. 방금 막 죽었어요.”

“그럼 그 말의 다리를 달지. 말 다리라 해도 없는 것보단 낫잖아. 다리만 좀 가져와 보게.”

스무 살 남짓한 중국인이 큰 책상에서 일어나더니 조용히 어디론가 나갔다. 한자부로는 세 번째로 깜짝 놀랐다. 지금 얘기로 봐서는 정말로 자신에게 말 다리를 붙이려는 모양이었다. 그는 그대로 주저앉아, 나이 든 중국인에게 애원하듯 말했다.

“저기, 제발 말 다리만은 안 됩니다. 저는 말을 아주 싫어해요. 부디 제발 한평생 소원이니 인간의 다리를 달아주십시오. 헨리 누구의 다리라도 상관없습니다. 털이 좀 많더라도 인간의 다리라면 참겠습니다.”

나이 든 중국인은 가엾다는 듯 한자부로를 내려다보며 몇 번이나 고개를 끄덕였다.

“있으면 달아주겠소만, 인간의 다리가 없으니……. 뭐, 재난이라 생각하고 체념하시오. 그래도 말 다리는 튼튼하잖소. 가끔 굽만 갈아주면, 어떤 산길도 끄떡없을 테니…….”

그때 젊은 부하 직원이 말 다리 두 짝을 둘러메고, 어딘가에서 슥 하고 다시 들어왔다. 마치 호텔 종업원이 장화를 가져오는 것 같았다. 한자부로는 도망치려 했으나, 두 다리가 없는 비참함 때문에 쉽게 일어설 수 없었다. 그사이 부하 직원이 그의 곁으로 와서 흰 구두와 양말을 벗기기 시작했다.

"안 돼, 말 다리만은 그만둬! 내 허락도 없이 내 다리를 고친다는 게 말이나 돼!"

한자부로가 이렇게 소리치는 사이, 부하 직원은 바지 오른쪽 구멍에 말 다리 하나를 쑥 집어넣었다. 말 다리는 마치 이빨이라도 달린 듯, 오른쪽 허벅지에 꽉 달라붙었다. 이어 왼쪽 구멍에도 또 다른 다리를 집어넣자, 그것 역시 허벅지를 꽉 물었다.

"자, 이제 됐습니다."

스무 살 남짓한 중국인은 만족스러운 미소를 띠며, 손톱이 긴 두 손을 탁탁 털었다. 한자부로는 멍하니 자기 다리를 내려다보았다. 그러자 어느새 흰 바지 끝에는 굵은 밤색 털의 말 다리 두 개가 굽을 나란히 하고 있었다.

한자부로의 기억은 거기까지였다. 적어도 그 이후의 일은 여기까지처럼 또렷하지 않았다. 중국인 두 명과 싸운 듯도 하고, 가파른 사다리에서 굴러떨어진 듯도 하다. 하지만 어느 쪽도 확실하지 않다. 어쨌든 그는 정체 모를 환영 속에서 헤매다 마침내 정신을 되찾았을 때, ××후퉁 사택의 관 속에 누워 있었다. 게다가 관 앞에는 젊은 정토종 승려 한 사람이 불경을 읊고 있었다.

물론 이런 한자부로의 부활은 곧 화제가 되었다. 〈준텐지보〉는 커다란 그의 사진과 함께 세 단락짜리 특집 기사까지 내보냈다. 기사에 따르면, 상복을 입은 쓰네코는 평소보다 더 환하게 웃고 있었다고 한다. 또 몇몇 상사와 동료들은 부의금을 모아 부활 축하회를 열었다고 한다. 다만 야마이 박사의 신용만은 위태로워졌음이 분명했다. 그러나 박사는 태연히 담배 연기를 동그랗게 내뿜으며 교묘하게 신용을 회복했다. 의학을 초월하는 자연의 신비를 힘주어 설파함으로써, 결국 자신의 신용을 지키는 대신 의학의 신용을 내던진 것이다.

그러나 당사자인 한자부로만은 부활 축하회에 참석했을 때조차 하나도 들떠 보이지 않았다. 그야 당연했다. 그의 다리는 부활 이후 어느 틈엔가 말 다리로 바뀌었기 때문이다. 발가락 대신 굽이 달린 갈색 말 다리로 바뀌어 있었던 것이다. 그는 이 다리를 바라볼 때마다 처참함을 느꼈다. 이 다리가 들통나는 날에는 회사에서 잘릴 것이다. 동료들은 다시는 그와 상종도 하지 않을 게 분명했다. 쓰네코도…… 아아, '약한 자여, 그대의 이름은 여자이니!' 쓰네코도 아마 예외는 아닐 것이다. 말 다리가 된 남편을 끝내 남편으로 인정하지 않으리라. 한자부로는 이렇게 생각할 때마다 어떻게든 자신의 다리만은 숨겨야 한다고 결심했다. 기모노를 버린 것도 그 때문이다. 장화를 신은 것도 그 때문이다. 욕실 창문과 문단속을 철저히 하게 된 것도 그 때문이다. 그런데도 그는 여전히 불안했다. 또 그렇게 불안해하는 게 당연했다.

한자부로가 먼저 경계한 건 동료들의 의심을 피하는 일이었다. 그건 그가 겪은 여러 어려움 중에서도 비교적 수월한 편에 속했는지도 모른다. 하지만 그의 일기대로라면 항상 얼마간의 위험과 싸워야만 했던 듯하다.

7월 ×일. 아무래도 그 젊은 중국 놈이 괴상한 다리를 붙인 모양이다. 내 다리는 양쪽 다 벼룩의 소굴이라 해도 좋을 판이다. 오늘도 사무를 보면서 미칠 것처럼 가려웠다. 아무튼 당분간은 전력을 다해 벼룩 퇴치 방법을 궁리해야겠다…….

8월 ×일. 오늘 나는 매니저에게 사업 이야기를 하러 갔다. 그런데 매니저는 이야기를 나누는 내내 코를 킁킁거렸다. 아무래도 내 다리 냄새가 장화 밖으로까지 새어 나가는 모양이다…….

9월 ×일. 말 다리를 자유자재로 다루는 일은 확실히 승마술보다 어렵다. 오늘 점심 전에 급한 일이 있어 빠르게 계단을 뛰어 내려갔다. 누구나 그런 순간에는 오로지 일만 생각할 것이다. 나도 그 탓에 어느새 말 다리를 잊고 있었던 모양이다. 내 다리는 순식간에 일곱 칸을 훌쩍 뛰어내렸다.

10월 ×일. 나는 점점 말 다리를 자유자재로 다루는 법을 익혀 나갔다. 이것도 막상 몸으로 터득하고 보니, 결국 요령은 허리의 균형 하나에 달려 있었다. 하지만 오늘은 실패했다.

물론 오늘의 실패가 꼭 내 잘못만은 아니었다. 오늘 아침 9시쯤 인력거를 타고 회사에 갔다. 그런데 인력거꾼이 원래는 십이 전의 삯을 이십 전으로 달라며 우겼다. 그것도 모자라 날 붙잡고는 회사 안으로 못 들어가게 했다. 나는 참지 못하고 그를 확 걷어찼다. 인력거꾼이 축구공처럼 공중으로 튀어 올랐다. 물론 나는 곧 후회했다. 그러나 동시에 터져 나오는 웃음을 참을 수 없었다. 역시 다리를 움직일 때는 좀 더 세심한 주의가 필요하다…….

그러나 한자부로는 동료들을 속이는 것보다도 쓰네코의 의심을 피하는 일이 훨씬 더 어려웠던 듯하다. 그는 자신의 일기 속에서 끊임없이 이 어려움을 탄식했다.

7월 ×일. 나의 최대 적은 쓰네코다. 나는 문화생활의 필요성을 핑계 삼아, 집에 하나뿐이던 일본식 방을 끝내 서양식 방으로 바꿔버렸다. 이렇게 하면 쓰네코 앞에서도 신발을 벗지 않아도 되기 때문이다. 쓰네코는 다다미가 없는 게 무척 불만인 듯했다. 하지만 아무리 버선을 신는다 해도, 이 다리로 일본식 방을 걷는 건 나로서는 도서히 불가능하나…….

9월 ×일. 오늘 나는 고물상에 더블 침대를 팔아버렸다. 그 침대는 예전에 어떤 미국인의 경매에서 산 것이었다. 나는 그

경매를 마치고 돌아오는 길에, 조계*의 가로수 아래를 따라 걸었다. 가로수인 회화나무는 꽃이 한창이었다. 운하의 물빛도 아름다웠다. 그러나…… 지금은 그런 것에 마음을 빼앗길 때가 아니었다. 어젯밤 나는 자칫 쓰네코의 옆구리를 걷어찰 뻔했다…….

11월 ×일. 나는 오늘 빨랫감을 직접 세탁소에 가져갔다. 물론 단골 세탁소는 아니다. 동안시장 근처의 세탁소였다. 이것만은 앞으로도 반드시 지켜야 한다. 왜냐하면 팬티와 바지, 양말에는 언제나 말 털이 붙어 있으니까…….

12월 ×일. 양말이 닳는 속도가 실로 엄청나다. 사실 쓰네코 몰래 양말값을 마련하는 일만 해도 여간 힘든 일이 아니다…….

2월 ×일. 나는 물론 잘 때조차 양말이나 바지 속옷을 벗은 적이 없다. 게다가 쓰네코에게 들키지 않으려고 다리 끝을 담요 속에 감추는 일은 언제나 쉽지 않은 모험이다. 어젯밤 잠자리에 들기 전, 쓰네코가 말했다.

"당신 추위를 정말 많이 타네요. 허리에도 모피를 두르고 자는 거예요?"

어쩌면 내 말 다리가 들통나는 날이 올지도 모른다…….

* 과거 중국 내 있던 외국인 거주 구역.

한자부로는 이 밖에도 수많은 위험에 맞닥뜨렸다. 그것을 일일이 헤아려 쓰는 것은 보통 일이 아니었다. 하지만 한자부로의 일기 중에서도 나를 가장 놀라게 한 건 아래에 적은 사건이다.

2월 ×일. 나는 오늘 점심시간에 류후쿠지 절 앞의 헌책방을 기웃거렸다. 헌책방 앞 볕이 잘 드는 곳에 마차 한 대가 서 있었다. 물론 서양 마차는 아니다. 남색 천을 씌운 중국 마차였다. 마부도 틀림없이 마차 위에서 쉬고 있으리라. 하지만 나는 별로 신경 쓰지 않고 헌책방으로 들어가려 했다. 그런데 바로 그 순간이었다. 마부가 채찍을 휙 울리며 "쑤오, 쑤오" 하고 소리를 질렀다. '쑤오, 쑤오'는 중국인들이 말을 뒤로 뺄 때 쓰는 소리다. 마차는 그 말이 끝나기도 전에 덜컹거리며 뒤로 물러나기 시작했다. 그런데 놀라운 일이 벌어졌다! 나 또한 헌책방을 앞에 둔 채, 한 걸음씩 뒤로 물러나기 시작한 게 아닌가. 그때 내 심정은 공포였는지, 경악이었는지, 도저히 말로 설명할 길이 없다. 나는 끙끙대며 한 발이라도 앞으로 나아가려 애썼으나, 끔찍한 불가항력에 이끌려 역시나 뒤로 물러났다. 그나마 마부가 '쑤오오' 하고 길게 외쳐준 게 다행이었다. 마차가 멈추는 순간에야 겨우 뒷걸음을 멈출 수 있었기 때문이다. 하지만 기이한 건 그게 다가 아니었다. 안도하며 무심코 마차 쪽을 바라본 순간, 그 마차를 끌던 회갈색 말이 뭐라 형언할 수 없는 소리를 냈다. 형언할 수 없는? 아니다, 형언할 수 없는 게 아니다. 나는 그 새된 소리 속에서 분명히 말의 웃음을 느꼈다. 말만 그런 게 아니었다. 내 목구멍에서도 울음 비슷한 무언가가 치밀어 오르는 것을 느꼈다. 이소리를 내면 큰일이다. 나는 곧장 두 손으로 귀를 막으며, 그 자리에서 필사적으로 달아났다…….

그러나 운명은 한자부로에게 마지막 일격을 남겨두고 있었다. 3월 말의 대낮, 그는 문득 자신의 다리가 들썩이며 날뛰는 것을 깨달았다. 왜 그의 말 다리가 갑자기 날뛰기 시작했을까? 이 의문에 답하기 위해서는 한자부로의 일기를 살펴보아야 한다. 그러나 불행히도 그의 일기는 마지막 일격을 받기 바로 전날에 끝이 났다. 다만 전후 사정을 미루어 대강의 추측은 가능하다. 나는 《마정기(馬政紀)》, 《마기(馬記)》, 《원향료우마타집(元享療牛馬駝集)》, 《백락상마경(伯楽相馬経)》 등의 여러 문헌에 따라, 그의 다리가 흥분한 이유는 바로 다음과 같았다고 확신한다.

그날은 거센 황사가 몰아쳤다. 황사란 몽골의 봄바람이 베이징으로 실어 오는 모래 먼지를 뜻한다. 〈준텐지보〉의 기사에 따르면, 그날의 황사는 십수 년 이래 가장 심해서 '다섯 걸음만 떨어져도 정양문의 누각이 보이지 않았다'고 하니, 얼마나 심했는지 짐작이 간다. 하지만 한자부로의 말 다리는 덕승문 밖의 말 시장에 있던 죽은 말의 것이었고, 그 말은 분명 장자커우, 진저우를 거쳐 온 몽골산 말이었다. 그렇다면 그 다리가 몽골의 공기를 느끼자마자 들썩거리기 시작한 것도, 어찌 보면 당연하지 않겠는가? 더구나 그 시기는 변방의 말들이 짝짓기를 위해 죽기 살기로 사방팔방 뛰어다니는 때였다. 그렇다면 그의 말 다리가 가만히 있지 못한 것도 이해할 만하다.

이 해석의 옳고 그름은 차치하더라도, 한자부로는 그날 회사에 있을 때조차 마치 춤이라도 추듯 펄쩍펄쩍 뛰어다녔다고 한다. 또 사택으로 돌아오는 고작 삼백 미터 남짓한 길에서도 인력거를 일곱 대나 짓밟아 버렸다고 한다. 마지막으로 사택에 돌아온 뒤에도, 아무튼 쓰네코의 말에 따르면, 그는 개처럼 헐떡이며 비틀거리다시피 거실로 들어왔다. 그러고선 겨우 긴 의자에 몸을 내려놓자마자, 어안이 벙벙한 아내에게 가느다란 끈을 가져오라고 했다. 쓰네코는 물론 남편의 모습을 보고 큰일이 난 게 분명하다고 짐작했다. 우선 안색이 매우 나빴다. 게다가 짜증이 나서 죽겠다는 듯 장화 신은 다리를 계속 구르고 있었다. 그녀는 그 탓에 평소처럼 미소 짓는 것도 잊은 채, 그 끈을 도대체 무엇에 쓰려는 것이냐며 애원하듯 물었다. 하지만 남편은 괴로운 기색으로 이마의 땀을 훔치며, 그저 같은 말만 되풀이했다.

"얼른 줘. 빨리. 빨리 안 하면 큰일 나."

쓰네코는 어쩔 수 없이 짐을 꾸릴 때 쓰는 가느다란 끈 한 묶음을 남편에게 건넸다. 그러자 그는 그 끈으로 장화 신은 두 다리를 묶기 시작했다. 그녀의 마음에 '미친 게 아닐까' 하는 공포가 스친 건 바로 그때였다. 쓰네코는 남편을 보며 떨리는 목소리로 야마이 박사를 불러 진찰을 받자고 권했다. 하지만 그는 다리에 열심히 끈을 동여맬 뿐, 끝내 그 권유에 따르지 않았다.

"그런 돌팔이가 뭘 알아? 그놈은 도둑이야! 사기꾼이라고! 그보다 당신, 이리 와서 내 몸 좀 붙들어봐."

두 사람은 서로를 끌어안은 채, 그저 조용히 긴 의자에 앉아 있었다. 베이징을 뒤덮은 황사가 점점 더 거세진 모양이다. 창밖엔 해마저 빛을 잃고, 탁한 주홍빛만이 떠돌고 있었다. 그러는 동안에도 한자부로의 다리는 물론 가만히 있지 않았다. 끈에 단단히 묶인 채로 보이지 않는 페달을 밟는 듯 끊임없이 움직이고 있었다. 쓰네코는 남편을 위로하듯, 또 격려하듯 여러 가지 말을 건넸다.

"여보, 여보, 왜 이렇게 떨어요?"

"아무것도 아니야. 아무것도."

"하지만 이 땀 좀 봐요. 이번 여름에는 일본으로 돌아가요. 네, 여보? 오랜만에 일본으로 돌아가요."

"그래, 일본으로 돌아가자. 일본에 돌아가서 살자."

오 분, 십 분, 이십 분…… 시간은 그렇게 두 사람 위를 느릿느릿 흘러갔다. 쓰네코는 〈준텐지보〉 기자에게 그때 자신의 심정은 꼭 쇠사슬에 묶인 죄수와 같았다고 말했다. 그러나 삼십 분쯤이 지나 마침내 쇠사슬이 끊어지는 순간이 찾아왔다. 다만 그것은 쓰네코의 쇠사슬이 아니었다. 한자부로를 가정에 붙들어 두었던 인간의 쇠사슬이 끊긴 순간이었다.

탁한 주홍빛을 비추던 창문은 바람 때문인지 갑자기 덜커덕거리는 소리를 냈다. 동시에 한자부로는 큰 소리를 지르며 일 미터 정도 허공으로 뛰어올랐다. 그때 쓰네코는 끈이 '툭' 하고 끊어지는 것을 보았다고 한다. 한자부로는…… 이건 쓰네코의 말이 아니다. 그녀는 남편이 뛰어오르는 모습을 본 순간 그대로 긴 의자 위에서 기절했다. 하지만 사택의 중국인 하인은 기자에게 이렇게 말했다.

"한자부로 씨는 무언가에 쫓기듯 현관으로 뛰쳐나갔습니다. 그리고 잠깐 현관 앞에 서 있더니, 몸을 한 번 부르르 떨고는, 꼭 말의 울음 같은 섬뜩한 소리를 남기고, 거리를 뒤덮은 황사 속으로 달려가 버렸어요."

그 후로 한자부로가 어떻게 되었는지는 오늘날까지도 의문으로 남아 있다. 〈준텐지보〉 기자는 사건 당일 오후 8시 무렵, 황사에 휩싸인 달빛 속에서 모자를 쓰지 않은 사내 하나가 만리장성이 보이는 팔달령 아래 철길을 달려가고 있었다고 보도했다. 그러나 이 보도는 신빙성이 부족한 듯하다. 실제로 같은 신문사의 다른 기자는, 역시 오후 8시 무렵 황

사에 젖은 빗속에서 모자를 쓰지 않은 한 남자가 석인석마*
가 늘어선 십삼릉**의 큰길을 달려가고 있었다고도 전하고 있
다. 결국 한자부로는 ××후통 사택 현관을 뛰쳐나온 뒤, 어
디로 갔는지 알 수 없단 뜻이다.

한자부로의 실종 또한 그의 부활과 마찬가지로 큰 화제
가 되었다. 그러나 쓰네코, 매니저, 동료, 야마이 박사, 〈준텐
지보〉의 주필 등은 모두 그의 실종을 광기 때문이라고 해석
했다. 말 다리 때문이라고 해석하는 것보다 광기 때문이라
고 하는 편이 훨씬 쉬웠을 것이다. 세상은 언제나 어려운 일
보다 쉬운 일을 택하기 마련이다. 그 세상의 이치를 가장 잘
보여준 〈준텐지보〉의 주필 무다구치 씨는 한자부로의 실종
다음 날, 큼직한 붓을 들고 다음과 같은 사설을 세상에 내놓
았다.

미쓰비시 직원 오시노 한자부로 씨는 어제 오후 5시 15분경,
갑자기 정신이 이상해진 듯 아내 쓰네코 씨의 만류에도 홀연
히 사라졌다. 두진병원 원장 야마이 박사에 따르면, 그는 지
난여름 뇌일혈로 쓰러져 사흘 동안 의식을 잃은 뒤부터, 정신
이 이상해졌다고 추측한다. 또한 쓰네코 씨가 발견한 일기에
서도 그는 늘 괴상한 강박관념에 시달렸던 듯하다. 하지만 우

* 무덤 앞에 줄지어 세워진 돌사람상과 돌말상, 즉 능묘를 지키는 석상 행렬.
** 베이징 근교에 있는 명나라 황제 열세 명의 능이 모여 있는 묘역.

리가 물어야 할 것은 그의 병명이 아니라, 남편으로서 그가 져야 할 책임이다.

우리의 완전무결한 국체는 가족주의 위에 서 있다. 가족주의에 기초한 이상, 한 가장이 지닌 책임의 무게는 새삼 말할 필요도 없다. 그런데 그런 가장이 멋대로 미쳐버릴 권리가 과연 있는가? 우리는 이 물음 앞에서 단호히 '없다'라고 답하지 않을 수 없다. 만약 세상 모든 남편이 미칠 권리를 갖게 되었다고 치자. 그들은 모두 가족을 뒤로한 채, 누구는 길 위에서 노래를 부르고, 누구는 산과 들을 떠돌며, 또 누구는 정신병원에서 배부르고 따뜻한 삶을 누리게 될 것이다. 그러나 세계에 자랑하던 이천 년의 가족주의는 이로써 무너지고 말 것이다. 옛말에 '죄를 미워하되, 사람은 미워하지 말라' 했다. 우리는 결코 오시노 씨를 가혹하게 단죄하려는 것이 아니다. 다만 경솔하게 미쳐버린 그 죄는 꾸짖지 않을 수 없다. 아니, 그 책임이 오시노 씨 한 사람에게만 있는 것은 아니다. 발광 금지령을 등한시해 온 역대 정부의 잘못 또한 하늘을 대신해 꾸짖어야 할 것이다.

쓰네코 부인의 말에 의하면, 부인은 앞으로 일 년은 ××후통 사택에 머물며 남편 오시노 씨의 귀환을 기다릴 생각이라고 한다. 우리는 그 정숙한 부인에게 깊은 연민을 표하며, 현명한 미쓰비시 측은 부인의 편의를 위하여 배려를 아끼지 않기를 간절히 바라는 바이다.

하지만 반년쯤 지나자, 적어도 쓰네코만은 그 오해가 틀렸다는 새로운 사실과 마주했다. 그날은 베이징의 버드나무와 회화나무가 누런 잎을 떨구기 시작한 10월의 저녁 무렵이었다. 쓰네코는 거실의 긴 의자에 앉아, 멍하니 추억에 잠겨 있었다. 이제 그녀의 입술에는 예전의 미소가 남아 있지 않았다. 볼살도 어느새 푹 꺼져 있었다. 그녀는 사라진 남편과 팔아버린 침대, 그리고 집 안의 빈대 같은 것들을 줄곧 떠올리고 있었다. 그때 누군가 주저하듯 현관 초인종을 눌렀다. 그녀는 별로 신경 쓰지 않고 하인에게 대신 나가 보라고 했다. 하지만 하인은 어디로 갔는지 좀처럼 돌아오지 않았다. 그사이 초인종이 다시 울렸다. 쓰네코는 마침내 긴 의자에서 일어나 조용히 현관으로 향했다.

낙엽이 흩어진 현관 앞, 희미한 빛 속에 모자를 쓰지 않은 남자가 한 사람 서 있었다. 모자를, 아니 모자만 안 쓴 게 아니었다. 그는 모래 먼지가 잔뜩 묻은 누더기 외투를 입고 있었다. 쓰네코는 그 모습을 보고 거의 공포에 가까운 감정을 느꼈다.

"무슨 일이시죠?"

남자는 아무 말 없이 긴 머리를 늘어뜨린 채 고개를 숙이고 있었다. 쓰네코는 그 모습을 가만히 살피며, 두려운 듯 다시 한번 되물었다.

"무슨…… 무슨 일이시죠?"

남자는 천천히 머리를 들었다.

"쓰네코……."

단 한마디였다. 하지만 그 한마디는 달빛처럼, 이 남자의 정체를 점점 또렷하게 드러냈다. 쓰네코는 숨을 삼킨 채, 한동안 아무 말도 하지 못하는 남자의 얼굴을 응시했다. 남자는 수염이 자라, 전혀 딴 사람처럼 여위어 있었다. 하지만 그녀를 바라보는 눈만은 분명 오래 기다려온 그 눈빛이었다.

"여보!"

쓰네코는 이렇게 외치며 남편의 가슴에 매달리려 했다. 하지만 한 발 내딛는가 싶더니, 이내 뜨거운 쇳덩이를 밟은 듯 순식간에 뒤로 물러섰다. 남편의 찢어진 바지 밑으로 털이 무성한 말 다리가 드러나 있었다. 희미한 불빛 속에서도 그 갈색 털빛이 뚜렷이 빛났다.

"여보……!"

쓰네코는 그 말 다리에 이루 말할 수 없는 혐오를 느꼈다. 하지만 지금 이 순간을 놓치면 다시는 남편을 만날 수 없을 거라는 생각이 들었다. 남편은 여전히 슬픈 눈으로 그녀를 바라보고 있었다. 쓰네코는 다시 한번 그의 품으로 달려가려 했지만, 그 혐오감이 또다시 그녀의 용기를 삼켜버렸다.

"여보!"

세 번째로 이렇게 부른 순간, 남편은 휙 몸을 돌리더니 조용히 현관을 내려갔다. 쓰네코는 마지막 용기를 짜내어 필사적으로 남편을 붙들려 했다. 하지만 아직 한 발짝도 내딛기 전에 그녀의 귀에 들린 것은 따그닥따그닥 울려 퍼지는 말발굽 소리였다. 쓰네코는 창백한 얼굴로, 그를 붙잡을 용기조차 잃은 채, 남편의 뒷모습을 가만히 바라보았다. 그리고…… 현관의 낙엽 위로 쓰러지며 의식을 잃었다.

쓰네코는 이 사건 이후, 남편의 일기를 믿게 되었다. 그러나 매니저, 동료, 야마이 박사, 무다구치 씨 등은 여전히 오시노 한자부로가 말 다리를 가졌다는 사실을 믿지 않았다. 더구나 쓰네코가 본 말 다리 또한 단순한 환각에 불과하다고 여겼다. 나 역시 베이징에 머무는 동안 야마이 박사나 무다구치 씨를 여러 번 만나, 그 생각을 깨려 했으나, 항상 비웃음만 당했을 뿐이다. 그 후에도…… 아니, 최근에는 소설가 오카다 사부로 씨 또한 누군가에게서 이 이야기를 전해 들은 듯, 한자부로가 말 다리가 되었다는 것을 믿을 수 없다는 편지를 보내왔다.

오카다 씨는 이렇게 말했다,

"그게 사실이라면, 아마 말의 앞다리를 떼어 붙인 걸 겁니다. '스페인식 속보'라 불리는 묘기를 부릴 만큼의 명마라면, 앞다리로 물건을 차는 재주쯤은 부릴 수 있겠죠. 그렇다 해도, 유아사 소좌 같은 사람이 다루는 게 아니라면, 과연 말 스스로 그런 묘기를 해낼 수 있을지는 의문입니다."

물론 나도 그 점에 대해서는 약간의 의심을 품고 있다. 하지만 그 이유만으로 한자부로의 일기뿐 아니라 쓰네코의 증언까지 부정하는 건 다소 성급한 판단일 것이다. 내가 조사한 바로는, 그의 부활을 다룬 〈준텐지보〉에는 같은 지면의 두세 단락 아래에 다음과 같은 기사도 함께 실려 있었다.

미화금주회* 회장 헨리 배럿 씨는 경한 철도 기차 안에서 돌연사하였다. 약병을 손에 쥔 채 숨져 있어 자살 의혹이 있었으나, 병 속의 물약은 분석 결과 알코올류로 판명되었다고 한다.

1925년 1월

* 미국-중국 연합 금주 단체.

톱니바퀴

1. 레인코트

나는 지인의 결혼식 피로연에 참석하려고 가방 하나를 들고, 도카이도선의 어느 역을 향해 그보다 더 안쪽에 자리한 피서지에서 차를 타고 달렸다. 길 양쪽에는 소나무가 우거져 있었고, 상행 열차 출발 시간에 맞출 수 있을지는 알 수 없었다. 자동차에는 나 말고도 이발소 주인이 타고 있었다. 그는 대추처럼 통통하게 살찐 체구에 짧은 턱수염을 기르고 있었다. 나는 시간을 의식하며 틈틈이 그와 이야기를 나눴다.

"참 희한한 일도 다 있죠. ×× 씨 집에는 낮에도 유령이 나온다던데요."

"낮에도?"

나는 겨울 석양이 비치는 맞은편의 소나무 언덕을 바라보며 적당히 맞장구를 쳤다.

“물론 날씨가 좋은 날에는 안 나온답니다. 가장 자주 나타나는 건 비 오는 날이라네요.”

“비 맞으러 오는 건가?”

“하하, 농담도 참. 하지만 레인코트를 입은 유령이라는군요.”

자동차는 경적을 울리며 어느 역 앞에 멈춰 섰다. 나는 이발소 주인과 인사를 나누고 역 안으로 들어갔다. 그런데 상행 열차는 이미 이삼 분 전에 떠나고 없었다. 대합실 의자에는 레인코트를 걸친 한 남자가 멍하니 창밖을 바라보고 있었다. 나는 조금 전 들은 유령 이야기를 떠올렸지만, 그저 씁쓸하게 웃었을 뿐, 다음 열차를 기다리기 위해 역 앞 카페로 향했다.

그곳은 ‘카페’라 부르기도 민망할 만큼 허름한 곳이었다. 나는 구석 테이블에 앉아 코코아 한 잔을 주문했다. 테이블 위에는 하얀 바탕에 푸른 선으로 거칠게 격자가 그려진 비닐보가 덮여 있었지만, 모서리마다 낡아 캔버스 천이 드러나 있었다. 나는 아교 냄새가 밴 코코아를 마시며, 사람 하나 없는 카페 안을 둘러보았다. 먼지 낀 벽에는 닭고기 달걀 덮밥이며 돈가스라고 적힌 종이가 덕지덕지 붙어 있었다.

‘도쿄 달걀, 오믈렛.’

나는 이런 종이에서 도카이도선 근처의 시골 냄새를 느꼈다. 보리밭과 양배추밭 사이로 전기 기관차가 다니는 그런 시골이었다. 다음 상행 열차에 올라탄 건 거의 해 질 무렵이었다. 평소엔 늘 이등석을 이용했지만, 그날은 어떤 사정이 있어 삼등석에 올랐다.

기차 안은 제법 혼잡했다. 게다가 내 앞뒤에는 오이소인지 어디인지로 소풍을 가는 듯한 초등학교 여학생들뿐이었다. 나는 담배에 불을 붙이며, 그런 여학생들을 바라보았다. 모두 명랑했고, 쉴 새 없이 재잘거렸다.

"사진사 아저씨, 러브신이 뭐예요?"

소풍에 따라온 듯한, 내 앞에 있는 사진사 아저씨는 적당히 얼버무리며 넘겼다. 하지만 열너덧 살쯤 된 여학생 하나는 여전히 이것저것 캐물었다. 나는 문득 여학생에게 축농증이 있다는 걸 눈치채고, 나도 모르게 미소를 지었다. 한편 내 옆에 있던 열두세 살쯤 된 여학생 하나는 젊은 여교사의 무릎에 앉아, 한 손으로는 그녀의 목을 끌어안고, 다른 손으로는 그녀의 뺨을 쓰다듬고 있었다. 그리고 누군가와 이야기하다가도 그 여교사에게 이렇게 말을 건넸다.

"예뻐요, 선생님. 정말 예쁜 눈이에요."

그들은 내게 여학생이라기보다 이미 여인처럼 느껴졌다. 사과를 껍질째 베어 물거나, 캐러멜 포장을 벗기고 있는 모습만 제외한다면……. 그런데 나이가 조금 들어 보이는 여학생 하나가 내 옆을 지나가며 누군가의 발을 밟았는지 "죄송합니다" 하고 말했다. 그녀만은 다른 아이들보다 성숙해

보였기에, 오히려 내게는 더 여학생답게 느껴졌다. 나는 담배를 문 채, 그 모순을 느낀 자신을 비웃지 않을 수 없었다.

어느새 전등이 켜진 기차는 마침내 교외의 한 역에 도착했다. 나는 찬바람이 부는 승강장에 내려 다리를 한 번 건넌 뒤 국철이 도착하기를 기다렸다. 그때 어느 회사에 다니는 T와 우연히 마주쳤다. 우리는 기다리는 동안 경기 불황 같은 이야기를 나눴다. T는 물론 나보다 그런 물정에 훨씬 밝았다. 하지만 억센 그의 손가락에는, 불황과는 아무런 인연이 없어 보이는 터키석 반지가 끼워져 있었다.

"좋은 걸 끼고 있네."

"이거 말인가? 이건 하얼빈으로 장사하러 갔던 친구가 억지로 사게 한 반지야. 그 친구도 형편이 빠듯해. 협동조합과 거래가 끊긴 모양이더라고."

우리가 탄 국철은 다행히 기차만큼 붐비진 않았다. 우리는 나란히 앉아 이런저런 이야기를 나눴다. T는 바로 올봄, 파리에 있던 근무지에서 막 도쿄로 돌아온 참이었다. 그래서 대화는 자연스레 파리 이야기로 흘렀다. 카요 부인,* 게 요리, 해외 순행 중인 어느 왕에 대한 이야기까지……

"프랑스는 의외로 괜찮아. 다만 원래 프랑스 사람들은 세금 내기를 싫어하니까, 내각이 늘 부너지는 거지."

* 프랑스에서 남편의 명예를 위해 언론인을 쏜 여인.

“그래도 프랑은 계속 떨어지잖아.”

“그건 신문만 보니까 그렇지. 직접 가서 봐. 신문 속 일본은 매일 지진이니 홍수니 난리라네.”

그때 레인코트를 걸친 사내가 우리 맞은편으로 와서 자리를 잡았다. 나는 왠지 으스스한 기분이 들어, 전에 들은 유령 이야기를 T에게 하고 싶어졌다. 하지만 T군이 먼저 지팡이 손잡이를 왼쪽으로 돌리며, 시선은 정면에 둔 채 낮은 목소리로 말했다.

“저기 저 여자 있지? 쥐색 털 숄을 두른…….”

“서양식 머리를 한 저 여자 말이야?”

“그래, 보따리 안고 있는 여자. 저 여자는 올여름에 가루이자와에 있었어. 제법 세련된 양장 차림으로 말이야.”

하지만 지금 그녀의 모습은 누가 봐도 초라한 차림이었다. 나는 T와 이야기를 나누며, 슬쩍 그녀를 쳐다봤다. 그녀의 얼굴에는 어딘가 광기가 서려 있었는데, 품 안의 보따리 틈에서 표범 무늬 비슷한 스펀지가 삐져나와 있었다.

“가루이자와에 있을 때는 젊은 미국인과 춤도 췄었지. 모던… 뭐라더라.”

레인코트를 입은 남자는 내가 T와 헤어질 무렵엔 이미 자취를 감추고 없었다. 나는 전철역에서 내려 가방을 손에 들고 호텔로 들어갔다. 거리 양옆에는 커다란 빌딩들이 서 있었다. 그 사이를 걷다 보니 문득 솔숲이 떠올랐다. 게다가 나는 시야 속에서 이상한 것을 보았다. 이상한 것? 그것은 끊임없이 돌아가는 반투명한 톱니바퀴였다. 이런 경험은 처음이 아니었다. 톱니바퀴는 점점 늘어나 내 시야의 절반을 덮었다. 하지만 오래가진 않는다. 잠시 후면 사라지고, 대신 언제나처럼 머리가 아프기 시작한다. 안과 의사는 이 착각(?) 때문에 여러 번 내게 금연을 권했다. 하지만 이런 톱니바퀴는 담배를 피우기 전, 스무 살 무렵에도 본 적이 있었다.

'또 시작이군.'

나는 왼쪽 눈의 시력을 확인하려고 오른쪽 눈을 손으로 가렸다. 왼쪽 눈은 이상이 없었다. 하지만 오른쪽 눈꺼풀 안쪽에는, 여전히 여러 개의 반투명한 톱니바퀴가 쉼 없이 돌아가고 있었다. 나는 오른편 빌딩이 점점 사라져가는 것을 보며, 부지런히 거리를 걸어갔다.

호텔 현관에 들어섰을 때는 톱니바퀴도 이미 사라지고 없었다. 그러나 두통은 여전히 남아 있었다. 나는 외투와 모자를 맡기면서 방 하나를 부탁했다. 그러고 나서 잡지사에 전화를 걸어 돈 문제를 상의했다.

결혼식 피로연의 만찬은 이미 한창이었다. 나는 테이블 구석에 자리를 잡고 나이프와 포크를 들었다. 정면의 신랑신부를 비롯해 凹(요) 자 모양 테이블에 둘러앉은 오십여 명의 사람들은 모두 즐거워 보였다. 하지만 내 마음은 환한 전등빛 아래에서 점점 더 우울해질 뿐이었다. 우울한 마음을 달래려 나는 옆자리에 앉은 하객에게 말을 걸었다. 그는 사자처럼 흰 수염을 기른 노인이었다. 게다가 나도 이름을 들어 알고 있던, 이름난 한학자였다. 그래서 우리의 대화는 어느새 고전 이야기로 흘러갔다.

"기린은 결국 유니콘이지요. 그리고 봉황은 피닉스라고 하는 새의……."

그 이름난 한학자는 내 이야기에 제법 흥미를 보이는 듯했다. 나는 기계적으로 말을 이어가다가 점점 병적인 파괴욕 같은 것을 느꼈다. 요순이 허구의 인물일 뿐 아니라 춘추의 저자 또한 훨씬 뒤 한나라 사람이라는 말까지 꺼내고 말았다. 그러자 그 한학자는 노골적으로 불쾌함을 드러내며, 내 얼굴은 보지도 않은 채, 거의 으르렁거리듯 내 말을 잘라 버렸다.

"만약 요순이 존재하지 않았다면, 공자는 거짓을 말한 셈이 돼. 성인이 거짓을 말할 리 없지."

나는 물론 입을 다물었다. 그리고 다시 접시 위의 고기에 나이프와 포크를 대려 했다. 그때 조그만 구더기 한 마리가 고기 가장자리에서 꿈틀거리고 있었다. 그 구더기는 내 머릿속에 worm이라는 영어 단어를 떠올리게 했다. 그것은 기린이나 봉황처럼 어떤 전설적인 생물을 뜻하는 단어이기도 했다. 나는 나이프와 포크를 내려놓고, 잔에 샴페인이 따르는 모습을 멍하니 바라보았다.

만찬이 끝난 뒤, 나는 예약한 방으로 돌아가려고 인적이 없는 복도를 걸었다. 그 복도는 호텔이라기보다 감옥 같은 인상을 주었다. 하지만 다행히도 두통만큼은 어느새 누그러져 있었다.

내 방에는 가방은 물론, 모자와 외투도 가져다 두었다. 벽에 걸린 외투에서 나 자신이 서 있는 듯한 기분이 들어, 나는 서둘러 그것을 방구석 옷장 안에 던져 넣었다. 그리고 거울 앞에 다가가, 한참 동안 내 얼굴을 쳐다봤다. 거울 속의 내 얼굴은 피부 아래의 뼈대가 드러나 보였다. 그때 구더기의 모습이 내 기억 속에서 생생히 떠올랐다.

나는 그 앞의 의자에 앉아 이런저런 생각에 잠겼다. 그러나 그곳에도 채 오 분을 앉아 있을 수 없었다. 이번에도 레인코트가 내 옆의 긴 의자 등받이에 아무렇게나 걸쳐져 있었다.

'그런데 지금은 한겨울이지 않나.'

나는 이런 생각을 하며 다시 복도를 되돌아갔다. 복도 끝의 종업원 휴게실에는 아무도 보이지 않았다. 하지만 그들의 말소리가 잠시 내 귀를 스쳤다. All right라는 누군가의 대답이었다.

'올 라이트?'

나는 이 말의 쓰임을 정확히 알고 싶어 초조해졌다.

'올 라이트? 올 라이트?'

대체 뭐가 올 라이트라는 걸까?

내 방은 고요했다. 그러나 문을 열고 들어가기가 묘하게 불길했다. 나는 잠시 망설이다가 용기 내서 안으로 들어갔다. 그리고 거울을 보지 않으려 애쓰며 탁자 앞 의자에 앉았다. 그 의자는 도마뱀 가죽에 가까운 푸른 모로코가죽 안락의자였다. 나는 가방을 열어 원고지를 꺼내, 어떤 단편을 이어 쓰려 했다. 그러나 잉크를 묻힌 펜은 좀처럼 움직이지 않았다. 겨우 움직이기 시작했을 때조차, 같은 말만 쓰고 있었다.

All right…… All right…… All right, sir…… All right……

그때 갑자기 침대 곁에 놓인 전화가 울리기 시작했다. 나는 놀라서 벌떡 일어나 수화기를 귀에 대고 대답했다.

“누구시죠?”

“저예요, 저…….”

상대는 내 누나의 딸이었다.

“왜? 무슨 일이라도 생겼니?”

“네, 저…… 큰일이 났어요. 그래서…… 큰일이 나서 지금 숙모한테도 전화를 드렸거든요.”

“큰일이라니?”

“네, 그러니 바로 와주세요. 지금 당장이요.”

전화는 거기서 뚝 끊어졌다. 나는 다시 수화기를 내려놓고, 반사적으로 호출 벨을 눌렀다. 그때 내 손이 떨리고 있다는 걸 분명히 느꼈다. 그러나 종업원은 좀처럼 나타나지 않았다. 나는 초조함이라기보다 고통에 가까운 감정을 느끼며, 몇 번이고 벨을 눌렀다. 그제야 운명이 내게 가르쳐준 '올 라이트'의 의미를 이해하면서.

그날 오후, 내 매형은 도쿄에서 멀지 않은 어느 시골에서 기차에 치여 죽었다. 게다가 계절에 어울리지 않는 레인코트를 걸친 채로. 나는 지금도 그 호텔 방에서 아까 쓰던 단편을 이어가고 있다. 한밤중의 복도에는 아무도 지나가지 않았다. 그러나 때때로 방문 너머로 날갯짓 소리가 들려왔다. 어쩌면 어딘가에서 새를 기르고 있는지도 모른다.

2. 복수

나는 이 호텔 방에서 아침 8시쯤 눈을 떴다. 그러나 침대에서 내려오려 하자, 이상하게도 슬리퍼 한 짝이 보이지 않았다. 그건 지난 일이 년 동안 늘 내게 공포나 불안을 주던 현상이었다. 마치 한쪽 샌들만 신은 그리스 신화의 왕자를 떠올리게 하는 기이한 일이었다. 나는 벨을 눌러 종업원을 불러서는 슬리퍼 한 짝을 찾아달라고 했다. 종업원은 의아한 표정으로 좁은 방 안을 이리저리 살폈다.

"여기 있었습니다. 욕실 안에요."

"왜 거기 들어가 있지?"

"글쎄요, 쥐 때문일지도 모릅니다."

종업원이 물러난 뒤, 나는 우유를 타지 않은 커피를 마시며 전날 쓰던 소설을 마저 끝내려 했다. 응회암으로 짜인 네모난 창문이 눈 덮인 정원 쪽으로 나 있었다. 나는 펜을 멈출 때마다 멍하니 눈을 바라보곤 했다. 눈은 봉오리가 맺힌 서향나무 아래, 도시의 매연에 더러워져 있었다. 그 모습은 내 마음에 어딘가 아릿한 슬픔을 주었다. 나는 담배를 피워 물고, 문득 펜을 멈춘 채 이런저런 생각을 떠올리고 있었다. 아내를, 아이들을, 그리고 특히 누나의 남편을.

매형은 자살하기 전에 방화 혐의를 받고 있었다. 그건 사실 어쩔 수 없는 일이기도 했다. 그는 집이 불타기 전에 집값의 두 배에 달하는 화재보험에 들어놓았고, 게다가 위증죄로 집행유예 상태에 있던 처지였다. 그렇지만 나를 불안하게 만든 건 그가 자살했다는 사실보다, 내가 도쿄에 돌아올 때마다 어김없이 불타는 광경을 보게 되었다는 사실이었다. 어떤 때는 기차 안에서 산이 타는 모습을 보았고, 또 어떤 때는 아내와 아이들과 함께 탄 자동차 안에서 도키와바시 부근의 화재를 목격했다. 그 모든 것은, 그의 집이 타기 전부터 이미 내 마음속에 화재가 날 거라는 예감을 심어주었다.

"올해는 집에 불이 날지도 모르겠어."

"그런 흉한 말을……. 그래도 혹시 불이 나면 큰일인데. 보험도 제대로 안 들어놨잖아요."

아내와 나는 그런 말을 나누었다. 하지만 불은 우리 집에 나지 않았다. 나는 억지로 망상을 밀어내고 다시 펜을 움직이려 했다. 그러나 도무지 한 줄도 쉽게 써지지 않았다. 나는 끝내 책상 앞을 떠나 침대 위에 드러누워, 톨스토이의 《폴리쿠시카》를 읽기 시작했다. 이 소설의 주인공은 허영심과 병적인 성향, 그리고 명예욕이 뒤섞인 복잡한 인물이었다. 게다가 그의 일생에 담긴 희극과 비극은, 조금만 고쳐 쓰면, 내 일생의 캐리커처였다. 특히 그 희비극 속에서 느껴지는 운명의 냉소는, 점점 더 나를 섬뜩하게 만들었다. 나는 한 시간도 채 지나지 않아 침대에서 벌떡 일어나서는 커튼이 드리워진 방구석으로 힘껏 책을 던지며 외쳤다.

"다 꺼져버려!"

그러자 큰 쥐 한 마리가 커튼 아래에서 나와 욕실 쪽으로 바닥을 가로질러 달려갔다. 나는 거의 뛰다시피 욕실로 들어가 문을 열고 안을 샅샅이 살폈다. 그러나 하얀 욕조 뒤편에도 쥐 같은 것은 보이지 않았다. 갑자기 섬뜩한 기분이 밀려와, 나는 허둥지둥 슬리퍼를 벗고 구두로 갈아 신은 뒤, 인기척 없는 복도를 걸어 나갔다.

복도는 오늘도 변함없이 감옥처럼 음울했다. 고개를 숙

인 채 계단을 오르내리다 보니 어느새 주방에 들어와 있었다. 주방은 의외로 밝았다. 하지만 한쪽에 늘어선 부뚜막마다 불길이 일렁이고 있었다. 나는 그곳을 지나면서, 흰 모자를 쓴 요리사들이 냉랭하게 나를 바라보는 것을 느꼈다. 동시에 내가 추락한 지옥을 절감했다.

"신이시여, 저를 벌하소서. 그러나 노하지 마소서. 곧 멸할 것이니."

이런 기도가 내 입술에서 절로 흘러나왔다.

나는 호텔을 나와, 푸른 하늘이 비치는 눈 녹은 길을 따라 누나의 집으로 부지런히 걸었다. 길가의 공원에 늘어선 나무들은 가지와 잎이 모두 검게 물들어 있었다. 더욱이 그 나무들은 하나같이, 마치 인간처럼 앞과 뒤를 지닌 듯한 형체를 하고 있었다. 그 광경은 불쾌함이라기보다 오히려 섬뜩한 공포에 가까웠다. 나는 단테의 《신곡》 속, 나무로 변한 영혼들을 떠올리며 전차선 너머 빌딩들이 줄지어 선 쪽으로 발길을 옮겼다. 그러나 백 미터도 채 무사히 걸을 수는 없었다.

"잠깐, 지나가는 길에 실례합니다만……."

금 단추가 달린 제복을 입은 스물두세 살쯤 된 청년이었다. 나는 조용히 그를 바라보다가, 코 왼쪽 옆에 점이 하나 있는 걸 발견했다. 그는 모자를 벗은 채, 머뭇머뭇하며 내게 말을 걸었다.

“혹시 A 선생님 아니십니까?”

“그렇습니다.”

“아, 그러신 것 같아서요…….”

“무슨 일로 그러시죠?”

“아뇨, 그냥 뵙고 싶어서요. 저도 선생님의 애독자라…….”

나는 그때 잠깐 모자를 벗었을 뿐, 곧 그를 뒤로한 채 걸음을 옮겼다.

‘선생님, A 선생님.’

이건 요즘 내게 가장 불쾌한 말이었다. 나는 스스로 이미 온갖 죄를 범했다고 믿고 있었다. 그런데도 사람들은 때때로 나를 여전히 ‘선생님’이라 불렀다. 나는 그 호칭 속에서 나를 비웃는 무언가를 느끼지 않을 수 없었다. 무언가를? 그러나 내 물질주의는 신비주의를 인정하지 않았다. 불과 두세 달 전에도 나는 작은 동인지 잡지에 이렇게 쓴 적이 있다.

“나는 예술적 양심을 비롯해, 그 어떤 양심도 가지고 있지 않다. 내가 가진 것은 단지 신경뿐이다.”

누나는 세 아이를 데리고 골목 안쪽의 판잣집에 피신해 있었다. 갈색 종이를 덧댄 그 안은 바깥보다 오히려 더 추웠다. 우리는 화로에 손을 녹이며 이런저런 이야기를 나누었다. 체격이 건장했던 매형은, 마르고 왜소한 나를 본능적으로 경멸했다. 게다가 내 작품이 부도덕하다고 떠들곤 했다. 나는 늘 그런 그를 냉소적으로 내려다볼 뿐, 단 한 번도 그와 마음을 터놓고 이야기한 적이 없었다. 하지만 누나와 이야기를 나누는 동안, 그 역시 나처럼 지옥 속에 빠져 있다는 사실을 깨닫게 되었다. 그는 실제로 침대차 안에서 유령을 보았다고 했다. 그러나 나는 담배에 불을 붙이며, 일부러 돈 이야기만 계속했다.

"이런 상황이니까, 뭐든 다 팔아버리려고."

"그래, 타자기 같은 건 그래도 돈이 좀 될 거야."

"응, 그림도 있고."

"그럼 이참에 N 씨(매형)의 초상화도 팔려고? 하지만 그건…….."

나는 판잣집 벽에 걸린 액자 없는 콩테화 한 점을 보자, 불현듯 아무 말도 할 수 없었다. 기차에 치여 죽은 그는 얼굴이 산산이 부서져, 오직 콧수염만이 남았다고 했다. 그 이야기만으로도 섬뜩했지만, 초상화는 더 기이했다. 전체가 완벽하게 그려져 있음에도, 이상하게 콧수염 부분만은 흐릿했다. 나는 혹시 빛 때문인가 싶어, 그림을 여러 각도로 바라보았다.

"뭐 하는 거야?"

"아무것도 아니야. ……그냥 저 초상화는 입 주위만…….."

누나는 살짝 뒤돌아보며, 아무렇지 않은 듯 대답했다.

"수염만 이상하게 흐릿하지?"

내가 본 건 착각이 아니었다. 그러나 착각이 아니라면…… 나는 점심을 얻어먹기도 전에 누나의 집을 나서기로 했다.

"뭐, 그럴 수 있지."

"내일 다시 올게…… 오늘은 아오야마 쪽에 좀 가봐야 해서."

"아, 거기? 아직 몸이 안 좋아?"

"여전히 약만 먹고 있지. 수면제만 해도 끝이 없어. 베로날, 노이로날, 트리오날, 누말……."

삼십 분쯤 지나서 나는 한 빌딩 안으로 들어가, 엘리베이터를 타고 3층으로 올라갔다. 그리고 한 레스토랑의 유리문을 밀어서 열려 했으나, 문은 움직이지 않았다. 게다가 정기 휴일이라고 적힌 팻말이 걸려 있었다. 나는 더욱 불쾌해졌고, 유리문 너머 테이블 위에 놓인 사과와 바나나를 바라보다가 다시 거리로 나왔다. 그때 회사원으로 보이는 남자 둘이 유쾌하게 이야기를 나누며 빌딩 안으로 들어서면서 내 어깨를 스치고 지나갔다. 그때 그중 한 사람이 "짜증 나네"라고 말한 듯했다.

나는 길가에 서서 택시가 오기를 기다렸다. 그러나 택시는 좀처럼 오지 않았다. 가끔 지나가긴 했는데 어김없이 노란색이었다(노란 택시는 묘하게도 늘 교통사고로 나를 성가시게 했다). 그러다 겨우 행운의 초록색 택시 한 대를 발견하고 아오야마 묘지 근처에 있는 정신병원으로 향하기로 했다.

"짜증 나다…… tantalizing…… Tantalus……
Inferno……."

탄탈루스는 다름 아닌, 유리문 너머 과일을 바라보던 나 자신이었다. 나는 두 번이나 눈앞에 그려진 단테의 지옥을 저주하며, 말없이 운전사의 등을 응시하고 있었다. 그러는 사이, 나는 다시 모든 것이 거짓이라는 감각에 사로잡혔다. 정치, 산업, 예술, 과학…… 이 모든 것은 결국 이 끔찍한 인생을 감추기 위한, 잡색의 에나멜에 불과했다. 나는 점점 숨이 막혀 와서, 택시의 창문을 활짝 열어젖혔다. 그러나 가슴을 조여오는 듯한 압박감은 좀처럼 사라지지 않았다.

초록색 택시는 드디어 진구마에까지 달려왔다. 그곳에는 정신병원으로 이어지는 골목이 하나 있을 터였다. 하지만 오늘따라 그 길이 좀처럼 눈에 들어오지 않았다. 나는 전차 선로를 따라 택시를 여러 번 오가게 했지만, 결국 포기하고 내렸다.

나는 겨우 그 골목을 찾아내어, 진흙투성이 길을 돌아 들어갔다. 그러나 어느 틈엔가 길을 잘못 들어 아오야마 화장장 앞에 이르고 말았다. 그곳은 십 년 전, 나쓰메 소세키 선생님 영결식 이후로는 한 번도 문 앞조차 지난 적 없는 건물이었다. 십 년 전의 나도 행복하지는 않았다. 하지만 적어도 평온했다. 나는 자갈이 깔린 문 안쪽을 바라보며 소세키 산방의 파초를 떠올리며, 내 인생도 일단락되었다는 느낌을 떨칠 수 없었다. 그리고 십 년 만에 다시 이 묘지 앞으로 나를 데려온 뭔가를 느끼지 않을 수 없었다.

정신병원을 나선 나는 자동차에 올라 다시 호텔로 향했다. 그런데 현관 앞에 내리자, 레인코트를 입은 한 남자가 종업원과 다투고 있었다. 종업원과? 아니, 종업원이 아니었다. 초록색 제복을 입은 차량 담당자였다. 나는 호텔로 들어가려는 순간, 왠지 불길한 기운을 느껴 재빨리 발길을 돌려 되돌아갔다.

내가 긴자 거리에 나섰을 때는 이미 해 질 무렵이었다. 양쪽에 늘어선 상점들과 분주히 오가는 사람들 틈에서, 내 마음은 한층 더 우울해졌다. 특히 길을 오가는 사람들의 발걸음이 죄의식 따위는 전혀 모르는 듯 가볍게 느껴져 불쾌했다. 나는 희미한 황혼 속, 전등불이 섞인 거리의 빛을 따라 북쪽으로 걸었다. 그러다 잡지와 책이 높이 쌓여 있는 한 서점이 눈에 들어왔다. 나는 그 안으로 들어가 멍하니 몇 단의 책장을 올려다보았다. 그리고 《그리스 신화》라는 제목의 노란색 표지의 책 한 권을 펼쳤다. 아이들을 위해 쓰인 책 같았다. 그러나 우연히 눈에 들어온 한 줄이 순식간에 나를 덮쳐왔다.

"가장 위대한 제우스신도 복수의 신에게는 당하지 못한

다……."

나는 이 서점을 뒤로하고 사람들 속을 걸어 나갔다. 어느 새 등 뒤에서 자신을 끈질기게 노리고 있는 복수의 신을 느끼면서.

3. 밤

나는 마루젠 서점 2층의 책장에서 스트린드베리의 《전설》을 찾아 몇 페이지 넘겨보았다. 내 삶과 별반 다르지 않은 이야기였다. 게다가 노란색 표지였다. 나는 《전설》을 제자리에 돌려놓고, 이번에는 거의 아무 책이나 무심코 한 권 뽑아 들었다. 그러나 그 책에도 삽화 한 장이 실려 있었는데, 거기에는 인간과 다를 바 없는, 눈과 코를 가진 톱니바퀴들이 줄지어 있었다(그건 어떤 독일인이 모은 정신병자들의 그림집이었다). 나는 우울 속에서 이상한 반항심이 치밀어 오르는 것을 느끼며, 모든 걸 잃은 도박꾼처럼 닥치는 대로 책을 펼쳐보았다. 그러나 묘하게도 어느 책이든 글이나 삽화 속 어딘가에는 반드시 바늘이 숨어 있었다. 어느 책이든? 나는 여러 번 읽었던 《마담 보바리》를 들었을 때조차, 결국 나 자신이 중산층의 무슈 보바리와 다르지 않음을 깨달았다.

해 질 무렵의 마루젠 2층에는 나 말고는 아무도 없는 듯했다. 나는 전등불 아래서 서가 사이를 천천히 걸었다. 그러다 '종교'라는 팻말이 걸린 서가 앞에서 걸음을 멈추고, 초록색 표지의 책 한 권을 꺼내 들었다. 그 책의 목차에서 '무서운 네 가지의 적 의심, 공포, 오만, 관능적 욕망'이라는 문장이 눈에 들어왔다. 그 문장을 읽는 순간, 마음속에서 한층 더 강한 반항심이 치밀어 올랐다. 그들이 '적'이라 부르는 것들은, 내게는 오히려 감수성과 이성의 다른 이름에 지나지 않았다. 하지만 전통적인 정신이든 근대적인 정신이든, 결국 나를 불행하게 만든다는 사실은 더 이상 참을 수 없었다. 나는 책을 든 채로, 문득 예전에 필명으로 썼던 '수릉여자'*라는 말을 떠올렸다. 그것은 한단의 걸음을 배우기도 전에 수릉의 걸음을 잊어버리고, 뱀처럼 기어가듯 고향으로 돌아갔다는 《한비자》 속 청년이었다. 오늘의 나는 누구 눈에도 '수릉여자'임이 분명했다. 그러나 아직 지옥에 떨어지지 않았던 내가 그 필명을 썼던 사실을 떠올리자, 나는 커다란 책장을 등지고 망상을 쫓아내려는 듯 몸을 돌려, 마침 맞은편에 있던 포스터 전시실로 들어갔다. 하지만 그곳에서도 한 장의 포스터가 나를 맞았다. 그림 속에서는 성 조지로 보이는 한 기사가 날개 달린 용을 창으로 찔러 죽이고 있었고, 그의 투구 아래로 드러난 얼굴은 내 석 중 하나를 닮은 일그

* 수릉에 사는 청년이란 뜻. 《한비자》에 나오는 인물로, 한단의 걸음을 배우려다 자기 걸음까지 잊어버려 기어 돌아간 청년을 가리킨다.

러진 표정이었다. 나는 다시 《한비자》의 '도룡지기'* 이야기를 떠올리며, 전시실을 가로질러 나가지 않고 넓은 계단을 내려갔다.

나는 이미 밤이 된 니혼바시 거리를 걸으며 도룡이라는 말을 계속 곱씹었다. 그건 또 내가 가지고 있는 벼루에 새겨진 이름이기도 했다. 이 벼루를 내게 선물한 이는 한 젊은 사업가였는데, 그는 여러 사업에 실패한 끝에 결국 작년 연말에 파산하고 말았다. 나는 높은 하늘을 올려다보며, 무수한 별빛 속에서 이 지구가 얼마나 작은지, 즉 나 자신이 얼마나 작은지를 생각하려고 했다. 그러나 낮에는 맑았던 하늘이 어느새 온통 흐려져 있었다. 나는 갑자기 무언가가 나를 적대시하고 있다는 기운을 느끼고, 전차 선로 건너편에 있는 한 카페로 피난하기로 했다.

그것은 분명히 '피난'이었다. 나는 그 카페의 장밋빛 벽에서 어딘가 평화로움을 느끼며, 맨 안쪽 테이블에 이르러 겨우 편히 앉을 수 있었다. 다행히도 그곳에는 나 말고 손님 두셋뿐이었다. 나는 코코아 한 잔을 홀짝이며, 평소처럼 담배를 피웠다. 담배 연기는 장밋빛 벽 위로 희미하게 푸른 연기를 뿜어 올리고 있었다. 이 부드러운 색의 조화도 역시 내겐 즐거움이었다. 그러나 잠시 뒤, 왼편 벽에 걸린 나폴레옹

---

* 《한비자》의 고사로, '용을 잡는 기술'을 배우는 데 평생을 바쳤으나 세상에 용이 없어 헛수고로 끝난 사람을 뜻함.

의 초상화를 보고는 서서히 다시 불안을 느끼기 시작했다. 나폴레옹은 아직 학생이었을 무렵, 지리 노트의 마지막 장에 '세인트헬레나, 작은 섬'이라고 적어 두었다. 그건 우리가 말하듯 단순한 우연이었을지도 모른다. 그러나 나폴레옹 자신에게조차 두려움을 불러일으킨 것은 분명했다.

나는 나폴레옹을 바라본 채 내 작품을 떠올리기 시작했다. 내가 가장 먼저 떠올린 것은《난쟁이의 말(侏儒しゆじゆの言葉)》속의 아포리즘이었다(특히 '인생은 지옥보다 더 지옥적이다'라는 말이었다). 그리고 지옥변의 주인공, 요시히데라는 화가의 운명이었다. 그다음은…… 나는 담배를 피우며, 이런 기억들에서 벗어나기 위해 카페 안을 두리번거렸다. 내가 이곳으로 피난한 것은 아직 채 오 분도 되지 않았다. 그런데 카페 안의 분위기는 그 짧은 시간 동안 완전히 달라져 있었다. 그중에서도 특히 나를 불쾌하게 한 것은, 마호가니 흉내를 낸 의자와 탁자들이 주변의 장밋빛 벽과 전혀 어울리지 않는 점이었다. 나는 다시 타인의 눈에는 보이지 않는 고통 속으로 떨어질까 두려워, 은화를 하나 내던지자마자 곧바로 이곳을 떠나려 했다.

"저기, 손님, 이십 전입니다만……."

내가 내던진 건 구리 동전이었다.

나는 수치심을 느끼며 홀로 거리를 걷다가, 문득 멀리 솔숲에 있는 우리 집을 떠올렸다. 그것은 교외에 있는 양부모의 집이 아니라, 나와 내 가족을 위해 따로 얻은 집이었다. 나는 십 년 전쯤에도 그런 집에서 살았다. 그러나 어떤 사정으로 인해 경솔하게도 부모와 함께 살기 시작했고, 노예로, 폭군으로, 무력한 이기주의자로 변해갔다…….

호텔로 다시 돌아온 건 10시 무렵이었다. 오래 걸은 나는 방으로 올라갈 힘조차 없어, 장작이 타오르는 난롯가 의자에 몸을 묻었다. 그러고는 내가 구상 중이던 장편에 대해 생각하기 시작했다. 그것은 스이코에서 메이지에 이르는 각 시대의 백성을 주인공으로 삼고, 서른여 편의 단편을 시대 순으로 엮은 장편이었다. 나는 불꽃이 튀어 오르는 것을 바라보다가, 황궁 앞에 서 있는 한 동상을 떠올렸다. 갑옷을 입고, 충성심 그 자체처럼 당당히 말을 탄 모습이었다. 하지만 그가 싸워야 했던 적은…….

"거짓말!"

나는 다시 아득한 과거에서 가까운 현대로 미끄러졌다. 마침 그곳에서 운 좋게 마주친 이는 한 선배 조각가였다. 그는 변함없이 벨벳 옷을 걸치고, 짧은 턱수염을 기르고 있었다. 나는 의자에서 일어나 그가 내민 손을 잡았다(그건 내 습관이 아니라, 파리와 베를린에서 반생을 보낸 그 사람의 습관을 따른 것이었다). 그런데 그의 손은 이상하게도 파충류의 피부처럼 축축했다.

"자네, 여기 묵고 있나?"

“네…….”

“일하러?”

“네, 일도 하고 있습니다.”

그는 잠시 내 얼굴을 뚫어지게 바라보았다. 나는 그의 눈 속에서 탐정 같은 기색을 느꼈다.

“어때요, 제 방에 가서 이야기 좀 나눌까요?”

나는 도전적으로 말했다(겁도 많으면서 금세 도전적 태도를 취하는 건 내 나쁜 버릇 중 하나였다). 그러자 그는 미소 지으며 “어딘가, 자네 방은?” 하고 되물었다.

우리는 친구처럼 어깨를 나란히 하고, 조용히 이야기하는 외국인들 사이를 지나 내 방으로 갔다. 그는 내 방에 들어오자 거울을 등지고 자리에 앉았다. 그리고 여러 가지 이야기를 꺼내놓았다. 여러 가지 이야기? 그러나 대부분은 여자 이야기였다.

나는 죄를 지어 지옥에 떨어진 한 인간임이 분명했다. 그래서인지 부도덕한 이야기들은 나를 더욱 우울하게 만들었다. 나는 일시적으로 청교도처럼 되어, 그런 여자들을 조롱하기 시작했다.

“S 씨의 입술 좀 보세요. 그건 수많은 남자들과 입을 맞춰서…….”

나는 문득 말을 멈추고, 거울 속에 비친 그의 뒷모습을 바라보았다. 그는 귀밑에 노란 고약을 붙이고 있었다.

"수많은 남자들과 입을 맞춰서?"

"그런 사람으로 보이던데요."

나는 그가 속으로는 내 비밀을 캐내기 위해 끊임없이 나를 살피고 있음을 느꼈다. 그래도 우리의 이야기는 여전히 여자들에 관한 것에서 벗어나지 않았다. 나는 그를 미워하기보다도, 자신의 나약함이 부끄러워 점점 더 우울해졌다.

이윽고 그가 돌아간 뒤, 나는 침대에 몸을 던지고《암야행로》를 읽기 시작했다. 주인공의 정신적 투쟁 하나하나가 너무도 절절하게 와닿았다. 나는 그 주인공에 비하면 얼마나 어리석은 인간인가를 느끼고, 어느새 눈물을 흘리고 있었다. 동시에 그 눈물은 내 마음에 조금씩 평화를 가져다주었다. 그러나 그것도 오래가지는 않았다. 내 오른쪽 눈은 다시 한번 반투명한 톱니바퀴를 느끼기 시작했다. 톱니바퀴는 계속 돌며 점차 그 수를 늘려갔다. 나는 두통이 시작될까 두려워 베개 곁에 책을 둔 채 0.8그램의 베로날을 삼키고, 어쨌든 푹 자려 했다.

그러나 나는 꿈속에서 어떤 풀장을 바라보고 있었다. 그곳에는 남녀 아이들이 수영을 하거나 잠수를 하고 있었다. 나는 수영장을 뒤로하고 솔숲 쪽으로 걸음을 옮겼다. 그때 누군가 내 뒤에서 "여보!" 하고 불렀다. 뒤돌아보니 수영장 앞에 아내가 서 있었다. 동시에 나는 격렬한 후회에 휩싸였다.

“여보, 수건은요?”

“수건은 필요 없어. 애들이나 잘 챙겨.”

나는 다시 걸음을 옮기기 시작했다. 그러나 내가 걷는 곳은 어느새 승강장으로 바뀌어 있었다. 시골의 작은 역이었는데, 긴 나무 울타리가 늘어선 플랫폼이었다. 그곳에는 H라는 대학생과 나이 든 여인도 서 있었다. 그들은 내 얼굴을 보자 앞으로 다가와, 저마다 내게 말을 걸었다.

“큰불이 났다면서요.”

“나도 간신히 도망쳐 왔어요.”

나는 그 나이 든 여자가 어딘가 낯익게 느껴졌다. 더구나 그녀와 말을 주고받고 있다는 사실이 이상하게 즐겁고 흥분되었다. 그때 기차가 연기를 내뿜으며 조용히 플랫폼으로 미끄러져 들어왔다. 나는 혼자 그 기차에 올라, 양쪽에 하얀 천이 드리워진 침대들 사이를 걸었다. 그때 한 침대 위에 미라처럼 마른 알몸의 여자가 나를 향해 누워 있었다. 그것은 틀림없이 내 복수의 신, 어떤 광인의 딸이었다.

나는 눈을 뜨자마자 나도 모르게 침대에서 뛰어내리고 말았다. 방 안은 여전히 전등 불빛으로 환했다. 그러나 어디선가 날갯짓 소리와 쥐가 긁는 듯한 소리가 들려왔다. 나는 문을 열고 복도로 나가, 아까 그 난로로 서둘러 갔다. 그리고 의자에 앉은 채, 아득히 흔들리는 불꽃을 바라보기 시작했다. 그때 흰옷을 입은 종업원이 장작을 더 넣으려 다가왔다.

"몇 시지?"

"3시 반쯤 됩니다."

하지만 건너편 로비 구석에는 미국인 같아 보이는 여자가 책을 읽고 있었다. 그녀가 입고 있는 것은 멀리서 보아도 분명히 초록색 드레스였다. 나는 왠지 구원받은 듯한 기분이 들어, 조용히 날이 새기를 기다리기로 했다. 오랜 병고에 시달린 끝에 마침내 고요히 죽음을 기다리는 노인처럼.

4. 아직?

나는 이 호텔 방에서 어렵사리 단편 하나를 완성해, 한 잡지에 보내기로 했다. 물론 원고료는 일주일 숙박비에도 못 미칠 만큼 적었다. 하지만 나는 일을 끝냈다는 사실에 만족했고, 정신적 활력을 얻기 위해 긴자의 한 서점으로 나섰다.

겨울 햇살이 비치는 아스팔트 위에는 종잇조각이 몇 개 굴러다니고 있었다. 빛의 반사 때문인지, 그 조각들은 흡사 장미꽃 같았다. 나는 어떤 호의를 느끼며 그 서점 안으로 들어갔다. 가게는 평소보다 한결 말끔했다. 다만 안경을 쓴 젊은 여자가 점원과 이야기를 나누는 모습이 살짝 신경 쓰였다. 하지만 나는 거리의 종이 장미를 떠올리고《아나톨 프랑스 대화집》과《메리메의 서간집》을 사기로 했다.

나는 책 두 권을 안고 어느 카페에 들어갔다. 그리고 맨 안쪽 테이블에 앉아 커피가 나오기를 기다렸다. 내 맞은편에는 엄마와 아들인 듯한 남녀가 앉아 있었다. 아들은 나보다 젊었지만 나와 매우 닮았다. 게다가 두 사람은 연인처럼 얼굴을 가까이 대고 이야기를 나누고 있었다. 그들을 바라보는 동안, 나는 적어도 그 아들은 어머니를 성적으로도 위로하고 있다는 사실을 의식하고 있음을 깨달았다. 그것은 나 역시 익숙한 일종의 친밀감의 형태였고, 동시에 이 세상을 지옥으로 만드는 의지의 한 표현이기도 했다. 그러나 나는 다시 고통 속으로 빠질까 두려워, 마침 커피가 나온 것을 구실로 《메리메의 서간집》을 읽기 시작했다. 그 속에서도 그는 자신의 소설처럼 날카로운 아포리즘을 번뜩이고 있었다. 그런 아포리즘들은 어느새 내 마음을 쇠처럼 단단하게 만들었다(이처럼 어떤 것에 영향을 쉽게 받는 것도 내 약점이었다). 커피를 다 마신 뒤, 나는 '뭐든 와라'라는 마음으로 빠르게 카페를 떠났다.

나는 거리를 걸으며 여러 진열창을 기웃거렸다. 어떤 액자 가게의 진열창에는 베토벤의 초상화가 걸려 있었다. 머리칼이 곤두선, 천재 그 자체처럼 보이는 그림이었다. 나는 그 베토벤의 모습이 어딘가 우스꽝스럽게 느껴졌다.

그때 고등학교 시절 친구를 우연히 마주쳤다. 응용화학 교수인 그는 큼직한 서류 가방을 들고 있었고, 한쪽 눈만 빨갛게 충혈되어 있었다.

"어, 눈은 왜 그런가?"

"이거, 그냥 결막염이네."

문득 나는 십사오 년 전부터, 누군가와 강한 친화력을 느낄 때마다 내 눈도 그 친구처럼 결막염에 걸리곤 했던 일을 떠올렸다. 그러나 아무 말도 하지 않았다. 그는 내 어깨를 두드리며 예전 친구들의 이야기를 꺼냈다. 그러고는 이야기를 이어가며 나를 어느 카페로 데려갔다.

"오랜만이군. 주순수*의 비 제막식 이후로 처음 보지?"

그는 담배에 불을 붙인 뒤, 대리석 테이블 너머로 이렇게 내게 말을 건넸다.

"그래, 그 주순……."

나는 어쩐지 주순수라는 말을 제대로 발음할 수 없었다. 일본어일 뿐인데도 그것이 나를 조금 불안하게 했다. 하지만 그는 개의치 않고 여러 이야기를 이어갔다. K라는 소설가의 이야기, 자기가 산 불도그 이야기, 루이사이트**라는 독가스 이야기까지…….

"요즘은 통 쓰질 않는 것 같던데. 〈점귀부〉는 읽어봤어. 그건 자네 자서전인가?"

* 명나라가 멸망하자 청나라에 항거하고 일본으로 건너가 유학을 전한 중국 학자.
** 제1차 세계대전 때 만들어진 비소 성분의 독가스로, 피부에 닿으면 화상을 입히는 화학무기.

"응, 내 자서전이지."

"그건 좀 병적이던데. 요즘 몸은 어때?"

"여전해. 약만 먹는 신세네."

"나도 요즘 불면증이야."

"나도라니? 왜 '나도'라고 하는 거지?"

"아니, 자네도 불면증이라며? 불면증은 위험해."

나는 대답하기 전에 '불면증'의 '증' 발음을 제대로 할 수 없다는 걸 깨달았다.

"광인의 아들인데 당연한 일이지."

나는 십 분도 채 되지 않아 다시 혼자 거리를 걸어갔다. 아스팔트 위에 흩어진 종잇조각은 때때로 우리 인간의 얼굴처럼 보이기도 했다. 그때 맞은편에서 단발머리 여자가 지나갔다. 그녀는 멀리서 볼 때는 아름다웠다. 그러나 눈앞에서 보니 잔주름이 자글자글하고 생김새도 추했다. 게다가 임신한 듯 보였다. 나는 무심코 얼굴을 돌리고, 넓은 골목으로 접어들었다. 그러나 잠시 걷는 동안 치질의 통증이 밀려오기 시작했다. 그것은 좌욕 말고는 달랠 수 없는 통증이었다.

"좌욕…… 베토벤도 역시 좌욕을 했었지……."

좌욕에 쓰는 유황 냄새가 순식간에 내 코를 찔렀다. 그러나 물론 거리 어디에도 유황 따위는 보이지 않았다. 나는 다시 한번 종이 장미를 떠올리며, 애써 마음을 다잡고 걸음을 옮겼다.

한 시간쯤 지난 뒤, 나는 방에 틀어박힌 채 창가의 책상에 마주 앉아 새 소설을 쓰기 시작했다. 펜은 신기할 만큼 원고지 위를 달려 나갔다. 그러나 두세 시간이 지나자, 마치 눈에 보이지 않는 무언가가 억누른 듯, 펜이 멈춰버렸다. 나는 어쩔 수 없이 책상에서 일어나 방 안을 이리저리 거닐었다. 내 과대망상은 이런 때 가장 심했다. 나는 야만적인 환희 속에서, 내게는 부모도 아내도 아이도 없고, 오직 내 펜에서 흘러나오는 생명만이 있다고 믿었다.

하지만 사오 분쯤 뒤에 나는 전화를 받지 않을 수 없었다. 아무리 응답해도 전화는 뭔가 모호한 말만 되풀이했다. 하지만 몰이라는 말은 분명히 들렸다. 나는 결국 수화기를 내려놓고, 다시 방 안을 걸어 다녔다. 그러나 몰이라는 말만은 이상하게 머릿속에서 떠나지 않았다.

"몰…… Mole……."

몰은 두더지를 뜻하는 영어였다. 이 연상은 나에게 유쾌하지 않았다. 그러나 이삼 초 뒤, 나는 Mole를 la mort로 바꾸어 썼다. 라 모르……, 죽음을 뜻하는 프랑스어는 곧바로 나를 불안하게 만들었다. 죽음은 매형에게 닥친 것처럼 내게도 닥쳐오는 듯했다. 그러나 나는 불안 속에서도 어딘가 우스꽝스러움을 느끼고 있었다. 그리고 어느새 미소까지 짓고 있었다. 이 우스꽝스러움은 무엇 때문에 일어난 것일까? 나 자신조차 알 수 없었다. 나는 오랜만에 거울 앞에 서서 내 모습과 정면으로 마주했다. 거울 속 나도 물론 나처럼 미소 짓고 있었다. 그 모습을 바라보는 동안 나는 제2의 나를 떠올렸다. 제2의 나, 독일 사람들이 이른바 도펠갱어(Doppelgänger)라 부르는 존재는 다행히 내 앞에 한 번도 모습을 드러내지 않았다. 그러나 미국 영화배우가 된 K의 아내는 제국극장 복도에서 제2의 나를 본 적이 있다고 했다. (나는 그녀가 갑자기 "그땐 인사도 못 드려서 죄송했어요"라고 말했을 때 얼마나 당황했는지 지금도 기억한다.) 이미 고인이 된, 다리 한쪽 없는 어느 번역가도 긴자의 한 담배 가게에서 제2의 나를 본 적이 있다고 했다. 어쩌면 죽음은 나보다 제2의 나에게 먼저 찾아올지도 모른다. 설령 그게 나에게 찾아온다 해도…… 나는 거울에서 몸을 돌려, 창가의 책상으로 향했다. 응회암으로 짜인 네모난 창문 너머에는 마른 잔디밭과 연못이 내려다보였다. 그 정원을 바라보며, 나는 멀리 솔숲 속에서 불태웠던 몇 권의 노트와 미완의 희곡을 떠올렸다. 그리고 펜을 들어 다시 새로운 소설을 쓰기 시작했다.

5. 붉은빛

햇빛은 나를 괴롭히기 시작했다. 나는 두더지처럼 창 앞에 커튼을 내려, 한낮에도 전등을 켠 채 부지런히 쓰다 만 소설을 이어갔다. 그러다 지치면 이폴리트 텐의《영국 문학사》를 펼쳐 시인들의 생애를 훑어보았다. 그들은 모두 불행했다. 엘리자베스 시대의 거장들조차, 일생을 학문에 바쳤던 벤 존슨조차도 그의 발가락 위에서 로마와 카르타고 군대의 전쟁이 시작되는 것을 봤을 정도로 신경쇠약에 시달렸다. 나는 그들의 이런 불행 속에서 잔혹한 악의로 가득 찬 환희를 느끼지 않을 수 없었다.

어느 날 동풍이 세차게 부는 밤이었다(내게는 좋은 징조였다). 나는 지하실을 빠져나와 거리로 나서, 한 노인을 찾아갔다. 그는 한 성서 회사의 다락방에서 홀로 잡일을 하며 기도와 독서에 힘쓰는 사람이었다. 우리는 화로에 손을 녹이며 벽에 걸린 십자가 아래에서 여러 가지 이야기를 나누었다. 왜 내 어머니는 광기에 사로잡혔는가? 왜 내 아버지는 사업에 실패했는가? 왜 또 나는 벌을 받았는가? 그런 비밀을 알고 있는 그는 묘하게 엄숙한 미소를 띠며 언제까지나 내 이야기를 들어주었다. 기쁨만 아니라 때때로 짤막한 말 속에 인생의 풍자를 그려내기도 했다. 나는 이 다락방의 은자를 존경하지 않을 수 없었다. 그러나 그와 이야기를 나누는 동안, 그 역시 친화력에 움직이고 있음을 발견했다.

"그 정원사의 딸 말인데, 얼굴도 예쁘고 마음씨도 곱고, 나한테도 잘해줘."

“나이가 몇인데요?”

“올해 열여덟.”

그로서는 그게 아버지의 사랑이었을지도 모른다. 하지만 나는 그의 눈에서 묘한 정열을 느끼지 않을 수 없었다. 게다가 그가 내민 사과의 누렇게 빛나는 껍질 위에는 어느새 유니콘의 형상이 떠 있었다(나는 나뭇결이나 커피잔의 균열에서 자주 신화 속 동물을 발견하곤 했다). 그 유니콘은 분명 기린이었다. 나는 내게 적대적인 어느 평론가가 나를 ‘1910년대의 기린아’라 부른 일을 떠올리며, 이 십자가가 걸린 다락방조차 더는 안전지대가 아님을 느꼈다.

“요즘은 어떤가?”

“여전히 늘 예민하네요.”

“그건 약으로는 안 돼. 신자가 될 생각은 없나?”

“저 같은 사람도 될 수만 있다면…….”

“어려울 것 없네. 오직 주님을 믿고, 주님의 아들 그리스도를 믿고, 그리스도가 행한 기적을 믿기만 하면…….”

“악마라면 믿을 수 있지만요…….”

“그럼 왜 주님을 믿지 못하는가? 그림자를 믿는다면, 빛도 믿지 않을 수 없을 터인데.”

“하시만 빛 없는 어둠노 있삾습니까.”

“빛 없는 어둠?”

나는 침묵할 수밖에 없었다. 그 역시 나처럼 어둠 속을 걸고 있었다. 하지만 그는 어둠이 있는 한 빛도 있다고 믿고 있었다. 우리의 논리가 다른 건 오직 이 하나뿐이었다. 그러나 그것은 적어도 내게는 결코 건널 수 없는 깊은 골이었다.

"하지만 빛은 반드시 있네. 그 증거가 바로 기적이니까. 기적 같은 건 지금도 자주 일어나고 있지."

"그건 악마가 행하는 기적……."

"왜 또 악마라고 하지?"

하지만 그 이야기가 아내와 아이들 귀에 들어가면, 나 역시 어머니처럼 정신병원에 들어가게 될지도 모른다는 두려움을 느꼈다.

"저건 뭡니까?"

건장한 노인은 낡은 책장을 돌아보며, 목양신 같은 표정을 지었다.

"도스토옙스키 전집이네.《죄와 벌》을 읽어봤는가?"

물론 나는 십 년 전에도 네댓 권의 도스토옙스키를 읽은 적이 있었다. 하지만 우연히(?) 그가 말한 '죄와 벌'이라는 단어에 감동했다. 나는 그 책을 빌려 호텔로 돌아가기로 했다. 전등 불빛에 반짝이는, 인파가 많은 거리의 모습은 역시 불쾌했다. 특히 아는 얼굴이라도 마주칠까 봐 불안했다. 나는 일부러 어두운 길을 골라, 도둑처럼 걸었다.

그러나 얼마쯤 지나자 문득 속이 아프기 시작했다. 이 고통을 달랠 수 있는 건 한 잔의 위스키뿐이었다. 나는 어느 바를 발견하고 문을 밀고 들어가려 했으나, 좁은 바 안에는 담배 연기가 가득했고 예술가처럼 보이는 청년들이 모여 술을 마시고 있었다. 게다가 그들 무리의 한가운데에는 귀를 가리듯 머리를 묶은 여자가 열심히 만돌린을 연주하고 있었다. 나는 순간 당혹감을 느껴 문 안으로 들어가지 못하고 발길을 돌렸다. 그때 내 그림자가 좌우로 흔들리고 있는 걸 알아차렸다. 그리고 나를 비추고 있던 빛은 섬뜩하게도 붉은 색이었다. 나는 길에 멈춰 섰다. 하지만 내 그림자는 여전히 좌우로 끊임없이 움직이고 있었다. 나는 겁을 먹고 천천히 뒤를 돌아보았다. 바의 처마 밑에 색유리 랜턴이 매달려 있는 걸 발견했다. 랜턴은 거센 바람에 밀려 천천히 공중에서 흔들리고 있었다.

내가 들어간 다음 장소는 어느 지하의 레스토랑이었다. 나는 그 바 앞에 서서 위스키 한 잔을 주문했다.

"위스키요? Black and White밖에 없습니다만……."

나는 소다수에 위스키를 타서, 말없이 한 모금씩 마시기 시작했다. 내 옆에는 신문기자처럼 보이는 서른 살 안팎의 남자 둘이 무언가 작은 목소리로 이야기하고 있었다. 그뿐 아니라 프랑스어를 쓰고 있었다. 나는 그들에게 등을 보인 채 온몸으로 그들의 시선을 느꼈다. 그것은 실세로 선파처럼 내 몸에 전해졌다. 그들은 분명 내 이름을 알고, 내 이야기를 하는 눈치였다.

“Bien······ très mauvais······ pourquoi?.” (안 좋아······ 정말 최악이야······ 왜?)

“Pourquoi?······ le diable est mort!” (왜냐고?······ 악마가 죽었어!)

“Oui, oui······ d'enfer······.” (아, 그래··· 지옥······.)

나는 은화 한 닢을 던져놓고(그것은 내가 가진 마지막 은화였다), 이 지하실을 빠져나가기로 했다. 밤바람이 스쳐 지나가는 거리는, 위통이 조금 가라앉은 내 신경을 어느 정도 진정시켜 주었다. 나는 라스콜니코프*를 떠올리며, 모든 것을 고백하고 싶은 충동을 느꼈다. 하지만 그건 나 자신뿐 아니라, 아니, 내 가족에게까지도 비극을 불러올 게 분명했다. 게다가 이런 욕망이 진실한 것인지조차 확신할 수 없었다. 만약 내 신경이 보통 사람처럼 강해진다면······ 하지만 그러기 위해서는 나는 어딘가로 떠나야만 했다. 마드리드로, 리우로, 사마르칸트로······.

그때 어떤 가게 처마에 걸린 흰색 작은 간판이 불현듯 나를 불안하게 했다. 자동차 타이어에 날개가 달린 상표였다. 나는 그 상표를 보고, 인공 날개에 의지해 하늘로 날아오른 고대 그리스인을 떠올렸다. 그는 태양 빛에 날개가 타서, 결국 바다에 빠져 죽었다. 마드리드로, 리우로, 사마르칸트

---

* 《죄와 벌》의 주인공.

로…… 나는 그런 꿈을 꾸는 나 자신을 비웃지 않을 수 없었다. 동시에 복수의 여신에게 쫓겼던 오레스테스를 생각지 않을 수 없었다.

나는 운하를 따라 어두운 거리를 걸었다. 그러다 문득 교외에 있는 양부모의 집을 떠올렸다. 양부모는 물론 내가 돌아오기를 기다리며 지내고 있을 것이다. 아마 내 아이들도…… 그러나 내가 그곳으로 돌아간다면, 필연코 나를 얽매고 말 어떤 힘을 두려워하지 않을 수 없었다.

운하 위에는 파도 이는 물결에 너벅선 한 척이 정박해 있었다. 그 배의 바닥에서는 희미한 불빛이 새어 나오고 있었다. 그 안에도 분명 몇몇 남녀가 하나의 가족을 이루어 살고 있을 것이다. 역시 사랑하기 위해 미워하면서. 그러나 나는 전투적인 마음을 다시 일으켜, 위스키의 취기 속에서 호텔로 발걸음을 옮겼다.

나는 역시 책상에 앉아 《메리메의 서간집》을 읽기 시작했다. 그 책은 내게 조금씩 삶의 활력을 불어넣어 주었다. 그러나 메리메가 말년에 신교도가 되었음을 알고 나자, 그의 가면 뒤에 숨은 얼굴이 떠올랐다. 그 또한 우리처럼 어둠 속을 걸어가는 한 사람이었다. 어둠 속을? 《임야행로》는 내게 점점 두려운 책으로 변해가기 시작했다. 나는 우울을 잊기 위해 《아나톨 프랑스의 대화집》을 읽기 시작했다. 하지만 근대의 이 목양신 역시 십자가를 짊어지고 있었다.

한 시간이 지나자, 종업원이 내게 우편물 한 다발을 들고 들어왔다. 그중 하나는 라이프치히의 한 출판사에서 보낸 편지로, '근대 일본의 여성'이라는 제목의 소논문을 써달라는 부탁이었다. 왜 그들은 굳이 나에게 이런 글을 의뢰한 걸까? 게다가 영어로 된 그 편지 끝에는 육필로 '우리는 일본화처럼, 흑백만으로 된 여성의 초상화라도 만족한다'라는 추신이 덧붙어 있었다. 나는 그 한 줄에서 'Black and White'라는 위스키 이름이 떠올라, 편지를 갈가리 찢어버렸다.

이번에는 닥치는 대로 봉투를 뜯고는 노란 편지지에 쓰인 글을 읽었다. 내가 전혀 모르는 청년이 보낸 것이었다. 하지만 두세 줄도 채 읽지 않았는데 '당신의 〈지옥변〉은…….'이라는 문장이 내 신경을 건드렸다. 세 번째로 연 편지는 내 조카에게서 온 것이었다. 나는 겨우 한숨 돌리며, 집안일에 관한 내용들을 읽어 내려갔다. 하지만 그마저도 마지막 부분에 이르자, 갑자기 나를 무너뜨리는 한 문장이 있었다.

"가집 《붉은빛(赤光)》의 재판본을 보냅니다……."

붉은빛! 나는 무언가의 냉소를 느끼며 방 밖으로 몸을 피하기로 했다. 복도에는 아무도 없었다. 나는 한 손으로 벽을 짚으며 겨우 로비 쪽으로 걸어갔다. 그리고 의자에 앉아 일단 담배에 불을 붙이려 했다. 그런데 어째서인지 에어십(Air Ship)이었다(이 호텔에 머문 뒤로는 줄곧 스타Star만 피워왔는데). 인공 날개가 다시 눈앞에 떠올랐다. 나는 맞은편에 있는 종업원을 불러 스타 두 갑을 주문했다. 하지만 종업원이 말하길, 스타만 품절이었다.

"에어십이라면 있습니다만……."

나는 고개를 저은 채 넓은 로비를 보았다. 내 맞은편에는 외국인 네댓 명이 테이블에 둘러앉아 이야기하고 있었다. 그들 중 한 사람, 붉은 원피스를 입은 여자는 소곤소곤 이야기하면서 때때로 나를 쳐다보는 듯했다.

"Mrs. Townshead……."

무언가 보이지 않는 것이 내게 그렇게 속삭이는 것 같았다. 미세스 타운즈헤드는 물론 내게 낯선 이름이었다. 설사 저 여자의 이름이 그렇다 해도……. 나는 다시 의자에서 일어나, 미쳐버릴지도 모른다는 공포를 안고 내 방으로 돌아가기로 했다.

돌아오자마자 정신병원에 전화를 걸 생각이었다. 나로서는 곧 죽음을 의미하는 일이었다. 나는 한참 망설이다가 이 두려움을 달래기 위해 《죄와 벌》을 읽기 시작했다. 그런데 우연히 펼친 페이지는 《카라마조프가의 형제들》의 한 대목이었다. 나는 책을 잘못 집었나 싶어 표지를 내려다보았다. 《죄와 벌》, 책은 분명 《죄와 벌》이었다. 하지만 제본소에서 잘못 엮은 페이지를, 그것노 하필 그 페이지를 내가 펼쳤다는 사실에서, 나는 운명의 손길이 나를 이끈 듯한 기분을 느꼈다. 그래서 어쩔 수 없이 그 부분을 읽기 시작했다.

그런데 한 페이지도 다 읽지 못한 채, 온몸이 떨려왔다. 거기에는 악마에 시달리는 이반의 모습이 있었다. 이반을, 스트린드베리를, 모파상을, 그리고 이 방에 있는 나 자신을…….

나를 구할 수 있는 건 오직 잠뿐이었다. 하지만 수면제는 이미 한 봉지도 남아 있지 않았다. 나는 잠들지 못한 채 계속 고통받는 걸 견딜 수 없었다. 하지만 절망적인 용기를 내어 커피를 가져오게 한 이상, 필사적으로 펜을 움직였다. 두 장, 다섯 장, 일곱 장, 열 장……. 원고는 빠르게 완성되어 갔다. 나는 그 소설의 세계를 초자연적인 동물들로 가득 채웠다. 그리고 그 동물 중 하나에 나 자신의 초상화를 그려 넣었다. 하지만 피로가 서서히 내 머리를 흐릿하게 만들었다. 결국 나는 책상에서 일어나, 침대 위에 등을 대고 누웠다. 그렇게 사오십 분은 잔 것 같았다. 그런데 누군가 내 귀에 이렇게 속삭이는 소리를 느끼고는, 나는 잠에서 벌떡 깨어났다.

"Le diable est mort," (악마는 죽었다.)

응회암 창문 밖은 어느새 싸늘한 새벽이 밝아오고 있었다. 나는 문 앞에 서서, 아무도 없는 방 안을 둘러보았다. 맞은편 창유리에는 바깥의 찬 기운이 서려, 얼룩진 표면에 작은 풍경이 맺혀 있었다. 누렇게 바랜 솔숲 너머에 바다가 있는 듯한 풍경이었다. 나는 조심스레 창가로 다가가, 그 풍경이 사실은 정원의 마른 잔디와 연못이 만들어낸 것임을 알아차렸다. 그러나 그 착각은 어느새 내가 떠나온 집에 대한 향수 비슷한 것을 불러일으켰다.

나는 9시가 되자마자 어느 잡지사에 전화를 걸어, 어떻게든 돈 문제를 해결한 뒤 집으로 돌아가기로 결심했다. 책상 위에 놓인 가방 속에 책과 원고를 밀어 넣으면서.

6. 비행기

나는 도카이도선의 어느 역에서 더 안쪽에 자리한 어느 피서지로 자동차를 타고 달렸다. 운전사는 왜인지 이렇게 추운데 낡은 레인코트를 걸치고 있었다. 나는 이 우연의 일치가 섬뜩하게 느껴져, 그를 보지 않으려 일부러 창밖으로 시선을 돌렸다. 키가 작은 소나무 너머로, 옛길을 따라 장례 행렬이 지나가고 있었다. 하얀 장례용 초롱도 신사에 봉납하는 등불도 보이지 않았다. 다만 금은빛으로 만든 연꽃 장식이 가마 앞뒤로 흔들리며 나아갔다.

겨우 집으로 돌아온 뒤, 나는 아내와 아이들, 그리고 수면제 덕분에 이삼일 동안은 제법 평온하게 지냈다. 2층 내 방에서는 솔숲 너머로 희미하게 바다가 보였다. 나는 그 책상 앞에 앉아 비둘기 소리를 들으며 오전만 일하기로 했다. 비둘기와 까마귀뿐 아니라, 참새도 툇마루로 날아들곤 했다. 그 또한 내게는 즐거운 일이었다.

'까치가 집에 날아든다.'

나는 펜을 든 채로 그때마다 이 말을 떠올렸다.

어느 눅눅한 흐린 오후, 나는 잉크를 사러 잡화점으로 갔다. 하지만 가게 안에는 세피아색 잉크만 진열되어 있었다. 그 빛깔은 언제나 내게 불쾌함을 일으켰다. 나는 어쩔 수 없이 가게를 나와, 한적한 거리를 홀로 거닐었다. 그때 맞은편에서 근시로 보이는 마흔 살쯤 된 외국인이 거만하게 다가왔다. 그는 이곳에 사는 피해망상증에 걸린 스웨덴 사람이었다. 게다가 그의 이름은 스트린드베리였다. 그와 마주 지나칠 때, 나는 내 몸 어딘가가 움찔하는 걸 느꼈다.

이 거리는 고작 이삼백 미터 남짓이었다. 그런데 그 짧은 길을 걷는 동안, 얼굴 반쪽이 검은 개가 네 번이나 내 곁을 스쳐 지나갔다. 나는 골목길로 접어들며 블랙 앤 화이트 위스키를 떠올렸다. 나아가 방금 본 스트린드베리의 넥타이 또한 검정과 흰색이었다는 걸 떠올렸다. 단순한 우연이라고는 도저히 생각할 수 없었다. 만약 우연이 아니라면……, 나는 머리만 걸어가는 듯한 기분이 들어, 잠시 걸음을 멈췄다. 길가의 철책 안에는 무지갯빛을 띤 유리그릇 하나가 버려져 있었다. 그 그릇의 바닥 둘레에는 날개 같은 무늬가 떠올라 있었다. 그때 소나무 가지에서 참새들이 몇 마리 내려왔다.

하지만 그 그릇 근처에 이르자, 참새들은 마치 약속이나 한 듯 동시에 하늘로 날아올랐다.

나는 처가로 가서 정원 앞 등나무 의자에 앉았다. 정원 구석의 철망 안에는 하얀 레그혼 닭들이 몇 마리 조용히 걷고 있었다. 그리고 내 발치에는 검은 개 한 마리가 누워 있었다. 나는 누구에게도 털어놓을 수 없는 의문을 풀어내려 애태우면서도, 겉으로는 담담히 장모님, 처남과 세상 이야기를 주고받았다.

"여긴 늘 조용하네요."

"아직은 도쿄보다야 조용하지."

"여기도 시끄러운 일이 있습니까?"

"여기도 사람 사는 세상 아닌가."

장모님은 그렇게 말하며 웃고 있었다. 실제로 이 피서지도 '세상'의 일부임이 분명했다. 나는 불과 일 년 남짓 머무는 동안, 이곳에서도 얼마나 많은 죄와 비극이 벌어졌는지를 다 알고 있었다. 환자를 서서히 독살하려 한 의사, 양자 부부의 집에 불을 지른 노파, 누이의 재산을 탐한 변호사…… 그들의 집을 바라볼 때마다 나는 언제나 인생 속에서 지옥을 엿보는 듯한 기분이었다.

"이 마을에는 미친 사람이 한 명 있지요."

"H 말이지? 그이는 미친 게 아니야. 바보가 된 거지."

"조현병이라고 하지요. 전 녀석을 볼 때마다 왠지 섬뜩해요. 얼마 전에도 무슨 생각인지, 마두관세음 앞에서 절을 하고 있더군요.”

“섬뜩하다니…… 좀 더 강해져야겠네.”

“그래도 매형은 저보다 훨씬 강하잖아요.”

수염이 덥수룩한 처남도 이불 위에서 몸을 일으켜 세우더니 여느 때처럼 조심스레 우리 대화에 끼어들었다.

“강한 사람에게도 약한 면은 있기 마련이지요.”

“저런, 그거 참 난감하네.”

이렇게 말하는 장모님을 보며, 나는 쓴웃음을 짓지 않을 수 없었다. 그러자 처남도 미소를 띠며, 울타리 밖 저 멀리 솔숲을 바라보며 넋을 잃은 얼굴로 이야기를 이어갔다(병을 앓고 난 이 처남은, 때때로 육신을 벗은 정신 그 자체처럼 보였다).

“묘하게 사람 같지 않은 데가 있다 싶으면서도, 또 인간적 욕망은 놀라울 만큼 강렬하고…….”

“선인인가 싶으면 악인이기도 하고 말이지.”

“아뇨, 선악이라기보다는…… 뭔가 더 반대되는 것이…….”

“결국 어른 속에 아이도 있는 거겠지.”

“그렇지도 않아요. 명확히는 설명할 수 없지만…… 전기의 양극 같다랄까, 어쨌든 서로 반대되는 것을 함께 품고 있는 것 같아요.”

그때 우리를 놀라게 한 것은, 요란한 비행기 소리였다. 나는 나도 모르게 하늘을 올려다보았다. 소나무 가지에 닿을 듯 날아오른 비행기를 발견했다. 날개는 노랗게 칠해져 있었다. 보기 드문 단엽 비행기였다. 닭과 개들이 놀라 사방으로 흩어졌다. 특히 개는 사납게 짖다가 꼬리를 말고 처마 밑으로 숨어버렸다.

"저 비행기, 떨어지는 건 아니겠지?"

"괜찮아요. ……매형은 '비행기 병'이라는 병을 아세요?"

나는 담배에 불을 붙이며, '아니' 하는 대신 고개를 저었다.

"저런 비행기를 타는 사람은 늘 높은 하늘의 공기만 마시니까, 점차 이 지상의 공기를 견딜 수 없게 된다더군요……."

처가를 뒤로하고, 가지 하나 움직이지 않는 솔숲을 걸으니 점점 우울해졌다. 왜 그 비행기는 다른 곳으로 가지 않고 내 머리 위를 지나갔을까? 또 왜 그 호텔은 담배 중에서도 에어십 브랜드만 팔고 있었을까? 나는 수많은 의문에 시달리며, 인적이 없는 길을 골라 걸었다.

바다는 낮은 모래언덕 너머 온통 잿빛으로 흐려져 있었다. 그 모래언덕 위에는 그네 없는 그네대가 하나 덩그러니 서 있었다. 나는 그 그네대를 바라보다가 문득 교수대를 떠올렸다. 실제로도 그네대 위에는 까마귀 두세 마리가 앉아 있었다. 까마귀들은 나를 보고도 날아오를 기색조차 보이지 않았다. 게다가 한가운데 앉은 까마귀는 큼직한 부리를 하늘로 치켜들며, 분명히 네 번 울어댔다.

나는 시든 잔디가 덮인 모래 둑을 따라 별장이 늘어선 좁은 길로 방향을 틀었다. 길의 오른쪽에는 언제나처럼 솔숲 사이에 2층짜리 서양식 목조 가옥 한 채가 하얗게 서 있을 터였다(내 친구는 이 집을 '봄이 있는 집'이라 불렀다). 하지만 그 집 앞에 이르고 보니, 콘크리트 기초 위에는 욕조 하나만 덩그러니 놓여 있을 뿐이었다. 화재…… 나는 그렇게 생각하고, 그쪽을 보지 않으려 애쓰며 걸음을 옮겼다. 그때 자전거를 탄 남자 한 명이 맞은편에서 곧장 다가왔다. 그는 어두운 갈색 사냥 모자를 쓰고 눈을 한곳에 고정시킨 채 핸들 위로 몸을 숙이고 있었다. 나는 문득 그의 얼굴에서 매형의 얼굴을 떠올렸고, 그가 내 앞에 이르기 전에 옆길로 빠져나가기로 했다. 하지만 그 좁은 길 한복판에는 썩은 두더지 한 마리가 배를 드러낸 채 나뒹굴고 있었다.

무언가가 나를 노리고 있다는 생각이, 한 걸음 내디딜 때마다 불안을 더해갔다. 그때부터 반투명한 톱니바퀴들이 하나씩 내 시야를 가리기 시작했다. 나는 마침내 마지막 순간이 다가온 것을 두려워하며, 목덜미를 꼿꼿이 세운 채 걸었다. 톱니바퀴는 개수가 늘어날수록 점점 더 빠르게 돌기 시작했다. 동시에 오른편의 솔숲은 고요히 가지를 맞댄 채, 마치 세밀한 컷글라스를 통해 보는 것처럼 변해갔다. 나는 심장이 빠르게 뛰는 것을 느끼며 몇 번이나 멈춰 서려 했다. 하지만 누군가에게 떠밀리는 듯, 멈추는 일조차 쉽지 않았다.

삼십 분쯤 지나, 나는 2층 방에 누워 눈을 감은 채 극심한 두통을 참고 있었다. 그때 내 눈꺼풀 안쪽에 은빛 깃털 비늘처럼 겹친 날개 하나가 떠오르기 시작했다. 그것은 실제로 망막 위에 또렷이 비쳐 보였다. 나는 눈을 떠 천장을 올려다보았다. 물론 천장에는 그런 게 없다는 것을 확인하고 다시 눈을 감았다. 그러나 여전히 은빛 날개는 어둠 속에 선명히 비치고 있었다. 그 순간, 얼마 전 탔던 자동차의 라디에이터 캡에도 날개가 달려 있었음을 문득 떠올렸다.

그때 누군가가 허둥지둥 계단을 올라오는가 싶더니, 곧 다시 쿵쿵대며 내려갔다. 나는 그것이 아내라는 걸 알아차리고 놀란 나머지 몸을 일으켜, 계단 앞의 어두운 거실로 얼굴을 내밀었다. 아내는 엎드린 채 숨을 고르고 있었고, 어깨가 쉼 없이 떨리고 있었다.

"무슨 일이야?"

"아니요, 아무 일도 아니에요……."

아내는 겨우 얼굴을 들고, 억지로 미소를 지으며 말을 이었다.

"별건 아니고, 왠지 당신이 곧 세상을 떠날 것 같은 기분이 들어서요……."

그건 내 인생에서 가장 무서운 경험이었다. ……이제 나는 더 이상 한 줄도 쓸 힘이 없다. 이런 마음으로 살아간다는 건, 이루 말할 수 없는 고통이다.

누군가 내가 잠들어 있을 때, 조용히 목을 졸라 끝내줄 순 없을까?

1927년, 유고

어느 바보의 일생

구메 마사오에게

난 이 원고를 발표할지 여부는 물론, 발표 시기와 기관도 자네에게 일임하고 싶네.

자네는 이 원고에 나오는 인물 대부분을 알고 있겠지. 하지만 발표한다 해도 색인은 달지 않았으면 해.

나는 지금 가장 불행한 행복 속에서 살고 있어. 그러나 이상하게도 후회는 없네. 다만 나 같은 나쁜 남편, 나쁜 자식, 나쁜 부모를 둔 이들이 몹시 딱하게 느껴질 뿐이지. 그럼 안녕. 나는 이 원고에서만은 적어도 의식적으로는 자기변호를 하지 않았다고 생각해.

마지막으로 내가 이 원고를 특별히 자네에게 맡기는 건 아마도 자네가 누구보다 나를 잘 알고 있다고 믿기 때문이야(도회인이라는 니의 히울을 벗겨내기만 한다면). 부디 이 원고를 읽고 나의 어리석음을 비웃어주길 바라네.

1927년 6월 20일

아쿠타가와 류노스케

1. 시대

그곳은 어느 서점의 2층이었다. 스무 살의 그는 책장에 걸린 서양식 사다리를 올라가, 새로운 책을 찾고 있었다. 모파상, 보들레르, 스트린드베리, 입센, 버나드 쇼, 톨스토이⋯⋯.

그사이 해는 점점 저물어갔다. 하지만 그는 열심히 책등의 글자를 읽어 내려갔다. 거기에 늘어선 것은 책이라기보다는 차라리 세기말 그 자체였다. 니체, 베를렌, 공쿠르 형제, 도스토옙스키, 하웁트만, 플로베르⋯⋯.

그는 어둠과 싸우며 그들의 이름을 하나하나 헤아렸다. 그러나 책들은 저절로 쓸쓸한 그림자 속에 잠기기 시작했다. 마침내 그는 인내심이 다해 사다리를 내려오려 했다. 그때 갓 없는 전등 하나가, 그의 머리 바로 위에서 불쑥 불이 켜졌다. 그는 사다리 위에 선 채, 책 사이를 오가는 점원과 손님들을 내려다보았다. 그들은 이상할 만큼 작아 보였다.

그뿐 아니라, 어쩐지 초라해 보이기까지 했다.

"인생은 보들레르의 시 한 줄 만도 못하다."

그는 잠시 사다리 위에서 그런 그들을 내려다보았다.

2. 어머니

광인들은 모두 똑같이 잿빛 옷을 입고 있었다. 넓은 방은 그 탓에 한층 더 우울해 보였다. 그들 중 한 사람은 오르간 앞에 앉아, 열심히 찬송가를 연주하고 있었다. 또 다른 한 사람은 방 한가운데서, 춤춘다기보다 이리저리 뛰어다니고 있었다.

그는 혈색이 좋은 의사와 함께 그 광경을 바라보고 있었다. 그의 어머니도 십 년 전에는 그들과 조금도 다르지 않았다. 조금도…… 그는 그들의 냄새 속에서 어머니의 냄새를 느꼈다.

"이제 갈까?"

의사는 그를 데리고 복도를 지나 한 방으로 들어갔다. 방 한구석에는 알코올이 가득 찬 커다란 유리병들이 놓여 있었고, 그 안에는 뇌수가 여러 개 담겨 있었다. 그는 어느 한 뇌수 위에 희미한 흰색의 무언가를 발견했다. 마치 달걀의 흰

자를 살짝 떨어뜨린 듯한 자국이었다. 그는 의사와 서서 이야기를 나누며 다시 한번 어머니를 떠올렸다.

"이 뇌수의 주인은 ××전등회사 기술자였지. 늘 자신을 검게 빛나는 커다란 발전기라고 생각했어."

그는 의사의 시선을 피하며 창밖을 보았다. 깨진 병 조각이 박힌 벽돌담 외엔 아무것도 없었다. 그 담장에는 엷은 이끼가 군데군데 하얗게 끼어 있었다.

3. 집

그는 어느 교외의 2층 방에서 살았다. 그곳은 지반이 약해 2층이 묘하게 기울어져 있었다.

그의 이모는 2층에서 자주 그와 다투곤 했다. 양부모가 중재에 나서는 일도 없지 않았다. 하지만 그는 누구보다도 이모에게 애정을 느끼고 있었다. 평생을 독신으로 지낸 이모는, 그가 스무 살 때 이미 예순에 가까운 노인이었다.

그는 어느 교외의 2층 방에서 사랑하는 사람들끼리는 왜 서로를 괴롭히게 되는가를 생각하곤 했다. 그사이에도 어딘가 불길한 2층의 기울어짐을 느끼면서.

4. 도쿄

스미다가와강은 잔뜩 흐렸다. 그는 달리는 작은 증기선
의 창문으로 무코지마의 벚꽃을 바라보고 있었다. 그의 눈
에 만개한 벚꽃은 누더기처럼 우울하게 보였다. 하지만 그
는 그 벚꽃 속에서…… 에도 시대 이래 무코지마의 벚꽃 속
에서 어느새 자기 자신을 발견했다.

5. 나

그는 선배와 함께 어느 카페의 테이블에 마주 앉아 연신
담배를 태우고 있었다. 그는 말이 별로 없었다. 그러나 선배
의 말에는 열심히 귀를 기울였다.
"오늘은 한나절이나 자동차를 탔네."
"무슨 일이라도 있었습니까?"
선배는 턱을 괸 채 지극히 무심하게 대답했다.
"아니, 그냥 타고 싶어서."
그 말은 그가 알지 못하는 세계…… 신들에 가까운 '자아'
의 세계로 그 자신을 해방시켰다. 그는 어떤 아픔을 느꼈다.
그러나 동시에 기쁨도 느꼈다.
그 카페는 아주 작았다. 그러나 목양신의 액자 밑에는 붉

은 화분에 심긴 고무나무 한 그루가 두터운 잎을 늘어뜨리
고 있었다.

6. 병

그는 끊임없이 불어오는 바닷바람 속에서 큼지막한 영어
사전을 펼쳐놓고, 손끝으로 단어를 찾고 있었다.
Talaria 날개 달린 신발, 혹은 샌들.
Tale 이야기.
Talipot 동인도에서 자라는 야자수. 줄기는 십오 미터에
서 삼십 미터 높이까지 자라며, 잎은 우산, 부채, 모자 등에
쓰인다. 칠십 년에 한 번 꽃을 피운다.
그의 상상은 이 야자수의 꽃을 또렷이 그려냈다. 그러자
그는 목구멍에 알 수 없는 가려움이 일어 무심코 사전 위에
가래를 떨어뜨렸다. 가래를? 그러나 그건 가래가 아니었다.
그는 짧은 생을 생각하며, 다시 한번 그 야자수의 꽃을 상상
했다. 저 멀리, 바다 건너 높이 솟아 있는 그 야자수의 꽃을.

7. 그림

그는 갑자기…… 그건 정말로 갑자기였다. 그는 어느 책방 앞에 서서 고흐의 화집을 들여다보던 중에, 불현듯 그림이란 것을 이해했다. 물론 그 고흐의 화집은 사진판에 지나지 않았다. 하지만 그는 그 사진판 속에서도 생생히 떠오르는 자연을 느꼈다.

그림에 대한 열정은 그의 시야를 새롭게 열어주었다. 그는 어느 순간부터 나뭇가지의 뒤틀림이나 여자 볼의 부드러운 곡선에까지 끊임없이 눈길을 주기 시작했다.

비가 올 듯한 가을 저녁, 그는 교외의 한 철교 아래를 지나갔다. 철교 너머 제방 아래에는 짐마차 한 대가 서 있었다. 그는 그 길을 지나며, 누군가 이미 이 길을 지나간 흔적을 느꼈다. 누구일까? 그건 새삼스레 자문할 필요도 없었다.

스물세 살의 그의 마음속에는, 귀를 잘라낸 네덜란드인이 긴 파이프를 문 채 이 음울한 풍경화 위로 날카로운 시선을 가만히 던지고 있었다.

8. 불꽃

그는 비에 젖은 채로 아스팔트 위를 걸었다. 비는 제법 거세게 내렸다. 그는 물보라로 가득한 공기 속에서, 고무를 덧입힌 방수 외투의 냄새를 느꼈다.

그러자 눈앞의 전선 하나가 보랏빛 불꽃을 발하고 있었다. 그는 묘하게 감동했다. 그의 윗옷 주머니에는 동인지에 발표할 원고가 들어 있었다. 그는 빗속을 걸으면서 다시 뒤쪽의 전선을 올려다보았다.

그는 인생을 돌아보아도, 특별히 원하는 것은 아무것도 없었다. 그러나 이 보랏빛 불꽃만은…… 이 굉장한 공중의 불꽃만은 목숨과 맞바꿔서라도 갖고 싶었다.

9. 시체

시체들은 모두 엄지손가락에 철사로 매단 명찰을 달고 있었다. 그 명찰에는 이름과 나이 따위가 적혀 있었다. 그의 친구는 허리를 굽히고, 능숙하게 메스를 움직여 어느 시체의 얼굴 피부를 벗기기 시작했다. 피부 아래에 드러난 것은 아름다운 노란빛 지방이었다.

그는 그 시체를 바라보고 있었다. 그것은 그에게 어떤 단편을…… 왕조 시대를 배경으로 한 어떤 단편을 완성하는 데 필요한 것이 틀림없었다. 그러나 썩은 살구 냄새에 가까운 시체의 악취는 불쾌했다. 그의 친구는 미간을 찌푸리며 조용히 메스를 움직여나갔다.

"요즘은 시체도 부족해."

그의 친구가 이렇게 말하자, 그는 어느새 대답을 준비하고 있었다.

"난 시체가 부족하면, 아무 악의 없이 사람을 죽일 텐데."

그러나 물론 그 대답은 마음속에만 머물러 있었다.

10. 선생님

그는 커다란 떡갈나무 아래에서 선생님의 책을 읽고 있었다. 떡갈나무는 가을 햇살 속에서 이파리 하나 흔들리지 않았다. 어딘가 먼 공중에는, 유리 접시를 매단 저울 하나가 완벽한 평형을 이루고 있었다. 그는 선생님의 책을 읽으며, 그런 광경을 느끼고 있었다.

11. 새벽

밤은 서서히 밝아오고 있었다. 그는 어느새 거리 모퉁이에서 넓은 시장을 내려다보고 있었다. 시장에 모여든 사람들과 수레는 모두 장밋빛으로 물들기 시작했다.

그는 담배 한 개비에 불을 붙이고, 조용히 시장 안으로 걸어 들어갔다. 그때 깡마른 검은 개 한 마리가 갑자기 그를 향해 짖었다. 하지만 그는 놀라지 않았다. 그뿐 아니라, 그 개마저 사랑하고 있었다.

시장 한복판에는 플라타너스 한 그루가 사방으로 가지를 뻗고 있었다. 그는 나무 아래에 서서, 가지 사이로 높은 하늘을 올려다보았다. 마침 머리 위로 별 하나가 빛나고 있었다.

그가 스물다섯 살이던 해, 선생님을 만난 지 석 달째 되는 날이었다.

12. 군항

잠수정 안은 어둑했다. 그는 사방을 둘러싼 기계들 사이에 허리를 굽히고 작은 망원경을 들여다보았다. 망원경 속에는 밝은 군항의 풍경이 비치고 있었다.

"저기 곤고*도 보이지요?"

한 해군 장교가 그에게 이렇게 말을 걸기도 했다. 그는 사각 렌즈 위로 떠 있는 작은 군함을 바라보다가 문득 파슬리를 떠올렸나. 한 접시에 삼십 전짜리 비프스테이크 위에서

* 일본 해군의 전함 이름.

도 은은히 향을 풍기던 그 파슬리를.

13. 선생님의 죽음

그는 비 갠 뒤의 바람 속을 걸으며 새로 지은 역의 플랫폼을 지나고 있었다. 하늘은 아직 어두웠다. 플랫폼 너머에는 철도 인부 서너 명이 곡괭이를 위아래로 내리치며 한목소리로 노래를 부르고 있었다.

비 갠 뒤의 바람이 인부들의 노랫소리와 그의 마음을 찢어놓았다. 그는 담배에 불도 붙이지 않은 채, 희열에 가까운 고통을 느끼고 있었다. '선생님 위독'이라 적힌 전보는 외투 주머니에 밀어 넣은 채…….

그때 맞은편 솔숲 그늘에서 오전 6시 상행 열차가 옅은 연기를 흩날리며 물결치듯 이쪽으로 다가오기 시작했다.

14. 결혼

그는 결혼식 다음 날, "오자마자 그렇게 낭비하면 곤란해" 하고 잔소리를 했다. 하지만 그 말은 그의 잔소리라기보다, 이모가 '말하라'고 시킨 잔소리였다. 아내는 자신에게도,

그리고 그의 이모에게도 사과했다. 그를 위해 사 온 노란 수
선화 화분을 앞에 둔 채로……

15. 그들

그들은 평화롭게 살았다. 커다란 파초 잎이 드리운 그늘
에서. 그들의 집은 도쿄에서 기차로 한 시간은 족히 걸리는,
바닷가 작은 마을에 있었기에.

16. 베개

그는 장미 향이 나는 회의주의를 베개 삼아, 아나톨 프랑
스의 책을 읽고 있었다. 하지만 그 베개 속에도 반인반마의
신이 있다는 사실을 알지 못했다.

17. 나비

해초 냄새 가득한 바람 속에 나비 한 마리가 나풀거리고
있었다. 그는 잠시 바싹 마른 자신의 입술에 그 나비의 날개

가 스친 것을 느꼈다. 하지만 그때 입술 위에 남겨진 날개의 가루만은, 몇 해가 지나도 여전히 반짝이고 있었다.

18. 달

그는 어느 호텔 계단 중간에서 우연히 그녀와 마주쳤다. 그녀의 얼굴은 한낮에도 달빛 속에 있는 듯했다. 그는 그녀를 배웅하며(둘은 일면식도 없는 사이였다) 지금껏 몰랐던 쓸쓸함을 느꼈다…….

19. 인공의 날개

그는 아나톨 프랑스에서 18세기 철학자들로 옮겨갔다. 하지만 루소에게는 다가가지 않았다. 아마도 그가 가진 한 면, 정열에 쉽게 휩쓸리는 ㄱ 한 면이 루소와 닮았기 때문일지도 몰랐다. 그는 자기 안의 또 다른 한 면, 냉철하고 이성적인 《캉디드》의 철학자에게 가까이 갔다.

스물아홉 살의 그에게 인생은 더 이상 조금도 밝지 않았다. 그러나 볼테르는 이런 그에게 인공 날개를 달아주었다.

그는 이 인공 날개를 펼쳐 가볍게 하늘로 날아올랐다. 동시에 이성의 빛을 받은 인생의 기쁨과 슬픔은 그의 눈 아래로 가라앉았다.

그는 초라한 거리 위로 반어(反語)와 미소를 흩뿌리며, 아무것에도 가로막히지 않은 하늘로 곧장 태양을 향해 올라갔다. 마치 인공 날개가 태양 빛에 타버려, 끝내 바다로 떨어져 죽은 옛 그리스인을 잊은 것처럼…….

20. 족쇄

그들 부부는 그의 양부모와 한집에서 살게 되었다. 그가 어느 신문사에 입사하게 되었기 때문이다. 그는 노란 종이에 적힌 계약서 한 장을 믿고 있었다. 그러나 나중에 보니, 신문사는 아무 의무도 지지 않고, 오직 그만이 의무를 지게 되어 있었다.

21. 광인의 딸

인력거 두 대가 인적이 끊긴, 흐린 시골길을 달리고 있었다. 그 길이 바다로 향하고 있다는 건 밀려오는 바닷바람만으로도 분명했다. 뒤쪽 인력거에 앉아 있던 그는, 이 밀회에 아무 흥미가 없는 자신을 이상하게 여기며, 자신을 여기로 이끈 것이 무엇인지 곰곰이 생각했다. 이건 연애가 아니었다. 연애가 아니라면…… 그는 이 대답을 피하려고 '어쨌든 우리는 대등하다'고 되뇌었다.

앞쪽 인력거에 타고 있는 이는 어느 광인의 딸이었다. 게다가 그녀의 여동생은 질투 때문에 이미 목숨을 끊었다.

"이제 더는 어떻게 할 도리가 없다."

석탑 몇 개가 검게 변해 있었다. 그는 그 석탑들 너머로 희미하게 반짝이는 바다를 바라보며, 문득 그녀의 남편을, 그녀의 마음을 붙잡지 못한 그녀의 남편을 경멸하기 시작했다.

22. 어느 화가

하지만 수탉 한 마리를 그린 수묵화는 개성이 또렷이 드러나 있었다. 그는 친구에게 그 화가에 대해 물어보았다.

일주일쯤 지나자 그 화가가 그를 직접 찾아왔다. 그건 그의 인생에서도 특히 눈에 띄는 사건이었다. 그는 그 화가에게서 아무도 모르는 시를 발견했다. 동시에 자신조차 알지 못했던 자신의 영혼을 발견했다.

어느 쌀쌀한 가을 저녁, 그는 옥수수 한 그루를 보고 문득 그 화가를 떠올렸다. 키가 큰 옥수수는 거친 잎을 단 채, 두

둑한 흙 위로 여린 뿌리를 신경처럼 드러내고 있었다. 그건 다름 아닌, 상처받기 쉬운 그의 자화상이기도 했다. 하지만 이런 발견은 그를 더욱 우울하게 할 뿐이었다.

"이미 늦었어. 하지만 막상 때가 되면……."

23. 그녀

어느 광장 앞은 저물어가고 있었다. 그는 미열이 있는 몸으로 그 광장을 걸어갔다. 커다란 빌딩 몇 채가 은빛으로 맑게 갠 하늘 아래, 창마다 희미한 불빛을 반짝이고 있었다.

그는 길가에 발을 멈추고 그녀가 오기를 기다리기로 했다. 오십오 분쯤 지났을까, 그녀는 다소 지친 기색으로 그에게 다가왔다. 하지만 그의 얼굴 보자 "피곤하네요" 하고 말하며 미소 지었다. 그들은 어깨를 나란히 하고, 어스름한 광장을 걸어갔다. 그들에게는 처음 있는 일이었다. 그는 그녀와 함께라면, 모든 걸 잃어도 좋다는 심정이었다.

자동차에 올라탄 뒤, 그녀가 그의 얼굴을 가만히 바라보며 "당신은 후회 안 해요?" 하고 물었다. 그는 단호히 "후회 안 해"라고 대답했다. 그녀는 그의 손을 잡으며 "난 후회하지 않지만"이라고 말했다. 그녀의 얼굴은 이런 순간에도 달빛 속에 있는 듯했다.

24. 출산

　그는 장지문 옆에 서서, 하얀 수술복을 입은 산파가 아기를 씻기는 모습을 내려다보고 있었다. 아기는 비누 거품이 눈에 스며들 때마다 애처롭게 얼굴을 찡그리며, 날카롭게 울어댔다. 그는 어딘가 새끼 쥐 같은 아기의 냄새를 맡으며, 문득 이런 생각을 하지 않을 수 없었다.

　'무엇 때문에 이 아이도 태어났을까? 이렇게 고통으로 가득한 세상에. 또 왜 나 같은 인간을 아버지로 두게 된 운명을 짊어지게 됐을까?'

　더구나 그 아이는 그의 아내가 처음으로 출산한 아들이었다.

25. 스트린드베리

　그는 방문 앞에 서서 석류꽃이 핀 달빛 아래, 남루한 중국인 몇 명이 마작을 두는 모습을 바라보았다. 그리고 방 안으로 돌아와, 나지막한 스탠드 불빛 아래서 《어느 바보의 고백》을 읽기 시작했다. 그러나 두 쪽을 넘기기도 전에, 입가에 쓴웃음이 스쳤다. 스트린드베리 역시, 정부였던 백작 부인에게 보낸 편지 속에 그와 다를 바 없는 거짓을 쓰고 있었던 것이다……

26. 고대

채색이 벗겨진 불상과 천인, 말, 그리고 연꽃들이 그를 거의 압도했다. 그는 그것들을 올려다보며, 모든 것을 잊었다. 광인의 딸의 손에서 벗어난 자신의 행운마저도…….

27. 스파르타식 훈련

그는 친구와 함께 어느 뒷골목을 걷고 있었다. 그때 덮개를 씌운 인력거 한 대가 정면에서 곧장 다가왔다. 게다가 거기에 탄 사람은 뜻밖에도 어젯밤의 그녀였다. 그녀의 얼굴은 이런 한낮에도 달빛 속에 있는 듯했다. 물론 그들은 친구 앞이라 인사조차 나누지 않았다.

"미인이군."

그의 친구가 이렇게 말했다. 그는 길 끝의 봄 산을 바라본 채, 망설임 없이 대답했다.

"응, 꽤 미인이야."

28. 살인

시골길은 햇빛 속에 쇠똥 냄새가 떠돌고 있었다. 그는 땀을 훔치며 가파른 언덕길을 올랐다. 길 양쪽에선 익은 보리가 구수한 냄새를 풍겼다.

"죽여라, 죽여……."

그는 어느새 이런 말을 입속에서 되뇌고 있었다. 누구를? 그건 분명했다. 그는 어딘가 비굴한 인상의 머리를 짧게 깎은 남자를 떠올렸다. 그러자 누런 보리밭 너머로, 로마 가톨릭교 성당이 어느새 둥근 지붕을 드러냈다.

29. 형태

그건 쇠로 된 술병이었다. 그는 이 실금이 새겨진 술병을 통해 형태의 아름다움을 배웠다.

30. 비

그는 커다란 침대 위에서 그녀와 이런저런 이야기를 나누고 있었다. 침실 창밖에는 비가 내리고 있었다. 문주란꽃은

이 빗속에서 서서히 썩어가는 듯했다. 그녀의 얼굴은 여전히 달빛에 잠겨 있었다. 하지만 그녀와의 대화는 더 이상 그에게 흥미롭지 않았다. 그는 배를 깔고 누운 채 조용히 담배 한 개비에 불을 붙이며, 그녀와 함께한 지도 어느덧 일곱 해가 되었음을 떠올렸다.

'나는 이 여자를 사랑하고 있을까?'

그는 스스로에게 이렇게 물었다. 그 대답은 자신을 지켜봐 왔던 자신에게조차 뜻밖이었다.

'나는 아직도 사랑하고 있다.'

31. 대지진

그건 어딘가 잘 익은 살구 냄새와 비슷했다. 그는 불에 탄 폐허를 걸으며 그 냄새를 맡고, 한여름 뙤약볕 아래 썩은 시체 냄새도 의외로 나쁘지 않다고 생각했다. 그러나 시체가 겹겹이 쌓인 연못 앞에 섰을 때, '산비'*라는 말이 결코 과장이 아니라는 것을 실감했다. 특히 그를 가장 흔들어놓은 건, 열두세 살쯤 된 아이의 시체였다. 그는 그 시체를 바라보며, 어쩐지 부러움에 가까운 감정을 느꼈다.

* 슬프거나 참혹하여 콧마루가 시큰함을 이르는 말.

'신들에게 사랑받는 자는 요절한다.'

이런 말도 떠올랐다. 그의 누나와 이복동생들의 집은 모두 불탔다. 하지만 그의 매형은 위증죄를 저질러 집행유예 중이었다.

'차라리 모두 죽어버렸으면 좋았을걸.'

그는 폐허에 서서, 문득 그렇게 생각하지 않을 수 없었다.

32. 싸움

그는 이복동생과 몸싸움을 했다. 동생은 그로 인해 늘 억압받았음이 틀림없다. 동시에 그 역시도 동생으로 인해 자유를 잃었음이 틀림없다. 그의 친척들은 언제나 동생에게 '형을 본받아라'라고 말하곤 했다. 하지만 그건 그에게도 손발이 묶이는 일이나 다름없었다. 두 사람은 서로 뒤엉킨 채 툇마루 아래로 굴러떨어졌다. 그는 툇마루 앞 정원에 있던 배롱나무 한 그루를 아직도 기억하고 있다. 비를 머금은 하늘 아래, 붉은 꽃을 활짝 피우고 있었다.

33. 영웅

그는 언젠가 볼테르의 집 창문으로 높은 산을 올려다보고 있었다. 빙하가 있는 산 위에는 독수리 그림자조차 보이지 않았다. 다만 한 키 작은 러시아인이 집요하게 산길을 오르고 있었다. 밤이 되어 볼테르의 집에도 불이 켜지면, 그는 환한 램프 아래에서 이런 경향시*를 쓰곤 했다. 그 산길을 오르던 러시아인의 모습을 떠올리면서…….

누구보다 십계명을 지킨 그대는
누구보다 십계명을 어긴 그대다.

누구보다 민중을 사랑한 그대는
누구보다 민중을 경멸한 그대다.

누구보다 이상에 불탔던 그대는
누구보다 현실을 잘 알고 있던 그대다.

그대는 우리 동양이 낳은
화초 향기 나는 선기 기관차나.

* 일정한 사회적·사상적 '경향(이념이나 주의)'을 드러내는 시.

34. 색채

　서른 살이 된 그는 어느새 어떤 빈터를 사랑하게 되었다. 그곳에는 그저 이끼 긴 땅 위에 벽돌과 기와 조각이 몇 개 흩어져 있을 뿐이었다. 하지만 그의 눈에는 세잔의 풍경화와 다르지 않았다.

　그는 문득 칠팔 년 전의 자신의 정열을 떠올렸다. 동시에 칠팔 년 전의 자신은 색채를 알지 못했음을 깨달았다.

35. 어릿광대 인형

　그는 언제 죽어도 여한이 없을 만큼 치열하게 살겠다고 다짐했다. 하지만 여전히 양부모와 이모에게는 조심스러운 태도로 살아가고 있었다. 그것은 그의 삶에 명암의 양면을 만들어냈다. 그는 어느 양복점에 있는 어릿광대 인형을 보고, 자신이 이 인형과 얼마나 닮았는지를 생각했다. 하지만 그의 의식 너머에 있는 또 다른 자신, 이를테면 제2의 그 자신은 이미 오래전에 이런 마음을 어느 단편 속에 담아두고 있었다.

36. 권태

그는 어느 대학생과 함께 억새밭 사이를 걷고 있었다.

"자네들은 아직 삶에 대한 욕망이 왕성하겠지?"

"네, 하지만 선생님도……."

"그런데 나는 가지고 있지 않아. 창작욕만은 남아 있지만."

그건 그의 진심이었다. 그는 실제로 어느새 삶에 흥미를 잃고 있었다.

"창작욕도 결국은 삶에 대한 욕망 아닌가요?"

그는 아무 대답도 하지 않았다. 억새밭은 어느새 붉은 이삭 위로 뚜렷하게 분화산을 드러내고 있었다. 그는 그 분화산에서 선망에 가까운 무언가를 느꼈다. 하지만 그 이유를, 그 자신도 알 수 없었다.

37. 호쿠리쿠 사람

그는 자신과 재능으로 겨룰 수 있는 여인을 만났다. 하지만 '호쿠리쿠 사람'* 같은 서정시를 지어 겨우 이 위기를 벗

---

* 아쿠타가와의 연인 마쓰무라 미네코를 가리키는 상징적 별칭.

어났다. 마치 나무줄기에 얼어붙어 반짝이는 눈송이를 떨구
듯 가슴 시린 것이었다.

바람에 춤추는 삿갓이여
어찌 길 위에 떨어지지 않는가
내 이름 따위야 무엇이 아쉬울까
아쉬운 건 오직 그대 이름뿐이니

38. 복수

그곳은 새순이 움트는 숲속에 자리한 어느 호텔의 테라
스였다. 그는 그곳에서 그림을 그리며, 한 소년을 놀게 했다.
소년은 칠 년 전 절연한 광인의 딸이 낳은 외아들이었다.

광인의 딸은 담배에 불을 붙인 채, 그와 소년이 노는 모습
을 바라보고 있었다. 그는 답답한 마음으로 계속 기차와 비
행기를 그려나갔다. 소년은 다행히 그의 아들이 아니었다.
하지만 소년이 자신을 '아저씨'라 부를 때마다 견딜 수 없이
괴로웠다.

소년이 어디론가 가자, 광인의 딸은 담배를 피우며 애교
섞인 말투로 그에게 말을 걸었다.

"저 아이, 당신과 닮지 않았나요?"

“닮지 않았습니다. 무엇보다…….”

“왜 태교라는 것도 있잖아요.”

그는 말없이 눈을 돌렸다. 하지만 그의 마음속 깊은 곳엔, 그녀를 목 졸라 죽이고 싶은 잔혹한 충동마저 없는 건 아니었다.

39. 거울

그는 어느 카페 구석에서 친구와 이야기를 나누고 있었다. 그의 친구는 구운 사과를 먹으며, 요즘 추워졌다는 이야기 같은 것을 했다. 그는 그런 이야기 속에서 문득 모순을 느끼기 시작했다.

“자네 아직 혼자지?”

“아니, 다음 달이면 결혼해.”

그는 무심결에 입을 다물었다. 카페 벽에 끼워진 거울은 무수히 많은 그의 모습을 비추고 있었다. 차갑게, 어딘가 위협하듯이…….

40. 문답

　자네는 왜 현대의 사회 제도를 공격하지?

　자본주의가 낳은 악을 보고 있으니까.

　악을? 난 자네가 선악의 차이 같은 건 인정하지 않는 줄 알았어. 그럼 자네의 삶은?

　그는 천사와 이런 문답을 주고받았다. 물론, 누구에게도 부끄럽지 않은 실크해트(Silk hat)를 쓴 천사와…….

41. 병

　그는 불면증에 시달렸다. 그뿐 아니라 체력도 쇠약해지기 시작했다. 몇몇 의사들은 그의 병에 저마다 두세 가지 진단을 내렸다. 위산 과다, 위 무력증, 건성 늑막염, 신경쇠약, 만성 결막염, 뇌 피로…….

　하지만 그는 스스로 병의 근원을 알고 있었다. 그건 자신을 부끄러워하는 감정이자 동시에 그들을 두려워하는 마음이었다. 그들을, 그가 경멸해 온 사회를!

　눈구름으로 흐린 어느 오후, 그는 카페 한구석에서 담배를 문 채, 맞은편 축음기에서 흘러나오는 음악에 귀를 기울였다. 그의 마음에 묘하게 스며드는 음악이었다. 그는 곡이 끝나기를 기다렸다가 축음기 앞으로 다가가 레코드에 붙어 있는 종이를 살펴보기로 했다.

Magic Flute——Mozart

그는 문득 깨달았다. 십계명을 어긴 모차르트 역시 틀림없이 고통받았을 것이다. 하지만 설마, 그처럼…… 그는 고개를 숙인 채, 조용히 자신의 테이블로 돌아갔다.

42. 신들의 웃음소리

서른다섯 살의 그는 봄 햇살이 내리쬐는 솔숲을 걷고 있었다. 이삼 년 전 자신이 쓴 "신들은 불행하게도 우리처럼 자살할 수 없다"라는 말을 떠올리면서…….

43. 밤

밤은 다시금 밀려왔다. 거친 바다는 어스름 속에서 끊임없이 물보라를 터뜨리고 있었다. 이런 하늘 아래에서 아내와 두 번째 결혼을 했나. 그건 그늘에게 기쁨이었다. 하지만 동시에 고통이었다. 세 아이는 그들과 함께 먼바다의 번개를 바라보고 있었다. 아내는 한 아이를 품에 안고, 눈물을 참는 듯했다.

"저기, 배 한 척 보이지?"

"응."

"돛대가 둘로 꺾인 배가."

44. 죽음

그는 혼자 잠들어 있는 틈을 타, 창살에 끈을 걸어 목매 죽으려 했다. 그러니 띠에 목을 거는 순간, 갑자기 죽음이 두려워졌다. 결코 죽는 순간의 고통 때문이 아니었다. 그는 두 번째 시도에서는 회중시계를 손에 쥐고 목을 매달아보기로 했다. 잠시 고통을 느낀 뒤, 모든 것이 몽롱해지기 시작했다. 그 지점을 한 번만 넘기면 분명 죽게 될 터였다. 그는 시곗바늘을 확인하고, 자신이 고통을 느낀 시간이 일 분 이십몇 초였음을 알았다. 창살 밖은 암흑이었다. 그러나 그 어둠 속에서도 거칠게 우는 닭 울음소리가 들려왔다.

45. Divan

　디반*은 다시 한번 그의 마음에 새로운 힘을 불어넣으려 했다. 그건 그가 미처 알지 못했던 '동양적인 괴테'였다. 그는 선과 악의 피안**에 유유히 서 있는 괴테의 모습을 보고, 거의 절망에 가까운 선망을 느꼈다. 시인 괴테는 그의 눈에 시인 그리스도보다 위대했다. 이 시인의 마음에는 아크로폴리스나 골고다뿐 아니라, 아라비아의 장미까지도 피어 있었다. 만약 이 시인의 발자취를 조금이라도 따라갈 힘이 있다면……. 그는 디반을 다 읽고, 그 벅찬 감동이 가라앉은 뒤, 그는 자신이 삶의 환관으로 태어났다는 사실을 깨닫고, 스스로를 깊이 경멸하지 않을 수 없었다.

46. 거짓말

　매형의 자살은 그를 순식간에 무너뜨렸다. 이제 그는 누나 가족의 생계까지 떠맡아야 했다. 그의 앞날은 적어도 저물녘처럼 어둑했다. 그는 자신의 정신적 파산을 냉소에 가까운 심정으로 느끼면서도(그는 자신의 악덕과 약점을 하나도

---

* 괴테의 《서동시집》을 가리킨다.
** 불교 용어로 '건너편 언덕', 즉 해탈이나 깨달음의 세계를 뜻한다.

빠짐없이 알고 있었다) 여전히 여러 책을 읽어나갔다. 그러나 루소의 《참회록》조차 영웅적인 거짓으로 가득 차 있었다. 특히 《신생》에 이르러서는…… 그는 그 작품의 주인공만큼 교활한 위선자를 본 적이 없었다. 그러나 프랑수아 비용만은 그의 마음 깊이 스며들었다. 그는 몇 편의 시 가운데 〈아름다운 수컷〉을 발견했다. 하지만 그의 처지와 육체적 에너지는 그런 것을 허락하지 않았다. 그는 점점 쇠약해졌다. 마치 스위프트가 본, 가지 끝에서부터 시들어가기 시작하는 나무처럼…….

47. 불장난

그녀의 얼굴은 빛나고 있었다. 마치 아침 햇살이 살얼음에 비치는 듯했다. 그는 그녀에게 호감이 있었다. 하지만 사랑의 감정은 느끼지 않았다. 그녀의 몸에도 손끝 하나 대지 않았다.

"죽고 싶어 한다면서요?"

"네…… 아니요, 죽고 싶어 한다기보다, 사는 게 지겨워져서요."

그들은 그런 문답 끝에 함께 죽기로 약속했다.

"플라토닉 수어사이드군요."

"더블 플라토닉 수어사이드."

그는 이토록 차분한 자신이 어쩐지 이상하게 느껴졌다.

48. 죽음

그는 그녀와 함께 죽지 않았다. 다만 아직 그녀의 몸에 손가락 하나 대지 않았다는 사실이 어쩐지 만족스러웠다. 그녀는 아무 일도 없었던 듯이 때때로 그와 이야기를 나누기도 했다. 게다가 그녀는 자신이 지니고 있던 청산가리 한 병을 그에게 건네며 "이것만 있으면 서로 든든할 거예요"라고 말하기도 했다.

그는 홀로 등나무 의자에 앉아 모밀잣밤나무의 새순을 바라보며, 죽음이 자신에게 줄 평화를 자주 떠올리지 않을 수 없었다.

49. 박제된 백조

그는 마지막 힘을 다해 자서전을 써보려 했다. 하지만 의외로 쉽지 않았다. 자존심과 회의주의, 이해타산이 여전히 남아 있었기 때문이다. 그는 그런 자신을 경멸하지 않을 수 없었다. 하지만 또 한편으로는 '누구든 한 꺼풀 벗겨보면 다 똑같지'라고 생각하지 않을 수 없었다. 《시와 진실》이라는 제목은 그에게 모든 자서전의 이름처럼 느껴졌다. 그뿐 아니라, 문학 작품이 반드시 누구에게나 감동을 주는 것은 아니라는 사실도, 그는 알고 있었다. 그의 작품이 호소하는 건 그와 비슷한 생을 걸어온, 그와 비슷한 사람들뿐일 터였다. 그에게는 이런 생각이 작용하고 있었다. 그래서 그는 짧게나마 자신의 시와 진실을 써보기로 했다.

그는 〈어느 바보의 일생〉을 다 쓴 뒤, 우연히 고물상에서 박제된 백조 하나를 발견했다. 목을 들고 서 있었지만, 누렇게 변한 깃털조차 벌레가 먹었다. 그는 자신의 일생을 생각하며, 눈물과 냉소가 복받치는 것을 느꼈다. 그 앞에 남은 건 오직 미치거나 목숨을 끊는 일뿐이었다. 그는 해 질 녘 거리에 홀로 걸으며, 천천히 자신을 멸하러 오는 운명을 기다리기로 결심했다.

50. 포로

그의 친구 중 한 사람이 미쳐버렸다. 그는 늘 이 친구에게 어떤 친밀감을 느꼈다. 이 친구의 고독을, 경쾌한 가면 뒤에 숨어 있는 고독을 그 누구보다 절실히 이해하고 있었기 때문이다. 그는 그 친구가 미친 후 두세 번 찾아갔다.

"우리 둘 다 악귀에게 사로잡힌 거야. 세기말의 악귀라는 놈에게 말이지."

그 친구는 작은 목소리로 그에게 이렇게 말하기도 했는데, 그로부터 이삼일 뒤에는 온천 여관으로 떠나는 길에 장미꽃까지 먹었다고 한다. 그는 그 친구가 입원한 후, 언젠가 자신이 선물했던 테라코타 반신상을 떠올렸다. 그건 친구가 사랑했던 검찰관의 작가, 고골의 반신상이었다. 그는 고골 또한 광기에 빠져 죽었다는 것을 떠올리며, 무언가 그들 모두를 지배하고 있는 힘을 느끼지 않을 수 없었다.

그는 완전히 지쳐버린 끝에, 우연히 라디게가 임종 때 했던 말을 읽고, 다시 한번 신들의 웃음소리를 느꼈다. "신의 병사들이 나를 잡으러 온다"라는 것이었다. 그는 자신의 미신과 감상주의에 맞서 싸우려 했다. 그러나 어떤 싸움이든, 육체적으로는 이미 불가능했다. '세기말의 악귀'는 분명히 그를 괴롭히고 있었다. 그는 신을 의지했던 중세 사람들을 부러워했다. 하지만 신을 믿는 것, 신의 사랑을 믿는 건 도저히 할 수 없었다. 콕토*마저 믿었던 신을!

---

* 프랑스 시인·극작가 장 콕토(1889~1963). 아방가르드 예술의 대표 인물.

51. 패배

　펜을 쥔 그의 손이 떨리기 시작했다. 게다가 침까지 흘러나왔다. 그의 머리는 0.8그램의 베로날을 복용한 뒤 깨어난 때를 제외하면 단 한 번도 정신이 맑았던 적이 없다. 게다가 정신이 맑았던 시간이라고 해봐야 고작 삼십 분에서 한 시간이었다. 그는 어둠 속에서 그날그날을 살아가고 있었다. 이를테면, 날이 다 무뎌진 가느다란 검을 지팡이 삼으며.

1927년 6월, 유고

내면의 지옥을 건너, 인간을 마주한 아쿠타가와

아쿠타가와 류노스케는 메이지 말과 다이쇼 초, 일본이 급격히 근대화되던 시기에 태어나 그 변화의 속도만큼이나 예민하게 세계를 받아들인 작가였습니다. 태어난 지 얼마 되지 않아 친어머니가 정신질환을 앓으면서, 그는 친가가 아니라 외가 쪽 친척 집으로 입양되어 성장했습니다. 태어날 때부터 '정신적 불안'이라는 그림자를 가까이에서 보았고, 그것은 이후 그의 작품 곳곳에 반복해서 나타나는 광기, 불안, 유전에 대한 두려움의 정조와 깊게 맞닿아 있습니다.

동경제국대학에서 영문학을 공부하던 그는 러시아·영미·프랑스 문학을 두루 섭렵하며 단편이라는 형식의 가능성을 일찍 발견했고, 1915년 발표한 〈라쇼몬〉으로 이름을 알리기 시작했습니다. 곧이어 발표한 〈코〉가 나쓰메 소세키의 격찬을 받으면서 본격적으로 문단에 들어섰고, 이후 신문사 근무와 집필을 병행하며 왕성하게 창작했으나, 말기로 갈수록 신경쇠약과 타인의 시선에 대한 예민함, 그리고 장래에 대한 막연한 불안에 시달렸습니다. 결국 1927년 7월, 35세의 젊은 나이에 수면제를 복용해 생을 마감했습니다. 너무 일찍 끝나버린 생이었기에, 우리에게 남겨진 것은 오히려 더 선명한 질문입니다.

'이 사람은 왜 이렇게까지 인간의 어두운 면을 집요하게 보려 했을까.'

이번에 옮긴 열두 편의 단편은 그런 의미에서 그의 삶과 분리해 읽기 어렵습니다. 그는 처음부터 '이야기'의 재미보다, 인간의 마음속 모순과 그늘에 더 끌렸던 사람인지도 모릅니다. 그래서 이 책에서는 발표 연대의 엄밀한 순서보다, 작가의 시선이 바깥에서 안으로, 그리고 결국 자기 자신에게로 좁혀져 가는 흐름이 보이도록 구성했습니다.

가장 앞에 놓인 〈라쇼몬〉은 그의 문학이 출발한 자리입니다. 도덕이 무너진 시대, 살아남아야 한다는 단 하나의 이유만이 인간을 움직이는 세계를 그는 냉혹하게 보여줍니다. 이 한 편만으로도 아쿠타가와가 인간을 '원래 선한 존재'로 보지 않았다는 사실을 알 수 있습니다.

이어지는 〈거미줄〉, 〈용〉, 〈코〉는 단순한 듯하면서도 독자가 이야기를 계속 곱씹게 만듭니다. 구원에 대한 욕망, 타인의 시선을 의식하는 심리, 그리고 인간의 허영까지 인간 본연의 마음을 섬세하게 비튼 우화에 가깝습니다.

〈귤〉은 그 사이에서 잠시 숨을 고르게 해주는 작품입니다. 달리는 기차, 피로한 일상, 그 안에서 튀어나온 몇 알의 귤이 만들어내는 따뜻한 색채는 아쿠타가와가 세상을 끝까지 냉소로만 보지 않았다는 증거입니다. 그는 인간의 추함을 보았지만, 그 안에 피어오르는 생의 온기를 끝내 외면하지 않았습니다. 〈귤〉은 그런 점에서, 어둠 속에 스치는 한 줄기 빛처럼 이 단편집의 흐름에 숨을 불어넣는 작품입니다. 이 잠깐의 온기가 있기에, 이후 이어지는 어둡고 치열한 세계가 오히려 더 선명하게 다가옵니다.

중반부의 〈게사와 모리토〉, 〈지옥변〉, 〈덤불 속〉은 아쿠타가와의 문학 세계가 외부 관찰에서 인간 내면의 심연으로 깊어지는 지점입니다. 〈게사와 모리토〉에서 그는 욕망, 죄의식이 한 인간 안에서 어떻게 뒤엉키는지를 보여주고, 〈지옥변〉에서는 예술과 광기의 관계를 가장 극단까지 밀어붙입니다. 이 작품의 불타는 수레 장면을 번역하면서 저는 그 부분을 몇 번이나 곱씹어야 했습니다. 묘사가 너무 선명해서가 아니라, 그것이 단지 허구의 지옥 묘사가 아니라 작가 자신이 본 '내면의 지옥'처럼 느껴졌기 때문입니다.

〈덤불 속〉에서는 진실 자체가 완전히 해체됩니다. 증언하는 사람마다 말이 다르기 때문에 독자는 끝내 '무엇이 진실인가'를 알 수 없습니다. 그러나 바로 그 지점에서 아쿠타가와는 하나의 사실을 드러냅니다. 인간이란 원래 그렇게 제각각의 진실만을 가지고 살아간다는 것, 그리고 그 불완전함이야말로 인간을 인간답게 만든다는 것 말입니다.

후반부로 갈수록 죽음과 불안의 기운이 더욱 짙어집니다. 〈점귀부〉와 〈말 다리〉에서는 현실과 환상이 미묘하게 뒤섞이고, 서사 곳곳에 죄의식과 신경쇠약의 파편이 흩어져 있습니다. 더 이상 바깥 세계를 냉철하게 관찰하던 초창기의 작가가 아니라, 자신의 정신이 서서히 흔들리는 것을 아주 또렷하게 인식하는 사람의 문장입니다.

그리고 마지막의 〈톱니바퀴〉와 〈어느 바보의 일생〉은 거의 유서에 가까운 기록입니다. 잠을 이루지 못하는 밤, 이유 없이 밀려드는 공포, 장래에 대한 막연한 불안은 실제로 그가 생의 끝에서 느꼈던 감정과 맞닿아 있습니다. 저는 이 두 작품에 이르러, 마치 아쿠타가와의 생을 끝까지 따라온 듯한 감각을 얻었습니다. 그는 마침내 자신의 내면 가장 깊은 곳에서 침묵하고, 그 침묵 속에서 문장은 마지막 불꽃처럼 타오릅니다. 그 여정의 끝에서 우리가 마주하는 것은 절망이 아니라, 이해와 공감의 흔적일지도 모릅니다. 그의 문장은 그렇게, 죽음의 문턱에서도 여전히 살아 있습니다.

이 단편집을 이렇게 놓고 보면 하나의 길이 선명하게 드러납니다.

처음에는 인간을 바깥에서 바라보는 시선이 있고(〈라쇼몬〉, 〈거미줄〉, 〈코〉), 그다음에는 인간을 안쪽에서 해부하는 시선이 있고(〈지옥변〉, 〈덤불 속〉), 마지막에는 그 인간을 쓴 사람 자신을 향하는 시선이 있습니다(〈톱니바퀴〉, 〈어느 바보의 일생〉).

이 흐름이야말로 아쿠타가와의 짧은 생과 가장 잘 어울린다고 생각합니다. 그는 끝까지 '인간이란 무엇인가'를 파고들었고, 그 끝에서 결국 마주친 것은 타인이 아니라 자기 자신이었습니다.

번역하는 동안 저는 그가 왜 그렇게까지 광기와 죽음을 응시했는지 여러 번 생각했습니다. 그것은 아마도 파괴를 즐겨서가 아니라, 인간을 조금이라도 더 깊이 이해하고자 했기 때문이 아닐까 합니다. 문학은 그에게 삶을 보호해주는 방패이자, 동시에 너무 깊이 들여다보게 만드는 칼이었을지도 모릅니다.

아쿠타가와의 불길은 이미 오래전에 사라졌습니다. 그러나 그의 문장은 아직 타오르고 있습니다. 이 책을 읽는 독자분들과 그 불빛 아래에서 잠시, 그의 소설 속 인간들이 품고 있는 잔혹함과 아름다움을 함께 바라보고 싶습니다.